OS VINGADORES: GUERRA INFINITA

THANOS

TITÃ CONSUMIDO

BARRY LYGA

São Paulo
2019

EXCELSIØR
BOOK ONE

Thanos: Titan Consumed
© 2018 MARVEL – All rights reserved.

© 2019 by Book One
Todos os direitos reservados e protegidos pela Lei 9.610 de 19/02/1998. Nenhuma parte desta publicação, sem autorização prévia por escrito da editora, poderá ser reproduzida ou transmitida sejam quais forem os meios empregados: eletrônicos, mecânicos, fotográficos, gravação ou quaisquer outros.

Primeira edição Marvel Press: novembro de 2018

MARVEL PRESS
ARTE DE CAPA Stephan Martiniere
DESIGN DE CAPA ORIGINAL Ching N Chang

EXCELSIOR — BOOK ONE
TRADUÇÃO Monique D'Orazio
PREPARAÇÃO Sylvia Skallák
REVISÃO Guilherme Summa e Tainá Fabrin
ARTE, CAPA E DIAGRAMAÇÃO Francine C. Silva

Dados Internacionais de Catalogação na Publicação (CIP)
Angélica Ilacqua CRB-8/7057

L995t	Lyga, Barry
	Thanos: titã consumido / Barry Lyga; Marvel Comics Group; tradução de Monique D'Orazio. – São Paulo: Excelsior, 2019.
	416 p.
	ISBN: 978-65-80448-19-7
	Título original: *Thanos: Titan Consumed*
	1. Vingadores (Personagens fictícios) 2. Super-vilões 3. Ficção norte-americana I. Título II. D'Orazio, Monique III. Marvel Comics Group
19-2064	CDD 813.6

Para o pessoal da loja de quadrinhos.

Há várias histórias sobre as origens do Titã Louco, THANOS, *como há estrelas remanescentes no céu. Esta é apenas uma delas.*

É também a verdade.

TEMPO

*Vivemos em um prisma,
não em uma linha.*

CAPÍTULO I

ESTALEI OS DEDOS.

E...

Estou à deriva em mim mesmo, sozinho com meu passado, meu presente. A pura existência de *mim*, é ao mesmo tempo, uma coisa pesada e sem peso. O Tempo não é uma flecha, uma linha ou qualquer outra metáfora conveniente; o Tempo não é uma noção abstrata.

O tempo é uma Joia.

Com a Joia, toda a história está aberta para mim. Eu estou *na* história. Eu *sou* a história. Eu a testemunho, revivo e experimento no mesmo instante quântico.

Pela primeira vez em anos, vejo o orbe envolto em laranja que é Titã. De uma distância de milhares de quilômetros, o planeta parece exatamente o mesmo de quando parti, sem nenhuma indicação sobre o caos que se esconde sob a neblina.

E então já se passaram anos, e minhas forças lutam contra as tropas de Sua Majestade Cath'Ar a bordo da Executrix. *Corpos se derramam no espaço quando os Leviatãs se reúnem para executar um segundo ataque.*

E agora Korath diz a Ronan:

— Thanos é o ser mais poderoso do universo!

E Ronan, o tolo, responde:

— Não é mais.

Desatrelado do presente, observando sem interferir, vejo minha vida e minha certeza se manifestarem.

Sou a conclusão precipitada da minha própria profecia. O aviso de Korath se tornou realidade, e agora realmente sou o ser mais poderoso do universo, percebendo toda a realidade a partir do poder supremo.

Não muito mais do que um menino, inclino o copo aos lábios. O líquido dentro é verde, borbulhante e doce demais, com gosto de melão, sabugueiro e álcool etílico.

Sou uma criança, e meu pai me diz: Sua mãe ficou louca no momento em que pôs os olhos em você. *Há uma suavidade em sua voz notada apenas em retrospecto, com olhos de adulto direcionados ao passado infantil.*

Isso não muda nada. Tudo já foi feito. Tudo será feito.

Anos mais tarde, minha nave decola da superfície de Titã, levando-me ao desconhecido. Digo a mim mesmo que tudo o que sei se esconde embaixo dessa névoa, e então digo a mim mesmo que isso não importa.

Envolto nas energias verdejantes da Joia do Tempo, minha mente atravessa décadas na velocidade do pensamento, girando a joia da minha vida de faceta a faceta.

— Você morrerá lá, titã — diz Vathlauss, engasgando-se com seu próprio sangue e o veneno de Kebbi. — Você morrerá na glória que é Asgard.

Eu observo, paralisado e desamparado, enquanto Gamora brande seu cajado de batalha...

... e Daakon Ro se posta e ameaça na minha tela...

... e o Outro fala comigo nos destroços da base de testes dos Chitauri:

— Humanos... Eles não são os covardes miseráveis que nos prometeram. Eles se defendem. Eles são indomáveis e, portanto, não podem ser dominados. Desafiá-los é cortejar a morte.

Estou caminhando através dos corpos de asgardianos, os remanescentes mortos daquela outrora orgulhosa civilização, como Ebony Maw, que procura adeptos entre os poucos que ainda vivem.

Eu estou espancando Hulk quase até a morte...

... e arremessando Gamora do penhasco em Vormir...

... e então – anos antes – uma voz, a voz do meu único amigo:

– Você é um covarde, Thanos! Um covarde! Você se esconde atrás dessa nave, atrás do Outro e dos Chitauri, e agora atrás dessas meninas!

Os anos saltam uns sobre os outros, avançando em um instante, e estou a bordo da Santuário. *As portas protetoras da minha cripta se abrem, e a Manopla brilha lá à meia--luz, não muito dourada.*

Já vi este momento antes. Eu o vivi. Está acontecendo pela primeira vez, pela segunda vez, pela milionésima vez.

Estendo as mãos para ela.

– Certo – digo. – Eu mesmo faço...

REALIDADE

*A verdade é uma senhora
mais cruel do que a morte.*

CAPÍTULO II

O PROBLEMA ERA QUE TITÃ ERA PERFEITO. E, mesmo quando criança, Thanos sabia que nada era de fato perfeito. Todo diamante tinha sua falha, toda alma santa tinha sua mancha obscura de culpa, vergonha ou abnegação inquieta. Titã também sofria de uma imperfeição.

Essa imperfeição, segundo entendia, era o próprio Thanos.

Filho de A'Lars – o Alto Mentor de Titã, arquiteto da Cidade Eterna – e Sui-San, sua mãe ausente, Thanos foi, ao nascimento, um choque para seu povo. Sua aparência era uma descarga de adrenalina para um corpo em repouso. Distinto da população de Titã por causa de sua deformação e tonalidade arroxeada, ele era proeminente de maneiras e por razões que estavam além de seu controle, mas permanentemente fixadas em seu próprio ser físico. Em Titã, a pele do povo refletia uma variedade de cores esplêndidas, mas nenhuma era roxa, a cor da morte, a cor do mau presságio.

Apenas a de Thanos.

Do Vasto Mar Salgado do outro lado do planeta até a cordilheira cor de bronze dos criovulcões cintilantes nos arredores da Cidade Eterna, Titã era um mundo unido, mais do que a soma de suas partes, um todo resplandecente e coeso. A Cidade Eterna era uma mistura perfeita de arquitetura e engenharia, seus altos pináculos e torres aninhadas em uma coleção de extrema harmonia. Um mundo absolutamente em sintonia consigo mesmo.

Exceto.

Por.

Thanos.

Sua cor de pele, junto a uma série de sulcos verticais – marcas que faziam sua carne parecer arranhada por um rastelo – alargaram seu maxilar amplo. Essas características marcaram-no como um desviante, uma *coisa* mutante. Se o pai fosse qualquer outro senão A'Lars, e sua mãe, qualquer outra senão Sui-San, ele provavelmente teria sido despachado para um centro médico em algum lugar. Cutucado e examinado por toda a sua vida, em quarentena permanente da sociedade civilizada.

Em vez disso, ele foi deixado aos cuidados de A'Lars. Sui-San desapareceu pouco depois do nascimento do filho.

Thanos andou aos seis meses. Não com passos bêbados de um bebê, mas o passo confiante de um homem. Ele já podia se manter ereto e controlar o movimento da cabeça e do pescoço. Tinha coordenação completa de seus membros e seu porte era de adulto.

Dois dias antes do seu primeiro aniversário, ele falou. Não uma palavra, mas uma frase completa:

– Pai, vai haver uma festa de aniversário para mim? Será que minha mãe virá?

Ele já era capaz de falar havia semanas, mas esperou até analisar totalmente as nuances da estrutura das frases até pronunciar suas primeiras palavras.

Antes de qualquer um desses marcos, ele sabia que era diferente em um mundo que prezava a conformidade e a unanimidade acima de tudo.

– Sua mãe não vai comparecer – dissera A'Lars. Se o pai foi surpreendido pelo discurso de Thanos e sua dicção, não demonstrou. – Vou providenciar amigos.

Vou providenciar... Essas palavras precediam a maioria das declarações de A'Lars. O pai de Thanos raramente tocava no filho, raramente olhava para ele. Em relação às necessidades de Thanos, ele só dizia *vou providenciar...* e então fazia exatamente isso, com eficiência e desenvoltura.

A Thanos não faltava nada. Ele não precisava de nada.

Apenas pertencer.

Fiel à sua palavra, A'Lars providenciou amigos: uma coleção de androides projetados para parecer e agir como crianças pequenas. Eles foram programados para distrair Thanos e mantê-lo feliz e contente.

Com o tempo, Thanos descobriu a programação dos androides e reescreveu seus algoritmos. Agora tinha um grupo de servos robóticos que o divertiam, mas não passava muito disso. Sua mente inquieta ansiava por mais.

– Muito bem – A'Lars cedeu. – Escola.

Gerações antes, fora uma prática comum instalar crianças em berços de pensamento e educá-las por meio da interface cerebral direta. Na época do nascimento de Thanos, tal prática havia caído em desuso fazia muito tempo. Então, o costume tinha se tornado adicionar um elemento social interativo à educação, colocando um grupo de crianças juntas em uma escola, onde elas poderiam, teoricamente, melhorar a aprendizagem umas das outras e também facilitar a socialização.

Thanos estava animado com a perspectiva de ir para a escola. Além dos androides reprogramados, ele não tinha companhia e estava ansioso para conhecer outras crianças de sua idade.

– Seja educado – A'Lars o instruiu no caminho para o complexo educacional em seu flutuador. – Fale apenas quando falarem com você.

– Sim, pai. – Thanos balançou a cabeça em concordância. Através da cúpula transparente sobre o flutuador, ele podia ver outros flutuadores, os topos dos edifícios e as distantes cadeias de montanhas de Titã. Seu mundo era lindo e pacífico, e ele ansiava por explorar cada parte dele.

– Os professores foram avisados sobre sua aparência – lembrou A'Lars. – Tente não fazer ou dizer nada ofensivo ou desagradável.

Sua aparência. Quase inconscientemente, ele passou um dedo ao longo da mandíbula.

Em algum ponto do passado distante de Titã, por motivos que ninguém mais conseguia se lembrar, a cor roxa havia sido associada à morte, uma conexão que persistia até o presente. Quando os titãs morriam, seus corpos eram cobertos de mortalhas roxas. As luzes de suas residências se voltavam para a porção violeta do espectro durante o período de luto.

Ele encontrou essa associação pela primeira vez quando o pai recebeu uma visita em casa. Thanos tinha quatro anos e a visita era uma mulher idosa, amiga dos pais de A'Lars, que vinha em busca de conselhos do Alto Mentor de Titã. Ela usava tons de roxo da cabeça aos pés, incluindo um véu cobrindo o rosto, um véu que era da cor exata da própria pele de Thanos.

A coincidência dos trajes da estranha com a cor de pele de Thanos o deixaram impactado, da forma como as coincidências costumam impactar as crianças. Quando ela se foi, ele tagarelou para o pai sobre a cor das roupas que ela vestia, sobre a maneira como o véu dela combinava perfeitamente com a cor de sua pele.

E A'Lars havia explicado, sem titubear, que ela usava aquela cor porque estava de luto. Era viúva e usava a cor da morte.

A empolgação de Thanos havia azedado. De todos os matizes que seus genes mal adaptados poderiam ter escolhido expressar, por que precisava ser roxo?

Naquele momento, no complexo educacional, A'Lars o conduzia por um corredor, olhando ao redor e ocasionalmente farejando um aborrecimento mal disfarçado.

– Design sem inspiração e executado sem grandes habilidades – comentou ele. – Não permita que seus arredores infectem sua linhagem, Thanos.

– Não vou permitir, pai – Thanos prometeu, lutando para se equiparar ao comportamento desinteressado do pai. Por dentro, ele sentia êxtase por estar entre seus pares; mas sabia que seu pai desaprovava demonstrações de emoção, então suprimiu seu entusiasmo e ansiedade.

Em uma porta, pai e filho pararam. Thanos esperou enquanto o pai a abria.

Seria a primeira vez, desde que se lembrava, que Thanos ficaria separado de seu pai por mais de uma hora, mais ou menos. Ele abriu a boca para verbalizar alguma coisa, mas A'Lars assentiu com um movimento breve para ele e disse:

– Não se atrase. – Seguido por: – Aprenda bem. – E se virou para caminhar de volta pelo corredor pelo qual tinham vindo juntos.

Thanos assentiu para si mesmo e entrou na câmara de educação.

Era uma sala um tanto pequena com uma série de doze módulos de interface pessoal, que podiam ser organizados em qualquer formação. Naquele momento, estavam alinhados em duas fileiras de seis cada, todas de frente para a parte dianteira da sala, onde havia um adulto com uma túnica e calças cinzentas, e as mãos cruzadas atrás das costas. Ele tinha cabelos negros e grossos colados no crânio tal qual um capacete moldado por meio de uma espécie de pomada, e a pele era da cor de um pálido céu matinal.

O professor sorriu e – para seu crédito – fez um trabalho admirável, ocultando o reflexo de susto causado ao ver Thanos.

Mas Thanos notou. A escola fora avisada de que ele estava para chegar. Eles sabiam quem e o que ele era. E, ainda assim, sua aparência chocava.

– E você deve ser Thanos – o professor disse. Thanos achou uma coisa absurda de se dizer; quem mais ele poderia ser? Mas o sorriso do professor era agradável, e Thanos guardava na mente as advertências do pai. Então, ele simplesmente balançou a cabeça e respondeu:

– Sim.

– Classe, dê as boas-vindas a um novo amigo e colega de estudos: Thanos.

Onze dos módulos giraram o suficiente para que as crianças dentro pudessem ter uma visão clara do recém-chegado. Thanos sentiu um arrepio de pânico ante os vinte e dois olhos fixos nele, depois forçou o pânico a se dissipar. Eram crianças. Como ele.

– Pegue o módulo vazio, por favor – orientou o professor. – Hoje, vamos estudar cores e padrões.

Ele subiu no módulo. Seu interior acolchoado se transformou em um casulo quando ele se acomodou. Agora, ali dentro, ele estava confortável. No seu meio ambiente. O módulo de interface era de um modelo mais antigo do que o que ele tinha em casa; no entanto, era útil. Ele executou algumas atualizações em seu *firmware* e conectou-o ao módulo de sua casa.

Cores e padrões. Conforme o professor falava e o módulo conjurava imagens para que ele absorvesse, Thanos percebeu o quanto já estava incrivelmente entediado. Ele já aprendera sobre cores com o pai, desde a natureza da luz até a manipulação de pigmentos. Padrões – de xadrezes a listras, pontos e padrões orgânicos – eram igualmente assunto batido para ele. Será que esse era realmente o melhor jeito para ele aprender?

Thanos controlou sua impaciência. Ele *queria* isso, afinal de contas; ele não podia desistir depois de alguns minutos.

Com um suspiro, ele mudou seu módulo para o modo acelerado e passou pela lição com o dobro da velocidade.

Se a parte de aprendizado da escola era monótona, pelo menos poderia esperar pelo aspecto social. Havia uma pausa ao meio-dia para alimentação e recreação física. Thanos não era bobo; entendia que o componente físico era projetado para cansar os alunos e torná-los mais controláveis. Ele achava que já era incrivelmente educado e respeitoso (já que não apontou dois ou três erros que seu professor havia cometido antes), então, abandonou a correria e as loucas brincadeiras de seus colegas de classe e, em vez disso, sentou-se em um canto, estudando um holograma rudimentar de uma via neural sintética. Se o melhorasse, tornaria a sintetização muito mais próxima do que era a própria vida.

Um grupo de crianças estava reunido não muito longe dele. Eles falavam em sussurros e murmúrios, ocasionalmente apontando em sua direção. Ele fez o seu melhor para ignorá-los, enquanto, ao mesmo tempo, perguntava-se como poderia envolvê-los.

Talvez tivesse sido um erro, essa escola. Talvez ele devesse ter ficado em casa. Não imaginava que acabaria sendo o centro das atenções, um assunto da conversa dos outros e não alguém com quem quisessem conversar.

Mas então, uma garota chamada Gwinth se aproximou dele.

– Temos uma pergunta para você – ela disse. E antes que ele pudesse dizer qualquer coisa, a menina foi em frente e perguntou: – Por que você é roxo?

Thanos piscou de um jeito que parecia demonstrar confusão. Ninguém nunca havia feito essa pergunta simples antes. Ela parecia mais curiosa do que assustada ou enojada. Talvez seu pai tivesse superestimado a reação das pessoas à sua aparência.

– Não tenho certeza – ele admitiu. – É uma mutação.

– Uma o quê?

Enquanto dialogavam, as outras crianças se reuniram ao redor deles. Thanos tentou descobrir a melhor maneira de explicar, mas a verdade era que ele mesmo só entendia em parte. Havia coisas chamadas *genes* que faziam as pessoas serem quem e o que elas eram. Alguma coisa tinha dado errado com um dos genes dele.

– Onde estão os genes? – Gwinth perguntou e passou as mãos aleatoriamente sobre o corpo, tateando para encontrá-los. Outros seguiram o exemplo.

Thanos balançou a cabeça.

– Eles são minúsculos. Microscópicos. – Um pensamento lhe ocorreu, e uma luz se iluminou por dentro. Ali, naquele momento, ele foi presenteado com uma grande oportunidade. Ele tinha a atenção de seus colegas. Eles não pareciam ter medo dele ou se sentir repugnados por ele, apenas curiosos. Se pudesse lhes explicar uma parte de si...

Na noite anterior, ele havia memorizado a planta da escola para que não se perdesse. Agora ele liderava o grupo de cerca de dez crianças pelos corredores até um laboratório de bioquímica destinado aos alunos mais velhos. Não estava em uso no momento e tinha tudo de que Thanos precisava.

Ele organizou a comitiva em torno de uma bancada com um filtro de microscópio, depois vasculhou até encontrar uma agulha, normalmente usada para fixar amostras. Ele tinha uma intenção diferente de uso para ela.

Enquanto o grupo de crianças observava, todos prendendo a respiração, Thanos espetou a ponta do polegar com a agulha. Um suspiro de susto percorreu o grupo quando a bolha vermelha se formou.

Ele espremeu uma gota de sangue no filtro do microscópio, e uma luz encheu a sala. Uma imagem holográfica de seu próprio sangue se projetou no ar. Um coro de exclamações surpresas foi emitido pelas demais crianças.

Satisfeito, Thanos brincou com os controles para regular a nitidez da imagem. Glóbulos pulsavam e dançavam pela sala. As outras crianças apontavam e riam com prazer diante da exibição.

– Este é o meu sangue – Thanos explicou. – E para comparação...

Ele pegou a mão de um menino perto dele e espetou o polegar com a agulha. Uma gotinha de sangue brotou ali, e o menino guinchou como se tivesse sido estripado.

Ninguém mais estava apontando e rindo agora. Houve um momento de silêncio no grupo, contrabalançado pelo grito de dor e choque do menino, que ainda perdurava, e então as demais crianças gritaram como se também tivessem sido espetadas.

E lá, agora, estava o medo que seu pai havia prometido. Ele inundou Thanos. Envolveu-o.

Thanos soltou a mão do menino e ficou em silêncio, atordoado, enquanto os gritos se elevavam cada vez mais em torno dele.

Mais tarde, ele esperava no escritório do inspetor da escola, sozinho. Um som chamou sua atenção e ele olhou para cima.

A'Lars estava na porta.

– Esse experimento é um fracasso – anunciou o pai. – Vamos para casa.

Naquela noite, Thanos saiu da cama e escutou a porta do cogitário de seu pai, o escritório onde A'Lars passava a maior parte de suas horas pensando profundamente. Uma voz que não era de seu pai chegou até ele pela porta.

– Você sabe que reverencio você, A'Lars. *Todos* nós reverenciamos.

– Então fale com clareza – A'Lars exigiu.

– Seu filho. Ele é... diferente.

– Exato. Você notou. Eu saúdo suas percepções.

O sarcasmo de A'Lars silenciou o outro por um momento. Então:

– Talvez haja algo mais adequado para o filho do estimado A'Lars do que uma escola comum.

– Sem dúvida – A'Lars concordou suavemente. – Obrigado pelo seu tempo, sua consideração e seu conselho.

A'Lars desligou as comunicações, e Thanos, esforçando-se, ouviu o pai resmungar:

– Tolos.

Era irregular, para dizer o mínimo, que uma criança fosse retirada da escola e ensinada por um pai ou uma mãe. Mas a sombra de A'Lars era longa, sua fama era conhecida por todos.

E além disso... todos sabiam que era o melhor a fazer.

Embora a especialidade de seu pai fosse inteligência sintética, ele era uma espécie de polímata e também se interessava por ciência e arquitetura de materiais, o que levara à sua proeminência em Titã. Havia apenas um limitado terreno habitável no planeta, e A'Lars descobrira a melhor forma de usar esse espaço e, além disso, como protegê-lo das vicissitudes da natureza. Suas habilidades se traduziram em considerável fama e poder político, tornando a ausência de sua esposa e as características grotescas de seu filho ainda mais vergonhosas.

Ele era um pai indiferente, mas um professor desafiador e inacreditavelmente brilhante. Por mais que Thanos ressentisse a perda da oportunidade de companhia e amigos, ele tinha que admitir – a contragosto – que A'Lars era um professor mais adequado para ele.

Elogios eram raros. Seu pai às vezes comentava sobre a inteligência de Thanos como um fato consumado, como se sua própria existência tornasse a enorme capacidade mental de Thanos excepcional e comum ao mesmo tempo. As lições eram rápidas e esperava-se que fossem aprendidas cem por cento.

– Seu intelecto é sua principal e melhor ferramenta – seu pai afirmou certa vez em um escasso momento compartilhado. – Algum dia, se suas realizações fizerem jus, você pode ter a honra de ser chamado de Tha-nos. Ou talvez até mesmo T'Hanos, apesar de eu aconselhá-lo a não mirar tão alto – advertiu A'Lars.

– Continuo solitário – Thanos afirmou, lutando para evitar um tom de choro em sua voz. Ele sabia que seu pai detestava essas coisas infantis.

A'Lars suspirou em derrota.
— Vou providenciar... — ele começou.

A'Lars honrou sua palavra e, de fato, providenciou alguma coisa. Ele trouxe a Thanos um menino vivo e real. Vários, na verdade. Para disputarem o papel de amigo. Apenas um passou na prova.

Sintaa era, por definição, o melhor amigo de Thanos, já que era o único amigo de Thanos. Magro, enquanto Thanos era robusto, Sintaa tinha um queixo invejavelmente suave, de tamanho normal, e pele da cor aceitável dos pêssegos crus. Ele possuía uma disposição alegre, em contraste com a natureza taciturna e reservada de Thanos.

Com o passar dos anos, Thanos suspeitou de que A'Lars havia pago, chantageado ou ameaçado os pais de Sintaa para que o filho deles se tornasse amigo de seu filho. Seu pai nunca admitiria uma tática tão cotidiana e desesperada, mas, com dez anos de idade, Thanos conseguiu distinguir certas palavras e frases que o levaram com confiança a tal conclusão. Cruelmente, o destino e a genética o haviam amaldiçoado com uma mente fenomenal, que o tornava ainda mais consciente de sua deformação e da natureza singular de seu ostracismo. Pelo que aprendeu assistindo aos hologramas de notícias e entretenimento, ele percebeu a profundidade de seu isolamento, mas era impotente para corrigi-la.

E, no entanto, o próprio Sintaa — independentemente das pressões exercidas sobre os pais dele — parecia gostar genuinamente da companhia de Thanos.

De todas as crianças que tinham desfilado diante dele visando fazer um teste para o papel de "amigo", apenas Sintaa possuía um sorriso fácil, um semblante lacônico e relaxado, e o brilho de encrenca nos olhos. Thanos tentou resistir a gostar dele, mas falhou.

— Você é a primeira coisa que meu pai trouxe para mim de que eu realmente gosto — Thanos disse em dado momento, no início da amizade.

Sintaa sorriu. Ele também era muito inteligente para a idade, embora não tão brilhante quanto Thanos.

— Eu não sou uma coisa — ele lembrou Thanos. — Sou uma pessoa.

Thanos grunhiu afirmativamente.

— Claro.

Eles brincavam juntos nos aposentos que Thanos compartilhava com o pai, nunca em público, nunca na casa de Sintaa. Thanos havia descoberto uma maneira de pintar com a luz, inventando uma série de pincéis de dados que coletavam fótons e os congelavam temporariamente no lugar, e passavam horas pintando o ar, observando os hologramas brilharem e reluzirem antes de se desgastarem e escorrerem como fogos de artifício lentos.

— Posso fazer uma pergunta? — disse Thanos.

Sintaa pareceu surpreso. Ele parou no meio da pincelada.

— Você *nunca* faz perguntas. Você já sabe tudo.

— Eu gostaria que isso fosse verdade — Thanos admitiu. — Há muita coisa que não sei. Especialmente em relação a uma coisa.

Sintaa sentou-se mais para trás. Os hologramas dançavam e brilhavam ao redor dele, sonhos cintilantes capturados e arrastados para o mundo desperto.

— Pergunte.

Thanos hesitou. Pela primeira vez em sua vida, ele entendeu a ideia de *sentir-se inseguro*.

– Como é – ele conseguiu dizer, alguns instantes depois – ter mãe?

Sintaa riu.

– Todo mundo tem mãe, Thanos.

Se Thanos fosse capaz de corar, ele teria corado naquele momento.

– Biologicamente falando, sim. Mas como é *ter* uma mãe, não apenas ter sido gerado por uma?

Os olhos de Sintaa se suavizaram. Ele abriu a boca para falar, depois fechou. Abriu de novo. Fechou. Foram necessários muitos ciclos antes que ele encontrasse sua voz.

– Não sei como descrever isso para você – ele confessou. – Eu nunca conheci nada diferente.

Eu nunca conheci nada diferente. Aquelas palavras atingiram Thanos com uma dor aguda que ele nunca havia experimentado. Mais do que as palavras, porém, foi o tom da voz de Sintaa quando as proferiu. Havia calor e conforto ali, e Thanos sabia que era disso que sentia falta – do amparo de sua mãe. Até onde ele sabia, cada coisa viva em Titã tinha o amor de sua mãe, exceto ele.

– Eu nem sei onde ela está – Thanos respondeu. – Foi um dos poucos segredos que A'Lars conseguiu esconder de mim.

Depois de um momento de hesitação, Sintaa disse:

– *Eu* sei onde ela está.

A essa altura de sua vida, Thanos tinha a forma e a altura de uma criança mais velha. Seus estirões de crescimento eram frequentes e dolorosos. Com mais de um metro e sessenta de altura, ele tinha a aparência de um pré-adolescente, mascarando a mente de um gênio. Sua pele havia clareado um pouco desde o nascimento, mas ainda era o odiado e temido roxo. Raramente ele se aventurava fora da casa de seu pai – A'Lars dissera muitas vezes que era melhor não incomodar as pessoas.

Então, naquele dia, Thanos usava uma capa com capuz que cobria a cabeça e escondia seu rosto nas sombras. Arrastando a cauda do manto pelo chão, ele se aproximou de um edifício específico, não com medo, mas com apreensão.

Atrás dele, Sintaa fazia um gesto afirmativo com a cabeça, encorajando-o a avançar.

O prédio era comum e atarracado, uma estrutura baixa e rara em uma cidade dominada por arranha-céus e edifícios flutuantes erguidos pela tecnologia antigravitacional.

Sintaa ouvira a respeito daquilo por meio de seus pais. Eles se referiam ao lugar como uma espécie de *hospital*. Thanos sabia o que era um hospital, é claro – um lugar onde doenças eram curadas; ferimentos, tratados por bálsamos.

Sua mãe estava doente? É por isso que ninguém queria deixar Thanos vê-la? Mas, se fosse esse o caso, por que não simplesmente *contar*? Por que o sigilo e a vergonha?

Não importava: sua mãe estava ali. Era tudo que lhe interessava

Ele hesitou durante um momento à porta. Era um menino de dez anos, uma criança, e, apesar de seu intelecto – ou talvez por causa disso –, ele sabia que a combinação de sua idade e aparência não o colocaria em boa posição ali. Ele sabia que a rejeição espreitava em seu futuro imediato.

Ele abriu a porta mesmo assim. E entrou.

No interior, o ar cheirava a ozônio e antisséptico. As paredes e o chão eram escuros e macios, o teto era uma série de painéis iluminados. Ele percorreu o hall de entrada até encontrar outra porta. Abriu-a. Entrou.

Havia um homem ali, a testa franzida da cor da grama desbotada num dia de outono. Ele usava a túnica preta e as dragonas vermelhas de um médico, mas sua expressão não era nada reconfortante.

– Thanos – ele disse em tom de desaprovação. – Me disseram que você estava vindo.

Thanos e Sintaa não haviam contado a ninguém sobre sua decisão de ir até lá. Pela primeira vez na vida, Thanos percebeu que estava sendo vigiado. O tempo todo.

– Eu gostaria de ver Sui-San – Thanos anunciou com tanta dignidade e intensidade quanto era capaz de reunir. – Minha mãe – acrescentou.

Os olhos do médico se estreitaram, e algo como piedade brilhou ali. Thanos reprimiu a raiva que ondulava através dele. Pena não serviria para nada.

– Sinto muito mesmo – insistiu o médico. – Não posso permitir.

– Não perguntei se você poderia permitir – Thanos respondeu, arregimentando toda a sua indignação. – Deixe-me ver a minha mãe.

– Você precisa falar com seu pai sobre isso – o médico disse, gesticulando misteriosamente. – Se não sair, vou ter que remover você e não quero fazer isso.

Fale com o seu pai..., ele havia dito. Desde suas primeiras palavras – *Será que minha mãe virá?*, ele perguntara por sua mãe, implorara a A'Lars para que ele a visse, mas tinha sido barrado em todas as oportunidades, recebido negativas, feito entender por palavras, ações e omissões, que ele nunca veria Sui-San.

– Não me negue – Thanos retrucou e fechou as mãos em punhos.

O médico não riu dessa visão. Ele clareou a garganta e avisou:

– Vou convocar um segurança…

E Thanos sentiu mais do que viu uma onda vermelha de raiva se desenrolar entre ele e o restante do mundo. Sem pensamento consciente, lançou-se contra o médico.

Ele tinha dez anos, estava com raiva, era forte e tinha a vantagem da juventude, que não sabe como conservar suas energias. O médico gritou e recuou ante o ataque de Thanos, que saltou para colidir contra o peito do homem, derrubando-o no chão, onde a estatura menor de Thanos não era uma desvantagem.

No instante em que os dois caíram juntos no chão, uma luz explodiu no peito de Thanos, e algo pesado e encharcado nele desapareceu. Ele se sentiu mais leve e mais feliz do que jamais sentira. Como se o mundo de repente fizesse *sentido* absoluto.

Isso foi apenas um instante, um clique de um mostrador entre segundos. Sua mente ficou vazia com o impacto no chão, e ele atacou com os dois punhos, esmurrando o rosto do homem. Logo os punhos roxos de Thanos estavam manchados de sangue, e então mãos fortes o agarraram por trás e o arrastaram para longe, gritando sílabas sem sentido, toda a sua inteligência reduzida à carne crua de necessidade e negação, o verniz da cultura arrancado, deixando para trás apenas um animal, um animal que estava sendo arrastado para longe enquanto seus gritos e berros eram engolidos pelas paredes macias com isolamento acústico.

Mais tarde, A'Lars foi até ele em seu quarto. Thanos estava sentado no chão num canto, envolto na escuridão e olhando para as mãos, que ele mantinha entrelaçadas em seu colo.

– O médico vai se recuperar? – Thanos perguntou, com um toque de urgência em sua voz. – Aquele que eu machuquei?

A'Lars estalou a língua.

– O "médico" é uma nova forma de vida sintética que criei especificamente para cuidar de sua mãe. Projetado com empatia e compaixão aprimoradas. Parabéns, Thanos. Você espancou até a morte algo que não estava verdadeiramente vivo... e que foi projetado desde o início para não saber como reagir.

Thanos torceu as mãos uma na outra. Elas borraram quando seus olhos perderam o foco.

– Essa instalação – A'Lars continuou. – É proibida para você, Thanos. Você nunca foi informado disso, então não vou puni-lo por ir até lá, ou pelo dano que causou à minha criação. – Seu pai fulminava-o com o olhar. – Volte lá e a punição será severa.

Punição... Thanos sabia o que isso significava. A Sala de Isolamento. Uma pequena câmara ao lado do cogitário de A'Lars. Thanos seria colocado lá dentro. Luzes e ruídos o bombardeariam constantemente para que ele não pudesse pensar. Era a pior coisa que ele podia imaginar, a pior coisa que ele já sofrera.

Mas…

– Mamãe está lá – Thanos disse sem olhar para cima. – Como você pode escondê-la de mim?

– Você é um menino inteligente. Pode encontrar outras coisas para ocupar sua mente além de procurar sua mãe. Ela é irrelevante para você.

– Irrelevante?! – Thanos gritou, levantando-se. – Ela é minha mãe!

A'Lars nem sequer se abalou.

– Ela gerou você. Nada mais. Ela não o vê desde o momento do seu nascimento. O que não significa nada para você. Esqueça-a, Thanos. – Ele gesticulou para a mesa de Thanos e para a interface holográfica flutuando acima e ao redor. – Retorne aos seus estudos. Você tem um intelecto prodigioso, que não deve ser distraído por tais preocupações emocionais.

Sim, ele tinha um intelecto prodigioso. Ele tinha palavras que poderiam contrariar o argumento de seu pai; mas, naquele momento, ele ainda era apenas um menino. Um menino que tinha chegado perto de sua mãe, mas não perto o suficiente. E, naquele momento, ele não conseguia combinar essas palavras em nada adequado ou sensato. Então, simplesmente voltou o olhar para suas mãos e fitou-as até que A'Lars desistiu e saiu.

Não demorou muito. A'Lars sempre tinha algo mais importante para fazer.

CAPÍTULO III

Com o passar do tempo, Thanos e Sintra se tornaram inseparáveis. Um dia, eles se aventuraram para além dos limites da Cidade Eterna e subiram nos contrafortes que cercavam a cadeia de criovulcões que cobriam a terra ao redor da cidade. Dali, podiam ver a totalidade da Cidade Eterna abaixo deles – os prédios antigravitacionais flutuantes, as enormes agulhas de edifícios muito altos que desabrochavam em flores de metal e vidro em seus ápices, o preto liso das ruas, tão congestionadas com o tráfego solar. E, no centro de tudo isso...

O MentorPlex! Erguendo-se acima de quinhentos andares acima do solo, começava como um fino alfinete, sua forma se distorcendo como uma onda senoidal virada de lado, à medida que subia cada vez mais alto, acabando por se desdobrar em um disco perfeito em seu zênite. Proporcionaria moradias para dezenas de milhares de titãs. Tinha sido projetado por A'Lars como o paradigma para todas as novas construções na Cidade Eterna, crescendo, crescendo e crescendo, à medida que mais e mais pessoas precisavam de lares. A'Lars estava supervisionando pessoalmente o processo de construção e estava obcecado em torná-la absolutamente perfeita.

– O MentorPlex é o futuro de Titã – ele declarou a Thanos em um raro momento de compartilhamento e empolgação. Ele mexeu no ar, girando um holograma do prédio. – Com muitos desses edifícios, vamos mudar a paisagem e o futuro de Titã, ao mesmo tempo que mudamos o horizonte da Cidade Eterna.

O edifício gerava um grande calor como resultado de suas necessidades de energia, mas A'Lars – brilhantemente, admitia Thanos – atenuara esse problema ao redirecionar a amônia subterrânea nativa quase congelada de baixo dos criovulcões próximos para atuar como um refrigerador natural de ar.

Agora, olhando para o vale, para a cidade que era o único lar que ele conhecia, Thanos sentiu uma perturbação em seu núcleo. Ele não conseguia identificá-la. Só sabia que algo estava errado. Algo estava torto de alguma forma que ele ainda não entendia.

Há algo errado com Titã, ele pensou.

– O que você disse? – Sintaa perguntou, e Thanos percebeu que havia falado em voz alta, para sua grande surpresa.

Mentir nunca sequer lhe ocorreu. Sintaa era seu amigo, e amigos falavam a verdade.

– Há algo de errado com Titã – Thanos repetiu. – Você não consegue sentir?

Sintaa encolheu os ombros.

– Tudo o que sinto é uma brisa saindo dos criovulcões. Tem certeza de que eles estão adormecidos?

– A maioria está – replicou Thanos, com leveza. – Mas, sinceramente, Sintaa, há uma podridão em Titã. Sempre pensei que fosse *eu*.

– Thanos...

Ele dispensou a preocupação do amigo com um aceno.

– Vejo agora que é outra coisa. – Ele se levantou e olhou para a Cidade Eterna. Iluminada por milhões de diodos quânticos, a cidade era um esboço feito da luz, uma placa de circuito pulsante disposta em linhas precisas e lotes meticulosamente traçados de terra. Não havia nome para isso, apenas o identificador, a verdade: a Cidade Eterna.

Sintaa também se levantou e passou um braço pelos ombros de Thanos.

– Nós temos tudo aqui. Não há nada de errado. Você só está...

– Mordente? – Thanos sugeriu.

– Não conheço essa palavra – admitiu Sintaa –, mas parece certo.

Thanos ficou pensativo, olhando para frente. Alguma coisa estava errada. Algo que ele não conseguia identificar. E, pela primeira vez em sua vida, a coisa errada não era ele.

No caminho de volta dos limites da Cidade Eterna, eles encontraram uma passagem movimentada e entupida, cheia de pedestres. As manhãs e o crepúsculo eram congestionados assim, à medida que se trocavam os turnos de trabalho na Cidade Eterna. Thanos e Sintaa percorreram cuidadosamente as fileiras, fazendo progresso lento, mas constante, contra a onda de passageiros. Havia pouco espaço para manobrar e, sem perceber, Thanos logo foi atingido por um homem caminhando apressadamente na direção oposta.

Thanos era uma criança, mas era grande e sólido; o homem tropeçou, virou-se para um lado e tentou replantar o pé no chão para ficar em pé. Infelizmente, seu pé escorregou para o vão onde a passarela móvel encontrava a berma, mudando seu centro de gravidade. Thanos entendia muito bem a física disso enquanto observava o homem cambalear para um lado, quase se segurar, e depois continuar para baixo.

Ele também entendia o que o *crec* alto significava, mesmo antes de o homem – agora prostrado – agarrar o tornozelo e gritar de dor.

A multidão notou apenas enquanto se desviava da aglomeração no fluxo de deslocamento. Thanos agarrou Sintaa pelo pulso.

– Devemos ajudá-lo – ele insistiu, arrastando Sintaa para fora da passarela e para o lado do homem. O homem ainda estava preso no vão, sua perna torcida em um ângulo estranho e doloroso. Thanos se agachou, examinando a área.

– Preciso que você se levante – Thanos disse ao homem. – Vamos te ajudar com apoio.

– Você fez isso comigo! – o homem choramingou com os dentes cerrados. Seus olhos estavam fechados por causa da dor. – Você me derrubou!

Sintaa se enfureceu.

– *Você* esbarrou nele *de propósito*.

Thanos silenciou o amigo com um olhar e gesticulou para que ele ajudasse, mas Sintaa se recusou obstinadamente, sacudindo a cabeça e cruzando os braços sobre o peito. Então, Thanos enfiou as mãos por baixo da perna do homem e ergueu-a, tentando endireitá-la o suficiente para tirar o pé do buraco.

O homem uivou com dor renovada.

– Pare de lutar comigo – Thanos disse, esforçando-se para conter o membro contorcido. – Só vai doer por um momento, e então você estará livre.

Os olhos do homem se abriram, e o medo dominou a dor.

– O que você está fazendo comigo? – ele questionou. – Socorro! Socorro!

– Eu *estou* prestando socorro! – Thanos afirmou-lhe. Mais um centímetro, talvez dois, e ele seria capaz de tirar o pé do homem do vão.

– Socorro! – gritou o homem, uma nova urgência e terror em sua voz.

– Fique parado ou tente ficar de pé – Thanos insistiu. – Posso soltar você.

– Detenham-no! – o homem uivou. – Alguém o detenha!

– Hum, Thanos...?

Thanos olhou para Sintaa e depois para a multidão. O medo do homem pareceu se estender e mergulhar na multidão. As pessoas pararam e se viraram. Elas encaravam Thanos, que estava tentando libertar o homem do vão da passarela, o que seria uma tarefa mais fácil se a perna parasse de balançar e de se mexer de um lado para o outro.

– Você – Thanos ordenou, apontando para um homem no meio da multidão. – Vá para o outro lado. Estabilize a perna.

O homem não fez nada.

– Você não me ouviu? – Thanos exclamou. – Ele está com dor!

Quando o homem ainda assim recuou, Thanos bradou sua ordem para outra pessoa, uma mulher que estava por perto. Ela também se encolheu.

– Tragam ajuda! – o homem ferido gritou. – Foi ele que me empurrou! Ele está tentando arrancar meu pé!

– O quê? – Thanos se afastou da multidão. – Não fiz nada disso!

– Ele não fez – Sintaa ofereceu, mas Thanos podia dizer pela expressão do homem que ele continuaria a se apegar teimosamente à versão vaga dos acontecimentos.

E agora Thanos ouvia os murmúrios da multidão. Ouviu seu próprio nome, o do pai dele. Ele era conhecido. É claro. Ele usava uma forma indelével de identificação.

O homem deitado ao lado dele gemeu com a dor que o dominava. Thanos viu uma ponta de osso atravessando a superfície do tornozelo, junto a sangue fresco. Se o homem tivesse parado de se debater... Se tivesse deixado Thanos ajudar...

– Você prefere sofrer a...

– Thanos – Sintaa interrompeu, colocando a mão em seu ombro. – Nós temos que ir.

Thanos não queria ir – ele tinha uma mensagem a provar, e era persuasiva. Mas um tremor na voz do amigo fez com que reavaliasse a situação. O medo da multidão foi rapidamente se transformando em raiva e indignação. Eles eram muitos, e ele era apenas um.

Ele deixou Sintaa ajudá-lo a se levantar, e então eles abriram caminho através da multidão – que se partiu, quase com relutância – e correram para longe.

– Isso poderia ter ficado feio – disse Sintaa.

Thanos ficou espantado com o comentário de seu amigo. *Tinha* ficado feio. Por todas as razões erradas. O acaso aleatório e a casualidade bruta tinham se encontrado com o preconceito, e o resultado foi tudo menos bonito.

Quando ele voltou para casa, seu semblante estava tão desanimado e seu aspecto tão melancólico que até seu pai não pôde deixar de notar. Com um suspiro resignado, A'Lars relutantemente perguntou o que estava errado.

Quando Thanos relatou os eventos na passarela para seu pai, A'Lars apenas balançou a cabeça.

— Você deveria saber o que era melhor fazer — ele disse, e retornou ao seu trabalho.

Thanos decidiu, então, naquele momento e lugar: sairia apenas quando fosse absolutamente necessário. Não havia sentido em fazer diferente.

Anos mais tarde, Thanos estava no topo do MentorPlex, olhando para a expansão da Cidade Eterna abaixo dele, para as colinas onduladas onde, uma década antes, ele e Sintaa sentaram e observaram os robôs flutuantes construírem o exato edifício no qual ele agora vivia com seu pai. A'Lars reservou o topo do MentorPlex para si mesmo.

É claro.

É claro que seu pai iria querer olhar do alto para o restante de Titã, da maneira como ele olhava para seu único filho.

Thanos imaginou que ele poderia espiar o local exato onde ele se sentou naquele dia, mesmo sabendo que era um conceito tolo. Dez anos se sucederam em um piscar de olhos, e ele passou esse tempo fazendo o seu melhor para esquecer as atitudes infantis de seu passado e ir em direção ao seu futuro.

Ele havia se aplicado aos estudos com uma diligência e uma intensidade que até mesmo seu pai era capaz de notar. Ele entendeu as complexidades da física e da biologia, da astronomia e da química. Podia identificar estrelas e planetas com um olhar para o céu noturno, podia manipular energias para criar imagens surpreendentemente reais que falavam e se moviam, com uma fidelidade que ia muito além dos hologramas rústicos da tecnologia de Titã. Ele podia examinar tecidos vivos em nível subcelular, ajustando mitocôndrias e lisossomos em busca de gerar vida nova.

E tinha feito o melhor que pôde para esquecer Sui-San. Sua mente, quando pressionada ao serviço, era capaz de muitas coisas, e assim ele ordenou a si mesmo que a esquecesse.

Porém, era impossível. Thanos conseguia deixá-la de lado durante meses ou semanas, mas em algum momento ela sempre voltava. Ele sonhava com o rosto dela, enorme, dolorido e chorando. Era o rosto dela no momento do seu nascimento, ele imaginava. Ninguém se lembrava do nascimento, ele sabia, e, ainda assim, com uma regularidade assustadora, ele sonhava com aquele momento, convencido de que era uma lembrança, não uma invenção de seu subconsciente.

Dois anos antes, ele havia finalmente descoberto uma prova cabal de que A'Lars subornara a família de Sintaa com o intuito de proporcionar amizade a Thanos – aposentos residenciais no tão procurado MentorPlex assim que ficasse pronto. A'Lars não disse uma palavra quando recebeu a prova; mas, desde então, Thanos não tinha mais visto Sintaa. Ele passara a maior parte do tempo em casa, prosseguindo com seus intermináveis estudos.

Sua solidão subsequente acabou superando sua reticência e, nesses dois anos, ele tentou sair, estar entre seu povo. Mas não podia suportar as expressões no rosto das pessoas, o horror mal suprimido, a repulsa absoluta.

A reação de seus pais a ele havia estabelecido o precedente. Sua decisão de anos atrás tinha sido a correta.

Mas ele era realmente tão monstruoso?, ele se perguntava. Ele era mesmo uma criatura tão vil? Ou era apenas a percepção dos outros?

Um olhar no espelho – com relutância – confirmou. Sim. Sim, ele era.

E, no entanto, ele se perguntava: poderia ser realmente algo tão simples, tão superficial, quanto a cor de sua pele e as ranhuras em seu queixo largo que lançava tanto medo neles? As pessoas de Titã – o *seu* povo! – eram tão covardes que poderiam ficar aterrorizadas por algo literalmente superficial?

Os titãs eram mais sofisticados do que isso, de se apegar a antigas superstições, mas ainda assim associavam a cor roxa à morte, ao infortúnio, como se as propriedades fotorrefrativas de uma substância tivessem algo a ver com...

Ele suspirou. Só pensar a respeito já o deixava exausto.

Ele não podia acreditar que fosse verdade. Tinha que ser outra coisa.

Ele sabia que era... incomum. Aparência à parte, seu intelecto o afastava dos outros. A cada dia, tornava-se mais inteligente e astuto. Entendia mais e mais, embora não conseguisse entender o medo dos outros.

O desgosto que ele sentia em A'Lars? Sim, o entendia. Ele era uma criatura miserável, ele sabia e, conforme crescia, só se tornava mais e mais ameaçador. Seus ombros se alargavam. Seus músculos cresciam. Ele era um bruto, um intelecto genial preso no corpo musculoso de um trabalhador braçal. Ele não deslizava; ele pisoteava. Mesmo em seu jeito mais cauteloso, acotovelava e empurrava as pessoas para fora do seu caminho.

Fazia muito tempo que desistira de pedir desculpas. Ninguém dava ouvidos.

E estava ficando mais velho. Logo precisaria traçar seu caminho no mundo, não acima dele. Teria que sair para ir à Cidade como cidadão, como a pessoa que era. Como ele poderia fazer isso quando era rejeitado em cada esquina?

Em um raro momento de desespero total, ele confrontou A'Lars com essa mesma pergunta, buscando uma explicação, procurando algum núcleo de sabedoria que o iludisse até aquele momento, algo que ele pudesse explorar para mudar os corações e mentes de Titã. Veio em uma noite, quando A'Lars foi falar com Thanos em seu quarto. Era tarde, e Thanos estava exausto, seus olhos ardendo das longas horas estudando seu próprio DNA, os hologramas de dupla hélice girando e girando em sua direção, sem oferecer respostas sobre como ele se tornara uma criatura como aquela.

Talvez com uma amostra de DNA de sua mãe...

Ao se sentar à sua escrivaninha, ele largou o corpo na cadeira, depois apoiou a testa cansada na palma de uma mão grande demais. Se sua genialidade não pudesse decodificar o próprio desvio, era inútil.

A'Lars, como sempre, entrou sem bater e sem pedir que a inteligência da casa o anunciasse. Sua voz assustou Thanos, que resistiu ao impulso de pular de surpresa.

– Só queria lembrar você que vou partir para a Cratera Rakdor pela manhã – A'Lars lhe disse. – Minha pesquisa geográfica me deixará ausente por três noites. Lembre-se de...

– Ficar em casa – Thanos resmungou. – Sim. Eu sei. Ficar aqui dentro o máximo possível, para que a mera visão da minha pessoa não dispare uma onda fatal através da sociedade titã. Já absorvi essa lição.

– Seu sarcasmo está registrado. E não é bem-vindo.

Thanos girou na cadeira.

– Eles me *odeiam*, pai! Eles têm medo de mim! E eu não fiz nada! Absolutamente nada!

Como sempre, a empatia de A'Lars era inexistente.

– Sim. E não há nada que você possa fazer sobre isso.

Thanos gemeu e se levantou, balançando os braços sem nenhum objetivo em especial.

– Por quê? O que eu fiz?

A'Lars cruzou os braços sobre o peito e olhou para o filho com frieza.

– Como você já disse: nada. Cada espécie no universo tem um medo instintivo de seu predador.

– Predador? – Thanos grunhiu de novo, descontente, angustiado. – De quem eu sou predador? – Por um momento, a lembrança do tempo no hospital perpassou sua mente. Na verdade, tempos depois ele aprendeu, chamava-se *psicoasilo*, e não era um lugar para curar lesões ou feridas. Sua lembrança do lugar era tão real e tão viva quanto naqueles instantes. O sangue sintético, tão liso e tão real em seus punhos...

Mas A'Lars era dono do psicoasilo e dos sintéticos lá dentro que o faziam funcionar. Ele havia encoberto o momento de violência infantil de Thanos. Ninguém sabia.

– Você é inteligente – afirmou o pai. – E sua inteligência traz consigo uma reserva, uma distância dos outros. Em um nível inconsciente, os outros percebem.

Interpretam como crueldade, como uma ameaça. Combinada com a sua... aparência, eles sentem medo. E, inevitavelmente, o que eles temem, eles odeiam.

Seu pai expôs com tanta naturalidade, tão friamente, que, por um momento, Thanos pensou que talvez não fosse tão ruim. Mas então o significado das palavras se fez, e seus ombros caíram quando ele percebeu exatamente o que seu pai estava dizendo.

– Então, não há nada que eu possa fazer – ele disse. – Eles me odeiam sem motivo, então não há lógica que eu possa aplicar, nenhum raciocínio que eu possa expor, que seja capaz de mudar o que eles pensam.

– Não – confirmou A'Lars, com firmeza definitiva. – Tire isso da cabeça. Você é como é, e o mundo é como o mundo é. Você não pode mudar nenhum dos dois.

– Então, o que devo fazer da minha vida? – Thanos exclamou. – Como posso encontrar o meu caminho se eu for odiado e temido a cada passo que der?

A'Lars permaneceu em silêncio e imóvel por tanto tempo que Thanos se perguntou se finalmente enfurecera o grande homem. Uma satisfação selvagem passou por ele, e seus lábios se curvaram em um sorriso.

Mas então A'Lars simplesmente deu de ombros.

– Toda criatura encontra o seu caminho. Até mesmo o esterco tem seu propósito, Thanos. Você encontrará o seu.

Antes que Thanos pudesse responder, seu pai saiu, a porta sibilando atrás, deixando Thanos sozinho com um sorriso torto e inútil e a certeza de que seu próprio pai achava que ele era esterco.

CAPÍTULO IV

Então ele ficava sozinho no topo do MentorPlex, no topo do mundo. Ao longe, os robôs deslizavam e flutuavam, transportando folhas de titânio e de alumínio, enxertando-as na espinha central do que seria o MentorPlex II, construído nos remanescentes da Cratera Rakdor. Mais área útil de moradia para mais pessoas.

Um som ecoou, e Thanos virou-se para a porta, surpreso. Seu pai não estava, e todos sabiam disso; não havia razão para os visitantes.

A câmera da porta mostrou Sintaa, aguardando impaciente, trocando o apoio do corpo de um pé para o outro enquanto esperava. Seu amigo tinha crescido mais de quinze centímetros. Seu cabelo agora estava comprido e liso, espetado na frente e no topo, depois caindo sobre os ombros, nas costas. Ele tinha um jeito confiante e despreocupado, uma sensação de relaxamento que Thanos invejava.

— O que você está fazendo aqui? — Thanos perguntou, manuseando o controle que lhe permitia falar com o corredor externo.

Sintaa olhou em volta até encontrar a câmera, depois olhou diretamente para ela.

— Que pergunta ridícula. Principalmente para um gênio. Estou aqui para te ver.

Thanos franziu os lábios.

— Vá embora — ele disse, e desligou a câmera.

Um momento depois, a porta vibrou com impacto e uma batida rítmica. Sintaa, o bárbaro, estava realmente socando a porta. Thanos religou a câmera e observou com espanto.

– Deixe-me entrar! – gritou Sintaa, quase inaudível através da porta. – Não vou sair até você me deixar entrar, Thanos!

A irracionalidade abrupta de Sintaa fez o aborrecimento rivalizar com a preocupação dentro de Thanos. Depois de instantes da batida insistente, Thanos cedeu e abriu a porta.

Parado à porta, ofegante, os cabelos bagunçados por causa dos esforços, Sintaa conseguiu mostrar um sorriso de canto de boca.

– Pronto! – ele arquejou. – Foi tão difícil assim? – E, quando Thanos não respondeu, ele continuou: – Agora é a parte em que você me convida para entrar.

– Entrar...? – Era mais uma pergunta do que um convite, mas Sintaa aceitou-a como boas-vindas e caminhou para dentro, alisando o cabelo na nuca à medida que caminhava.

– Obrigado.

A antessala era grande e quase sem móveis, no estilo titã. Suas paredes se curvavam suavemente do chão ao teto, dando a sensação de estarem encerradas em um ovo grande e confortável. Uma imensa janela panorâmica formava uma parede, o vidro curvado e ajustado com perfeita precisão. A mobília flutuava.

Sintaa pegou uma cadeira flutuante com uma boa visão da Cidade Eterna e caiu nela. Conforme programado, uma mesa flutuante se posicionou diante dele.

Thanos sabia que havia rituais quando alguém recebia um hóspede em casa. Ele nunca havia realizado tais rituais, tampouco fora recebido por eles, mas havia lido sobre o assunto. Então, enviou um dos seus adoráveis androides – agora programados para agir como um criado – para a despensa a fim de pegar bolos e água de mel enquanto Thanos aguardava em pé, as mãos cruzadas atrás das costas, em silêncio. De sua parte, Sintaa ficou sentado confortavelmente, examinando Thanos com um sorriso inescrutável.

– Eu pensei ... – ele começou, mas Thanos o deteve com a mão levantada.

– O costume determina que esperemos pelo alimento.

Sintaa encolheu os ombros. Um momento depois, o androide retornou, carregando uma bandeja de comida e bebida. Pegando a bandeja, Thanos fez uma pausa na presença de seu ex-amigo.

– Por que veio aqui, Sintaa? A obrigação de meu pai para com sua família já foi completada.

A expressão de Sintaa azedou.

– Desde que você contou a ele que sabia sobre o acordo dele com os meus pais, seu pai não me deixou mais ver você. Eu tentei algumas vezes, mas ele sempre me bloqueou. Ele estava aqui, ou por perto, ou quando eu sabia que ele não estava, era tarde demais. Então, quando soube que ele ficaria fora por uns dias, vim imediatamente.

Thanos colocou a bandeja sobre a mesa e sentou-se em frente a Sintaa.

– Por quê?

Sintaa riu e balançou a cabeça.

– Porque, sua praga roxa feia, eu realmente gosto de você. Você é meu amigo. E já passou da hora de você ter mais de um amigo seu. Você vive aqui em cima, isolado, preso no palácio de titânio do seu pai, e nem sabe como interagir com as pessoas. Então, vou te emprestar alguns dos meus amigos, certo?

– Não acredito que isso seja parte do acordo com A'Lars.

– *A'Lars que se dane* – retrucou Sintaa, com uma satisfação agradável, como se ele estivesse esperando por anos dizer exatamente isso e só agora tivesse descoberto uma maneira de fazê-lo. – Ele nunca teve um acordo comigo, você entende? Ele tinha um acordo com os meus pais. Tudo aqui... – Nesse momento, ele gesticulou para a frente e para trás entre eles – era verdadeiro.

Verdadeiro. A realidade de sua amizade com Sintaa sempre pareceu frágil e carregada. Thanos juntou os dedos diante dele e se inclinou, pensando. Não podia imaginar um cenário em que Sintaa lucraria por mentir para ele. Não sobre isso. Ele aplicou seu poderoso cérebro à tarefa e percebeu, em uma impressionante explosão de epifania, que ele *não* precisava aplicar seu cérebro para isso. Não era essa a questão do sabor dos quarks, dos spins dos elétrons, das reações das enzimas ou dos planos de clivagem dos cristais. Isso era uma questão de sentimento. Não era possível aplicar lógica. A lógica *não* se aplicava.

– Você é meu amigo – ele disse muito devagar.

Sintaa aplaudiu e até apertou os lábios para um assobio alto e penetrante.

– Ele entendeu! Senhoras e senhores, o garoto gênio de Titã entendeu tudo!

Sua pele não podia trair um rubor, no entanto, Thanos sentiu o sangue correr para suas bochechas. Ele virou a cabeça para o outro lado.

— Seu tolo.

— Um tolo que tem uma noite planejada. — Sintaa saiu de sua cadeira e agarrou Thanos pelo braço. — Vamos.

O céu nunca escurecia de verdade na Cidade Eterna. A cidade em si parecia feita de luz, suas superfícies brilhantes delineadas com tubulações que emitiam luminosidade e ficavam acesas mesmo durante o dia.

Eles saíram do MentorPlex. O céu estava cheio de balsas voadoras e flutuadores, repletos de engarrafamento artificial.

As passarelas terrestres não eram melhores. Thanos, muito alto e muito largo, estava ciente de quão desconcertante era sua presença. A população das passarelas apinhadas e lotadas tentava lhe dar amplo espaço para passar, esbarrando uns nos outros. Ainda assim, ele encontrava cotovelos e ombros, empurrava as pessoas para o lado, seus pés pisavam nos pés dos outros.

Ele tentava ignorar. Focar em outra coisa. Ele se perguntava o que aconteceria se de repente houvesse uma emergência. Se todas essas pessoas tivessem que *fugir*. Seria loucura.

— É tão cheio de gente. Pior do que costumava ser — Thanos reclamou. — Eu não costumo me aventurar tão longe. Não percebi. De cima, é difícil compreender.

— E é por isso que você deve sair de vez em quando — Sintaa brincou ao seu lado, encontrando caminho ao empurrar um grupo de pessoas vindo na direção oposta.

— Achei que era ruim quando éramos crianças, mas isso...

— Vai melhorar quando os MentorPlexes II e III forem construídos — observou Sintaa. — O que seu pai não tem em habilidades paternais ele compensa no planejamento da cidade, tenho que admitir. O excesso da população será direcionado para cima, como sempre.

Thanos resmungou alguma coisa afirmativa. Seu pai projetara a Cidade Eterna, supervisionara a terraformação de Titã em um lugar habitável. Por mais distante e implacável que seu pai pudesse ser, Thanos precisava lembrar a si mesmo que o homem tinha responsabilidades que esmagariam homens menores. A'Lars poderia ser perdoado por suas intermináveis distrações e negligências.

Thanos se viu sorrindo, para sua surpresa. Quinze minutos na presença de Sintaa e ele já estava muito mais feliz.

No distrito de entretenimento, Sintaa os guiou através de uma multidão até um clube, onde luz e sombra pulsavam no ritmo de música pesada. Thanos parou, para a raiva e a frustração das multidões que tentavam atravessar a passarela.

— Um clube? — Thanos exclamou. — O que acha que eu sou, Sintaa?

— Eu acho que você é um estraga-prazeres sem graça que nunca teve um momento que não fosse dedicado a decifrar algo — Sintaa respondeu. — Acho que você precisa de algum tempo para estar com outras pessoas e parar de pensar tanto. Talvez até faça algo maluco e radical, como beijar alguém.

Thanos latiu um riso horrorizado.

– Beijar alguém? Você ficou louco? Olhe para mim! Olhe para eles. – Ele gesticulou para os titãs que fluíam ao redor dele, que faziam o seu melhor para não encarar demais ou olhar muito de perto a *coisa* mutante no meio deles.

Sintaa dispensou a preocupação de Thanos fazendo um aceno como se quisesse dissipar um cheiro ruim.

– Um beijo e você vai esquecer tudo sobre esses idiotas provincianos e seus preconceitos vulgares. Você passou sua vida deixando seu pai te convencer de que você não tem valor. Que seu tamanho e sua aparência fazem de você um monstro. E, como ele é importante, o bambambã, se ele acredita nisso, todo mundo também acredita.

Thanos abriu a boca para falar, mas Sintaa o silenciou com um gesto.

– Nada disso é sua culpa; é dele. Mas acredite em mim: quando você beija alguém, você sente. A conexão. A natureza interligada de tudo isso. Você é parte de Titã, Thanos, e vou provar isso para você. Esta noite.

Thanos se permitiu ser levado para dentro. As pessoas olhavam enquanto ele se apertava através da porta, que era muito baixa para ele e estreitada por um aglomerado de vadios.

No interior, o ar era denso e fechado, e o clube ficou absolutamente em silêncio. A música só ficava do lado de fora; o interior era à prova de som. Parecia que, ao atravessar a porta, ele fora imediatamente submerso em vácuo, separado de todo o som. Ele colocou as mãos sobre as orelhas por um momento, ouviu o ritmo confiável de seu próprio batimento cardíaco e relaxou um pouco. A claustrofobia da situação passou por um momento de ajuste.

Era um chamado silencúrio, um "clube silencioso" onde o som era proibido, eliminado através do uso de piso acusticamente nulo. Na pista de dança central, um globo pulsante de luz multicolorida brilhava e latejava enquanto corpos giravam e se esbarravam em uma pantomima indecorosa e langorosa. O silêncio era tão alto a ponto de ser ensurdecedor – total silêncio, total falta de som.

Era um lugar completamente impressionista. Sem música para guiá-los, os dançarinos se moviam da forma como seus corpos ditavam, e os movimentos eram interpretados livremente pelos espectadores. Havia tantos espetáculos acontecendo quanto o número de pessoas presentes.

Sintaa levou-o a uma mesa, onde duas jovens esperavam. Uma delas – uma beldade de cabelos verdes com holotatuagens bruxuleantes nos cantos dos olhos –, iluminada pela visão de Sintaa, abriu a boca em um grito silencioso e jogou os braços ao redor dele. Claramente, ele estava se relacionando – pelo menos temporariamente – com a garota de cabelos verdes.

Sintaa indicou que Thanos se juntasse a eles na mesa. A outra garota usava o cabelo curto e vermelho como uma cereja madura, a pele amarelo-clara e salpicada de pontos verdes. Ela lhe ofereceu um sorriso tímido e moveu-se o suficiente para que ele pudesse se sentar entre ela e Sintaa.

Thanos ansiava por falar, mas as regras e a ciência do silencúrio proibiam-no. Então, ele se sentou em silêncio, mãos entrelaçadas sobre o colo, e observou a massa de pessoas que rodopiavam e se retorciam. Até a pista de dança parecia cheia demais, os corpos colidindo em tranquilidade.

Sintaa e as duas garotas usavam macacões policromáticos com canos holográficos nas pernas que mudavam de cor e dragonas transparentes preenchidas com um fluido viscoso que copiava languidamente seus movimentos do ombro. Era a moda, e a maioria dos dançarinos usava roupas semelhantes: calças muito justas que mudavam de cor e brilho, cotoveleiras brilhantes como neon, botas até o joelho com detalhes holográficos trêmulos.

Usando uma calça prosaica e uma túnica azul-escura, Thanos se sentiu ainda mais deslocado. Mas com o passar do tempo e com a atenção de todos permanecendo nos dançarinos, seu desconforto diminuiu e seus ombros perderam a rigidez. Comparado à agitação e ao barulho do mundo lá fora, o silencúrio era um paraíso. Ele ouvira falar de experiências de privação sensorial antes, mas esse lugar fundia a privação com a imersão sensorial, desligando o som para que os outros sentidos ficassem mais vivos.

Ele se virou para a garota ao seu lado, e ela ofereceu outro sorriso. Ele tentou um sorriso também, consciente como sempre da forma como seu queixo deformado distorcia sua expressão.

Um robô passou por ali, um prato pairando diante de si, sobre o qual havia vários copos. A garota estendeu a mão para parar o robô, depois pegou duas bebidas e concluiu a transação com a leitura da digital. Ela ofereceu uma das bebidas para Thanos com um semblante questionador.

Ele aceitou a bebida. Analisou-a. Bebeu um gole. E era verde, borbulhante e doce demais, com gosto de melão, sabugueiro e álcool etílico. Ainda assim, ela bebeu, então ele também bebeu.

Eles observaram a pista de dança por um tempo, os corpos se movendo como se acionados por sinais ocultos, contorcendo-se e girando no ritmo da pulsação do globo de luz. Sombras saltavam e estremeciam nas paredes, no teto e no chão, reconfigurando-se quando os dançarinos se moviam, paravam e se moviam de novo. Thanos se perdeu ao assistir, ao ver a arte desses movimentos, do ritmo impecavelmente sincronizado, com o ímpeto. Lá fora, os corpos esmagados na multidão eram inconvenientes e incômodos. No interior, eram arte.

Thanos perdeu a noção do tempo, afundando em momentos individuais. E então houve um toque nas costas de sua mão, uma leve sugestão de sensação. Era sua companheira, que o observava intrigada.

– *Lá fora?* – ela perguntou, movendo a boca, mas sem emitir som.

Ele olhou para Sintaa, que levantou uma sobrancelha e assentiu. Thanos se levantou. Para sua surpresa, ela pegou a mão dele e levou-o através da multidão e rumo à porta.

Lá fora, o ruído repentino assaltou-o como se fosse uma coisa física. Ele estremeceu de dor – passos, música, gente limpando a garganta, vozes elevadas. Uma mistura de sons, todos se fundindo em um aríete sônico que atacava seus sentidos.

Ela ficou junto dele, segurando sua mão enquanto ele se reajustava ao mundo do barulho novamente.

– É difícil na primeira vez – ela comentou quando ele enfim limpou a mente e a fitou. – O ajuste – ela esclareceu.

Foi a primeira vez que ouviu a voz dela. Não havia, ele admitiu, nada de especial nisso, e ainda assim ele queria ouvir mais.

– Fale mais – disse ele.

Ela riu.

– O gênio nunca ouviu falar de conversa fiada.

– Não. Mas gosto do som da sua voz. Devo oferecer um assunto para discussão?

Ela balançou a cabeça.

– Está tudo bem. Minha mãe me diz que eu nunca calo a boca, então é legal ter alguém que realmente queira ouvir. – Ela fez uma pausa. – Então… O famoso Thanos. Filho de A'Lars.

– Filho de Sui-San – ele lhe disse. – Como você soube?

Foi uma tentativa de leveza e funcionou. Os olhos dela dançaram de alegria.

– Você parece um Thanos, eu acho. Não é um Jerha ou um Dione ou um…

– Sintaa? – ele perguntou, olhando por cima do ombro por um momento. Sintaa ainda estava dentro do silencúrio.

– Definitivamente um Thanos – ela disse. Ela inclinou a cabeça. – Nessa luz, sua pele nem parece roxa.

Ele não sabia como responder. A mutação de seus múltiplos genes portadores de soluto, que resultaram no fenótipo roxo, não era culpa sua. E, no entanto, ele ficara envergonhado e constrangido por toda a sua vida consciente.

– Então eu suponho que gosto da luz aqui – ele informou a ela.

A garota encolheu os ombros.

– Eu gosto de roxo. É minha cor favorita.

Ele piscou, depois piscou outra vez. Foi por isso que Sintaa a escolheu para fazer-lhe companhia naquela noite? Por que sua cor de pele não era abominável para ela? Dizer que roxo era sua cor favorita... Em Titã, isso era o mesmo que dizer que a morte era sua parte favorita da vida.

Enquanto ele ponderava sobre a ideia, ela o considerou com algo próximo ao divertimento. Finalmente, como se estivesse prendendo a respiração, a garota exclamou:

— Você realmente não se lembra de mim?

Ele ficou imóvel.

— Lembrar de você? — Ele conhecera poucas pessoas preciosas em sua vida, tão isoladas quanto ele. Como seria possível que ele não se lembrasse de uma delas?

— Eu sou Gwinth — ela anunciou. — Gwinth Falar. Das suas infames quatro horas de escolaridade formal.

A memória o atropelou. A projeção do seu sangue. A picada que desencadeou gritos. E a garota que tão inocentemente e sem recriminação perguntou sobre sua pele roxa.

— Você parece tão diferente — disse ele. Lamentavelmente, ele percebeu tarde demais.

Gwinth deu um riso quase musical.

— Acontece. Você parece o mesmo, só que maior. Não acredito que seja mesmo você. É incrível ver você de novo.

Ele apertou a mão dela, tomando muito cuidado para não apertar demais.

— Prazer em conhecê-la, Gwinth Falar. De novo.

— Sintaa diz que você é um gênio.

— Sintaa diz muitas coisas.

— Então você não é?

Ele se viu gostando dessa... dessa... coisa. Era chamado *bate-papo*, não? O divertido jogo de palavras entre duas pessoas. Ele ouvira falar a respeito, mas só se acostumara a usar palavras para discutir com o pai ou emitir ordens a androides.

– Eu não disse isso. Só disse que Sintaa diz muitas coisas.

Sua boca se curvou em um canto e ela pareceu rir. Eles foram para o meio da multidão e caminharam juntos, ainda de mãos dadas. As massas se abriam para ambos; as expressões de choque e aversão eram inevitáveis, e Thanos se sentiu obrigado a pedir desculpas a ela pelos olhares feios lançados em sua direção.

Ela apenas deu de ombros.

– Quando Sintaa nos disse que era seu amigo – ela começou –, nenhum de nós acreditou.

– Vocês não conseguiam acreditar que eu era capaz de ter um amigo, ou achavam que eu não poderia tolerá-lo?

Ela riu.

– Você é engraçado. E você não está tentando ser, o que torna isso ainda mais divertido. Apenas não acreditamos nele, só isso. Todos sabiam sobre você. Você foi embora, mas continuou sendo famoso.

– Notório, mais provável – disse-lhe.

Ela riu da própria definição.

– Nossos pais falavam o tempo todo, especialmente quando sabiam que você estaria na nossa escola, e depois que você saiu. Sobre como A'Lars e Sui-San deram à luz um... – Gwinth não terminou a frase.

– Já ouvi todas as palavras antes – ele assegurou-lhe. – Monstruosidade, talvez? Grotesco? Aberração?

– Não somos nossos pais – ela sussurrou, com os olhos voltados para baixo. – Não odiamos e tememos algo apenas porque é diferente. – Ela franziu a testa para um transeunte que olhava boquiaberto para eles. – Não como *esses* imbecis, que não conseguem deixar as coisas para lá. Que têm medo porque é mais fácil do que pensar.

– O medo deles é compreensível – disse ele, surpreso ao se ver tomando partido contra si mesmo –, e até lógico. De um ponto de vista evolutivo. A segurança tribal depende da remoção de elementos externos. O medo e o ódio do "diferente" ou do "distinto" fazem sentido.

– Talvez milhares de anos atrás, quando vivíamos vidas mais curtas e não tínhamos a medicina – argumentou ela. – Mas agora? É um vestígio do nosso passado. É um preconceito sem sentido.

Thanos parou de andar por um momento e olhou para ela, que sorriu sardonicamente, dizendo:

– Eu não sou um gênio, mas também não sou idiota. Pare de defender as pessoas que te odeiam.

Thanos a puxou pela multidão e encontrou uma plataforma que se projetava acima da passarela. Era uma plataforma de pouso para robôs de limpeza, mas no momento estava vazia.

Com as mãos grandes ao redor da cintura dela, Thanos a ergueu para a plataforma, depois subiu. Abaixo deles, a multidão preencheu o espaço que eles tinham ocupado, engolindo tudo, fazendo parecer como se eles nunca nem tivessem estado lá.

– Não consigo encontrar em mim um motivo para retribuir o ódio deles – Thanos lhe disse. – Até conhecer você, achei que apenas Sintaa não me odiasse e temesse.

A tristeza nublou seus olhos.

– Sério? Apenas Sintaa? E quanto ao seu pai?

Thanos balançou a cabeça.

– A'Lars não me teme. E, sinceramente, não acredito que me odeie. Mas ele sente desgosto por mim.

– Que hipócrita! – ela exclamou com fervor. – Ele é seu *pai*. Você veio *dele*.

Thanos considerou.

– Provavelmente é por isso que ele sente tanto desgosto. – Ele apontou para um ponto ao longe, para o MentorPlex. – Veja as obras dele. Veja todas elas ao seu redor. Esta cidade é o verdadeiro filho do meu pai, o filho que ele sempre sonhou. Linda, perfeita, meticulosa e obediente.

– E superlotada – ironizou Gwinth.

Com uma risada, Thanos fez um gesto para o esboço do esqueleto que era o começo do MentorPlex II.

– Ele vai consertar aquele também.

E, então, uma sensação que ele nunca experimentara antes – um toque em seu rosto. Em seu queixo sulcado, para ser exato. A mão, pequena e delicada contra o peso de sua mandíbula, parecia macia e suave. Thanos inclinou a cabeça ligeiramente, apoiando-se na palma da mão dela.

– Você beija? – ela perguntou.

Respostas guerrearam ao longo de sua língua, lutando para escapar de seus lábios: bravata, machismo, deflexão, acordo.

Ele escolheu a honestidade.

– Eu gostaria de beijar.

Gwinth não disse nada, apenas se inclinou na direção dele, depois pressionou os lábios nos dele.

Quando você beija alguém, você sente. A conexão. A natureza interligada de tudo isso. A promessa de Sintaa soou em sua mente, repetidamente.

Ao beijar Gwinth, Thanos sentiu... a pressão úmida de seus lábios. Sua respiração quente contra a bochecha dele.

E ele sentiu...

Alegria.

Ele deu nome à emoção antes que pudesse ter certeza, então confirmou. Alegria. Naqueles segundos em que seus lábios se apertaram, ele experimentou a primeira verdadeira felicidade de sua vida. Era como se a combinação dos dois produzisse algo novo, algo incognoscível até aquele exato instante.

Seu coração era apenas um órgão, apenas uma sofisticada bomba biológica desenvolvida a partir do primitivo celoma dos primeiros organismos multicelulares. E ainda assim... E ainda assim, parecia *cantar*.

Apenas por causa daquele beijo.

– O que você está pensando? – ela perguntou, os olhos brilhando quando eles se afastaram.

– Não estou pensando – disse ele, como se estivesse atordoado. – Pela primeira vez na minha vida, não estou pensando em nada. – Ele ponderou. – E você? Depois de beijar o infame Thanos?

– É como beijar qualquer outra pessoa – ela maravilhou-se, como se estivesse descobrindo um milagre.

Ele riu com ela. Seu humor, seu espírito – ambos se iluminaram. E então Thanos percebeu algo. Algo antigo e novo ao mesmo tempo. Uma cumplicidade tácita surgiu entre ambos.

– Tenho que ir – ele lhe disse. – Peço desculpas, mas há algo que tenho que fazer.

– Agora? – Gwinth o fitou com olhos arregalados.

Ele não lhe deu tempo para protestar mais. Ajudou-a a descer da plataforma e então a deixou lá no meio da multidão, abrindo caminho, agradecido, pela primeira vez em sua vida, pela maneira como as pessoas recuavam e se afastavam dele.

– Thanos! – ela gritou, perdida atrás dele. – Thanos!

Ele a ignorou. Não tinha escolha. Uma peça de quebra-cabeça perdida ao longo de sua vida então apareceu e, quando se encaixou no devido lugar, revelou…

Possibilidades. Finalmente.

CAPÍTULO V

O PSICOASILO NÃO HAVIA MUDADO NOS ANOS desde que Thanos colocara o pé lá, mas sua compreensão do lugar, sim. Quando criança, ele achava que era um lugar para aqueles que – como sua mãe – tinham doenças mentais incuráveis. Um lugar construído e supervisionado por A'Lars por compaixão pelos menos afortunados de Titã.

Mas, nos dias que se seguiram à sua última visita, ele tomou conhecimento da verdade: o psicoasilo existia exclusivamente por causa de Sui-San. Ela era a única paciente, a única interna. A'Lars tinha construído e mantido as instalações não por generosidade de espírito, mas por repulsa e como subterfúgio. Ele jogou Sui-San lá e a abandonou.

E agora. Aqui. Um prédio inteiro dedicado ao cuidado de uma pessoa. Sui-San. A mãe fugitiva. A Titã Louca.

Por quanto tempo, Thanos imaginou, A'Lars teria considerado um destino semelhante para seu filho grotesco? Como Thanos evitara uma cela ao lado de sua pobre mãe? Pura sorte? Certamente não a misericórdia de um pai – A'Lars não tinha nenhuma.

Meu cérebro, Thanos pensou. A'Lars reconhecia a inteligência de sua prole e achou que poderia ser útil. Essa era a única razão lógica para manter Thanos por perto.

Nos anos desde o seu nascimento, Thanos ainda tinha que se mostrar digno dessa indulgência para a satisfação do pai. Quanto tempo mais A'Lars sofreria com sua presença?

O beijo com Gwinth o havia despertado para a possibilidade de pertencimento, de família, de amor. Thanos temia a Sala de Isolamento mais do que temia perder a própria vida e, assim, até agora, nunca mais tinha voltado. Mas houve o beijo. O beijo que o fez perceber que ele *poderia* se encaixar; ele *poderia* pertencer. Ele *merecia* pertencer.

Sintaa uma vez lhe disse que todos os seres vivos tinham mães. Thanos sabia que havia um espaço oco em seu núcleo, o lugar que deveria ser preenchido com a mãe e com o amor dela. Ele não achava que merecia tais coisas, mas Gwinth, com sua gentileza e seu beijo, provara que ele estava errado. Ele tinha que ver Sui-San e procurar essa conexão e, pelo menos, *tentar*.

Se nada mais fosse possível, ele iria conseguir uma amostra de DNA de sua mãe. Sui-San poderia não lhe contar o que ele queria ouvir ou saber; ela poderia nem mesmo falar com ele. Mas, no mínimo, ele conseguiria esse DNA. Descobrir o que acontecera com ele ainda durante a gestação. E talvez, apenas talvez, se consertar.

Lambendo os lábios, Thanos entrou no hospital. Uma onda de memória o atingiu, pingou dele, amontoou-se a seus pés. O que parecia grande e brilhante quando era criança agora parecia apertado e sombrio. As paredes que engoliam o som serviam para impedir que os gritos de Sui-San saíssem do prédio, ele agora entendia. Com os dedos abertos, ele pressionou uma mão contra a parede, sentindo-a ceder contra ele. Quantos gritos por socorro essas paredes haviam contido?

Uma chama de ódio explodiu em seu peito. Isso não poderia ficar assim. Mesmo com sua posição na sociedade, não se poderia aceitar que A'Lars tratasse sua cônjuge dessa forma.

Thanos foi até a sala de recepção onde entrara quando criança. Naquela época, ele tinha a compreensão de uma criança, a frágil compreensão de uma criança acerca de seu temperamento e emoções. Agora ele era quase um homem.

Um bípede sintético estava diante dele, vestido com a mesma túnica preta do "médico" que ele havia espancado anos antes. Parecia idêntico. Seria o mesmo, ou apenas a versão mais recente do modelo? Suas mãos de repente pareciam pegajosas. Suor, não o biocombustível que ele confundira com sangue todos aqueles anos atrás. Ainda assim, a lembrança era tangível e potente.

– Thanos – ele disse em um tom de desaprovação. – Me disseram que você viria.

Ele analisou a sentença: *Os sensores de segurança detectaram sua presença e transmitiram-na ao meu córtex sintético, que então executou uma sub-rotina pré-programada. Porque seu pai pensou em tudo, inclusive em você tentar isso de novo.*

Sufocando sua raiva contra A'Lars, Thanos se forçou a lembrar as palavras de seu pai de tempos antes:

O "médico" é uma nova forma de vida sintética que criei especificamente para cuidar de sua mãe. Projetado com empatia e compaixão aprimoradas. Parabéns, Thanos. Você espancou até a morte algo que não estava verdadeiramente vivo... e que foi projetado desde o início para não saber como reagir.

Empatia e compaixão aprimoradas...

Abrindo os braços em um gesto de paz e humildade, Thanos disse:

– Sinto muito por me intrometer. Não tenho a intenção de ofender nem de desrespeitar.

Foi só um momento, mas a hesitação do sintético informou a Thanos que estava alterando seus parâmetros de resposta. Agora que ele sabia que estava lidando com algo artificial, algo programado, podia manipulá-lo como se estivesse executando um código.

– Você não machucou ninguém – o sintético replicou gentilmente.

– Preciso da sua ajuda. – Thanos falou com um tom de voz tão carente e de dar tanto dó quanto conseguiu sem choramingar. *Empatia e compaixão aprimoradas.* Ele estava deliberadamente acionando os protocolos de ajuda e auxílio do sintético, aparentando estar fraco, indefeso e precisando de ajuda. – Por favor – pediu. – Por favor, me ajude. Preciso da sua ajuda.

O sintético inclinou a cabeça para um lado.

– As minhas diretivas são pedir para você sair.

– Eu quero sair – Thanos mentiu suavemente –, mas não consigo. Preciso da sua ajuda.

O sintético ofereceu sua versão de um sorriso.

– Eu ficaria feliz em ajudá-lo nessa empreitada, Thanos.

Thanos assentiu gravemente.

– Quero sair, mas não consigo. Não até ter falado com Sui-San. Por favor, pode me ajudar?

O sintético balançou a cabeça, mas Thanos detectou microespasmos em seus olhos enquanto sua *bioware* tentava reconciliar as missões agora conflitantes. Ajudar pessoas. Não deixar Thanos entrar. Eram diretivas incompatíveis.

– Por favor – Thanos insistiu, e considerou cair de joelhos. Tal teatralidade, entretanto, teria sido antecipada por A'Lars, que sem dúvida havia programado algo contra ela. Thanos precisaria de algo além de gestos vazios e facilmente reconhecíveis. – Preciso da sua ajuda para voltar a ser inteiro – disse ele. As palavras saíam sem planejamento e eram tão *verdadeiras* assim justamente pela falta de malícia. – Nunca conheci minha mãe. Nunca a vi, exceto em sonhos. Quero conhecê-la, me conhecer, entender. Por favor – ele disse de novo –, por favor, deixe-me vê-la. Deixe-me falar com ela. Ela é a única pessoa que pode me dizer quem eu sou e o que eu sou. A única que se importa.

Os olhos do sintético vibravam de um lado para o outro, depois se agitaram para cima e para baixo. Sua expressão passou de neutra a suave e austera e, então, justo quando Thanos desistiu, sua boca se torceu em uma simulação de sorriso.

– Claro, Thanos. Deixe-me acompanhá-lo.

Demorou pouco tempo, dado que o hospital era um local pequeno projetado para um único ocupante. O sintético levou Thanos por um corredor, e fizeram uma curva. Ao longo do caminho, ele viu outros sintéticos, vestidos da mesma forma, e todos acenavam de modo agradável e vago para ele.

– Aqui – informou o sintético, e indicou uma porta. Thanos manuseou o controle, mas nada aconteceu.

O sintético teclou no painel por ele, e a porta se abriu deslizando para cima. Thanos hesitou.

– Este é o quarto dela – o sintético disse com confiança alegre.

Ele sabia. Ele sabia que era o quarto dela e, de repente, seus pés pareciam não querer se mover.

– Você está doente? – o sintético perguntou. – Posso arranjar medicação, se necessário. Descreva seus sintomas.

O tom solícito do sintético havia friccionado em seu último nervo. Isso, mais do que qualquer outra coisa, desgrudou seus pés e o empurrou para o quarto antes que a porta se fechasse.

Era pequeno e bem iluminado. As paredes eram macias, e esse mero dado era eloquente em comunicar a condição de sua mãe. Paredes macias significavam que ela tinha tendência a se jogar contra elas.

Havia uma cama flutuando contra uma parede, mas nenhuma outra mobília. Nenhum pertence pessoal que ele pudesse identificar. Uma onda de raiva direcionada a A'Lars inchou em seu peito. Sua mãe não estava recebendo *tratamento*. Ela estava sendo *armazenada* em um depósito. Como móveis velhos.

Armazenada ali. Bem na frente dele. Pela primeira vez, ele a viu.

Seu primeiro pensamento foi: *ela é linda.*

Talvez os filhos estivessem predispostos a considerar seus pais agradáveis ao olhar. Ele não achava isso; ele achava A'Lars inteiramente mediano em termos de aparência. Sua mãe, porém, era excepcional.

Mesmo naquele cenário antisséptico, sua beleza brilhava. Sua pele resplandecia, e seu cabelo parecia fluido, um jato de tinta preta caindo sobre os ombros. Olhando para ela, ele se viu pensando no que, sem dúvida, todos no mundo pensavam:

Como algo tão belo poderia ter me dado à luz?

Ela estava sentada no chão, pernas cruzadas, mãos apoiadas sobre os joelhos. Seus olhos estavam fechados, e sua respiração era regular. Ele imediatamente reconsiderou sua raiva contra A'Lars. Ela parecia estar em boa saúde, em paz, relaxada. Talvez este ambiente desnudado fosse adequado para ela. Estimulação sensorial baixa. Nada para aborrecê-la.

Enquanto ele observava, sua cabeça inclinava suavemente de um lado para outro e para cima e para baixo, traçando um símbolo do infinito relaxado. Ela estava cantarolando levemente.

Thanos deu um passo em direção a ela e clareou a garganta. Os olhos dela se abriram devagar, sonhadoramente.

– Mãe. Sou eu. Seu filho. Thanos.

A cabeça dela continuava o preguiçoso oito deitado, seus olhos focados em absolutamente nada. Ele chegou mais perto e, com ternura e um toque gentil, pegou o queixo dela entre o polegar e o indicador, guiando a atenção dela para seu rosto.

– Mãe – ele disse de novo. Os olhos dela ainda estavam sem foco. As pupilas eram alfinetes. – Mãe, estou aqui. Aqui para ajudá-la.

E os olhos dela se voltaram para Thanos e focaram. Eles se arregalaram quando ela inspirou horrorizada. Em um instante, ela bateu na mão dele e se arrastou para trás, afastando-se como um caranguejo, sua respiração entrecortada explodindo em um grito de terror.

Thanos olhou por cima do ombro, mas lembrou-se das paredes maciças e que absorviam todos os sons. Ninguém ouviria.

– Mãe – ele disse de novo, estendendo as duas mãos para mostrar que não lhe queria mal. – Mãe, é seu filho. Seu filho.

– Você! – ela suspirou, encolhendo-se contra uma parede. – Você! Eu vi você! Vi seu rosto!

– Sim. Quando eu nasci. Você me segurou, não foi? – Lágrimas brilhavam nos olhos dele quando se aproximou dela, movendo-se lentamente para não assustá-la ainda mais.

Ela inspirou outra vez, apertando-se em um canto.

– Você é um demônio! – ela gritou. – Você é a morte! Eu vi nos seus olhos! Saiu dos seus ouvidos e sangrou no meu peito nu quando você nasceu! Você é a morte! Você é a morte!

Com uma mão estendida para alisar o cabelo dela para trás, Thanos congelou ao ouvir as palavras.

– Mãe. – Ele enxugou as lágrimas incipientes dos olhos. – Mãe, não. Eu sou apenas seu filho.

– Morte! – ela berrou, enrolando-se em uma bola concisa, joelhos apertados contra o peito, rosto escondido. – Morte! Morte! Morte! Você respira morte! Você a come e a transpira! Você! É! A! Morte! Morte! Morte!

Ela o disse repetidamente, até que as palavras se confundiram e se fundiram em uma única e repetida sílaba sem sentido, seus dentes batendo no *T* tão violentamente que Thanos ficou surpreso por não caírem da boca de sua mãe. Toda vez que tentava se aproximar dela, para consolá-la, Sui-San jogava a cabeça para trás e uivava, um som agudo alto que perfurava através de seus ouvidos e para dentro de sua alma. Recuando, ele congelou no centro do cômodo. Ele não podia ajudá-la, mas não poderia deixá-la em tal estado, poderia?

Instantes depois, tateando atrás de si, Thanos deslizou a porta e tropeçou para o corredor, onde o sintético esperava pacientemente por ele.

— Ela precisa da sua ajuda — ele conseguiu verbalizar, e o sintético imediatamente entrou no quarto, seguido por dois idênticos. Eles se agacharam perto de Sui-San e administraram uma dose de uma medicação azul-clara. Thanos observou até que a porta se fechou automaticamente, cortando a visão e o som.

Do lado de fora, Thanos quase desmaiou, agarrando-se na parede externa do psicoasilo.

Sua mãe.

Sua própria mãe.

Ele nem sequer obteve uma amostra de DNA. Sentira tanta angústia, tinha sido tão covarde. Um garotinho tão amedrontado, fugindo ao primeiro sinal de problema... Ele rangeu os dentes e bateu na parede com um grande punho; era uma parede térmica reforçada com uma liga de aço rígida e exótica, e não cedeu de jeito nenhum. Ele socou de novo, depois de novo e de novo e de novo, até que as ondas de dor atingiram seu cotovelo, e seus dedos ficaram dormentes.

Inclinando a cabeça para cima, ele teve um vislumbre da panóplia de estrelas nos arcos do espaço que emolduravam Hipérion, a anã de Titã, irmã deformada, uma verruga no céu noturno.

Caindo de joelhos, ele se apoiou contra a parede. Uma grande escuridão o dominou, seguida por grande fraqueza. O mundo nadava e borrava, as cores se misturando. Quando encontrou forças para olhar para cima, o céu parecia lavado e desbotado em poças de cor, reflexos das luzes da cidade se fundindo com o preto do espaço, as manchas brancas das estrelas, o tom azulado de Hipérion.

Não eram mais coisas separadas e distintas. Haviam se fundido. Eram partes de um todo. Elas se conectavam e se pertenciam.

Thanos pensou em algumas horas antes, naquela noite, no toque dos lábios de Gwinth.

Maldição! *Ele* também tinha uma conexão. Ele *não* era um pária. Era parte de Titã, quer Titã quisesse que ele fosse ou não.

Ele amava Titã, mesmo que Titã o odiasse.

Seria fácil contrapor ódio com ódio e medo com medo. Flexionando os dedos para recuperar a sensibilidade, fechando os punhos, ele sabia que poderia ser mais do que Hipérion era para Titã. Ele poderia contribuir.

Por enquanto, não havia nada que pudesse fazer por Sui-San. A loucura dela estava além de seu conhecimento e de suas habilidades. Por enquanto.

Ele iria contrapor medo com amor. Seu pai lhe dissera que não havia nada que ele pudesse fazer para mudar o modo como Titã o via, então ele percebeu que, ao invés disso, *ele* é que deveria mudar. Talvez houvesse reciprocidade. Talvez não. Porém, era melhor do que nada. Na pior das hipóteses, ele ajudaria as pessoas e nunca seria agradecido por isso. Mas eles ainda teriam sua ajuda, mesmo que aprendessem apenas a esconder seu ódio e medo por trás de uma cortina de negligência benigna e anódina.

Ele canalizaria o amor de sua mãe perdida e demente. Ele amaria Titã e todos os que ali vivessem. Por nenhum outro motivo: apenas porque ele podia fazê-lo.

Thanos voltou para casa.

Havia trabalho a fazer.

CAPÍTULO VI

Levou mais de uma hora para percorrer os dezesseis quarteirões até chegar às ruas e corredores lotados. As passarelas aéreas também eram apinhadas de gente, tão lotadas de veículos que criavam um dossel que encobria o céu de grandes manchas em movimento. *Em algum momento, essas pessoas teriam suas novas casas nos MentorPlexes II e III*, ele pensou.

O excesso da população será direcionado para cima, Sintaa dissera.

Thanos parou de chofre na entrada do MentorPlex.

O excesso da população será direcionado para cima.

Ele ficou parado ali, imóvel. Os titãs se locomoviam em aglomerações ao redor dele, evitando desesperadamente até mesmo tocar nele.

Sua vida inteira, ele sabia que havia algo errado com Titã, mas nunca realmente tentou descobrir o que era. Agora poderia corrigir esse descuido, ele decidiu.

O excesso da população será direcionado para cima.

A falha fatal no âmago de Titã... Ele entendia agora. E se pudesse arrancar o tumor podre de Titã e deixar só o tecido saudável, então talvez atitudes como a de Gwinth florescessem. Eles o veriam como um igual, não como um predador.

Os sistemas de elevadores do MentorPlex possuíam inteligência artificial. Eles equilibravam seu próprio tráfego e podiam levar um residente no andar apropriado entre quinhentos pavimentos em menos de trinta segundos.

Trinta segundos eram tempo demais. Thanos saiu do elevador e explodiu para dentro de seu apartamento. Ao longe, os criovulcões fervilhavam, imponentes, mas Thanos não tinha tempo para sua beleza. Ele se jogou na cadeira em sua mesa e começou a trabalhar.

O excesso da população será direcionado para cima.
O excesso da população será direcionado para cima.
Não se eu puder evitar, ele pensou.

A'Lars retornou furioso de sua viagem. A inteligência artificial do domicílio alertou Thanos para a presença de seu pai assim que A'Lars cruzou o limiar, mas Thanos o ignorou. Levantara-se de sua mesa apenas quatro vezes nos últimos dois dias. Não comia há mais de um dia, e ainda vestia a mesma roupa que usara no silencúrio dias atrás, acrescentando apenas uma luva virtual para facilitar a manipulação dos hologramas e deixá-la mais precisa.

Ele estava abatido e fedendo, mas estava concentrado, como se a falta de comida houvesse acentuado o poder de sua mente, em vez de desnutri-la. Thanos estava olhando para uma holotabela de dados quando seu pai abriu a porta do quarto e ficou parado na entrada, enfurecido.

– Você foi ver sua mãe – A'Lars começou, sua voz profunda com fúria ferida. – Você achou que eu seria tão tolo a ponto de não monitorar as instalações?

– Não tenho tempo para isso – Thanos disse sem olhar para o pai. A holotabela girou para a esquerda; os números foram subindo. Thanos gemeu. Era como ele suspeitava. Era tudo verdade.

– Você...? – A'Lars entrou no quarto. – Você vai se levantar e falar comigo *agora*, Thanos!

A contragosto, Thanos desviou a atenção dos hologramas. Seu pai estava acima dele, bochechas coradas, olhos faiscando. A cadeira flutuou ligeiramente para trás, e Thanos ficou de pé, de frente para o pai.

– Tenho algo para lhe dizer – ele comunicou A'Lars. – É muito importante.

– Não confio mais na sua percepção de importância, se é que já confiei – respondeu A'Lars com os dentes cerrados. – Você foi especificamente instruído a não procurar sua mãe, mas assim que virei as costas...

– Você a tirou de mim! – Thanos berrou. Ele não tinha planejado se permitir ser atraído para uma conversa sobre a mãe – realmente *havia* algo muito mais importante para discutir –, mas a hipocrisia e a opinião que o pai tinha de si próprio de estar sempre certo o irritavam. – Você a isolou e a trancou longe de mim e do mundo. Por que eu deveria confiar nas suas ordens, pai? Por que eu deveria confiar em você?

As palavras saíram dele num fôlego só, e ele ficou ali, esforçando-se para respirar quando seu pai deu um pequeno passo para trás. Pela primeira vez em sua vida, Thanos pensou que o pai estava reconsiderando. Reconsiderando o *quê*, ele não poderia dizer, mas A'Lars reconsiderar qualquer coisa era uma conquista monumental.

– Sua mãe ficou louca no momento em que colocou os olhos em você – disse A'Lars em voz baixa. – Eu a levei embora para proteger você dela. Da loucura dela. Foi uma bondade por você, meu filho.

– Uma bondade? – Thanos rangeu os dentes. – Bondade teria sido permitir que eu a visse, no mínimo. Falar o nome dela. Me falar sobre ela. Deixá-la viver pelo menos na minha mente, se não poderia ser na minha presença!

A'Lars estalou a língua.

– Não posso esperar que entenda. Sua mente é excepcional, meu filho, mas você ainda é uma criança e entende as coisas como as crianças. Esse é um assunto para adultos e você violou a regra que estabeleci para você.

– Você não me deu escolha…

– Eu te dei todas as escolhas! – A'Lars bradou. Os vestígios esfarrapados de sua compaixão, retalhados pela raiva, sumiram de vez. – Eu te dei a escolha de obedecer às minhas ordens e deixar a sua mãe em paz! Você tem alguma ideia de quanto dano ela teria causado a si mesma se os sintéticos não tivessem intervindo quando o fizeram? Da forma como está, ela danificou seriamente um deles, e agora vou ter que passar pelo menos um dia recuperando-o.

– Eu choro pela sua dor – Thanos comentou com grande sarcasmo. Ele tocou os olhos por um momento; seus dedos saíram secos. – Ah. Pelo visto, não.

A'Lars se enfureceu.

– Sua punição será maior que você…

Thanos balançou a cabeça com força.

– Pai, não há tempo para você me disciplinar por uma infração tão pequena…

– Pequena? Você disse explicitamente…

– … não quando há assuntos mais urgentes e existenciais a serem considerados. – Thanos virou-se para a mesa e para a multidão de hologramas que flutuavam ali. Por onde começar?

Uma mão bateu em seu ombro e o fez girar. A'Lars estava irado.

– Não estou acostumado com o meu *filho* me dispensando assim. E *não* vou me acostumar, você me entende, garoto?

Pela primeira vez, Thanos notou que era mais alto do que seu pai. Mais largo também. A'Lars tinha apenas dois metros de altura e era esbelto, enquanto Thanos era pelo menos um decímetro mais alto e desproporcionalmente mais amplo. Isso tinha acontecido há mais de um ano, ele percebeu, mas nunca tinha sentido a diferença tão visceralmente antes. Agora, nesse momento, ele sabia que poderia terminar a discussão em termos inequívocos com o simples expediente de um forte tapa no rosto do pai.

A ideia – a imagem – o percorreu rapidamente, fazendo-o estremecer. Ele a reprimiu com uma bruta força de vontade.

– Pai, não há tempo para discutirmos. Nosso mundo está em perigo, e preciso da sua sabedoria para salvá-lo.

A'Lars abriu a boca para falar, depois fechou-a. Ele balançou a cabeça e deu um passo para trás, como se soubesse em um nível mais profundo e instintivo que Thanos considerara bater nele.

– Em perigo? Thanos, a loucura de sua mãe o infectou.

A menção de Sui-San novamente enfureceu Thanos. Como A'Lars se *atrevia*, o homem que a havia aprisionado, a falar dela de modo tão leviano? Com os punhos cerrados, Thanos mais uma vez fez uso de um enorme autocontrole. Depois de longos momentos, ele relaxou e afrouxou os punhos.

– Pai, preciso da sua ajuda.

Tinha funcionado com os sintéticos, e agora havia contido a ira de seu criador. A'Lars suspirou.

– Você tem… uma certa idade. Certos ímpetos e desejos são compreendidos, e agora eles estão sendo sublimados nesta loucura antirracional. Vou providenciar para…

– Malditas sejam as suas providências, pai! – Thanos trovejou. – Não sou um adolescente faminto por sexo, ansiando por consumação! Eu sou seu filho, sou seu igual no intelecto, e estou lhe dizendo que nosso povo está condenado!

O silêncio recaiu no quarto, um silêncio engolido e inteiro como se nos confins do silencúrio.

– Condenado, você diz? – Quando A'Lars finalmente falou, foi com um humor arrogante e dissimulado. – Condenado.

Thanos esperava uma reação diferente do pai. Medo, talvez. Ou, mais provavelmente, um aceno de cabeça demonstrando compreensão, um lampejo de orgulho paterno, um reconhecimento de que seu descendente tinha conseguido algo enorme. Parte dele suspeitava que talvez A'Lars já soubesse o que ele próprio descobrira nos últimos dias.

Em vez disso, A'Lars o olhou com desprezo.

– Condenado, pai – Thanos pressionou. – O aumento da população. Fiz os cálculos. Somos massivamente superpopulosos…

A'Lars latiu uma risada e fez um gesto de desdém, mas Thanos continuou:

– *Massivamente* superpopulosos. Sim, você atenuou um pouco a aglomeração com os MentorPlexes, evitando o pior do impacto, mas isso não pode durar para sempre. Nós vamos ficar sem espaço. E recursos. A catástrofe ambiental resultante irá...

A'Lars balançou a cabeça devagar e com tristeza. Thanos rangeu os dentes e mudou de tática.

– Essa superlotação também afeta a higiene e a proliferação de germes. Mesmo que você seja capaz de conter o impacto ambiental de construir mais MentorPlexes e alimentar as pessoas dentro deles, meus modelos projetam múltiplos patógenos a nível de praga que se tornarão *endêmicos*. Pandemias globais que devastarão a população vezes sem conta. Porque a natureza sempre busca equilíbrio, e a natureza não tem simpatia ou compaixão.

Como você, ele pensou, mas não disse.

A'Lars não se manifestou por um longo tempo. O tempo foi tanto que Thanos pôde repassar na mente tudo o que dissera. Tinha deixado alguma coisa de fora? Achava que não. Fazia duas noites, em claro, que a percepção tinha se estabelecido para ele, desde que o comentário improvisado de Sintaa sobre o *excesso da população* ser *direcionado para cima* o tinha feito pensar no criomagma sob a Cidade Eterna e em seus arredores, que o tinha feito pensar no que aconteceria se os criovulcões entrassem em erupção, vomitando amônia e metano na atmosfera. De lá, começou a pensar em como proteger Titã de um desastre ambiental e, ao passo que desenvolvia planos de evacuação, percebeu a *quantidade* de pessoas que viviam na Cidade Eterna. Quantos estavam amontoados nesse espaço.

Quantos mais nasciam a cada minuto de cada dia. Os titãs eram pessoas saudáveis e longevas; morriam com pouca frequência e ainda assim continuavam se reproduzindo, e o resultado era um mundo que estava rapidamente se esgotando.

Com a ciência e com a tecnologia, eles evitavam o inevitável. Mas *era* inevitável. A mesma tecnologia que atrasava sua destruição apenas mudava as probabilidades e criava *novas* inevitabilidades. Quando o acerto de contas chegasse, seria catastrófico.

O problema com Titã não era Titã em si, nem os criovulcões ou a ameaça congelante de amônia e metano.

O defeito em Titã era a maldita superpopulação.

Eu deveria ter dito isso. Eu deveria dizer a ele – exatamente com essas palavras.

Ele abriu a boca para falar, mas A'Lars o interrompeu.

– Não sei que fracasso meu levou a que isso acontecesse – seu pai começou, sua voz amarga e dura –, mas tenha certeza de que não vou permitir que você infecte nosso mundo com suas fantasias de destruição e resgate. Sem dúvida, você imagina que sua "descoberta" mudará a percepção das pessoas sobre você. Você se vê como um herói, não é?

Thanos olhou para o chão. Uma parte dele, sim, imaginava o alívio e a gratidão que seriam sua recompensa pela descoberta. Mas isso importava pouco em comparação com a descoberta em si.

– Pai – ele protestou –, minha matemática é impecável. Os dados não mentem. Aqui. – Ele pegou um ChIP, no qual tinha codificado todas as suas pesquisas e dados. – Pegue. Examine você mesmo. Você vai ver que eu estou...

Para sua surpresa, A'Lars deu um tapa na mão de Thanos para derrubar o ChIP.

– Sua bravata – ele zombou – só é superada pela sua arrogância, Thanos. Pensar que você poderia perceber o que eu não percebi? O que os outros que dirigem o nosso mundo não perceberam? – Uma risada breve e frágil jorrou entre os lábios de A'Lars. – Não fale disso para ninguém e considere-se afortunado por ter se envergonhado diante de mim, e não do público.

– Você preferiria morrer a encarar a verdade? – Thanos estava incrédulo.

– Essa é uma falsa dicotomia. Não tenho que escolher entre uma das opções. A verdade é objetiva e eterna, Thanos. Ela vive independentemente de nós.

– O conforto frio de uma sepultura.

Com um grunhido evasivo, A'Lars se virou para sair, parando por um momento na porta para olhar para trás.

– E tenha certeza de que ainda teremos uma conversa sobre a punição apropriada para a visita que você fez à sua mãe.

Thanos ficou perfeitamente imóvel e sem expressão até que a porta se fechou atrás de seu pai, deixando-o sozinho novamente.

E então ele gritou de dor, frustração e constrangimento, ergueu a mesa com as mãos nuas e atirou-a contra a parede. Ela caiu com um baque surdo e um tilintar de vidro, dividida quase no meio, mas ainda intacta. Então, ele a ergueu e a colidiu contra a parede, dessa vez satisfeito quando a mesa se despedaçou, desmoronando em suas mãos.

Ele voltou sua ira para o restante da mobília do quarto e, quando terminou, não restava qualquer item inteiro.

Seu quarto tornara-se um ferro-velho de metal, vidro e plástico amassados, quebrados e esmagados. Cada passo trazia o estalido satisfatório de algo que se quebrava ainda mais sob seus pés.

De costas para uma parede, Thanos deslizou por ela até se sentar no chão, olhando para frente. De cima, as luzes – danificadas durante sua fúria – tremeluziam, levantando e matando sombras ao redor dele. Thanos não se moveu, mas as explosões aleatórias de luz fizeram com que o próprio quarto parecesse se mover e tremular em sua órbita. Ele estava no centro, no fulcro, no foco, enquanto a luz e a escuridão brincavam e guerreavam. Mergulhado na escuridão, exposto na luz, ele era o mesmo. Resoluto.

E estava certo.

Ele estava *certo*. Sabia que era verdade. Podia ver o fim de Titã, a morte de tudo que vivia neste mundo, e até mesmo seu próprio pai era cego demais para enxergar.

Uma pilha de cabos e pedaços de metal o encobriam. Distraidamente, ele afastou os detritos com um movimento da mão.

Embaixo de tudo, um ChIP brilhou para ele na luz bruxuleante. Thanos arrancou-o do meio dos escombros que o cercavam e deslizou-o para a porta em seu pulso. Os dados foram transmitidos para seu capacete. Era o ChIP que ele pretendia dar para A'Lars, uma cópia de todos os seus dados.

Nosso mundo está morrendo. Tão devagar que ninguém consegue enxergar.

Ficou ali sentado durante horas, conferindo três vezes seus cálculos e então uma quarta vez. Uma parte dele ansiava por se provar errada, por encontrar um erro, mesmo que simples, um que uma criança pudesse encontrar sozinha. Qualquer coisa. Ele queria desesperadamente estar errado, submeter-se à autogozação, ter que se rebaixar indo a A'Lars e dizendo aquelas temidas palavras: *pai, eu estava errado, e você estava certo.*

Mas não importava o quanto analisasse, calculasse e recalculasse, ele não conseguia encontrar uma falha em seu pensamento ou conclusões.

Titã estava condenado.

A queda de sua raça era inevitável.

Ele ejetou o ChIP e suspirou pesadamente. Inevitável. A natureza seguiria seu curso. O povo de Titã poderia evitá-lo o máximo possível com sua tecnologia, mas, no fim, a morte passaria pela Cidade Eterna e diminuiria suas luzes para emanar a escuridão.

Inevitável.

Ele adormeceu pensando nessa palavra. Ecoava em sua mente, uma canção de ninar doentia.

Quando acordou, incontáveis horas depois, com a cabeça erguida do peito, ele pensou: *Inevitável... mas não impossível de ser parado.*

Havia um jeito. A inevitabilidade era um resultado previsto que dependia de não se fazer nada. No presente curso de Titã permanecer inalterada.

Mas havia um princípio da física que determinava que, quanto mais precisa a determinação da direção de uma partícula, menos precisa a determinação de seu momento, e vice-versa. Que o próprio processo de observação, de disparar fótons para ricochetear a partícula, antes de qualquer outra coisa, inevitavelmente – *inevitavelmente* – mudava a direção ou o momento, tornando impossível determinar ambos com o mesmo grau de precisão.

Ele era o fóton, ele percebeu. O destino de Titã *poderia* mudar. Porque ele o estava observando. O que significava que poderia fazer algo para mudá-lo.

Thanos faria mais do que identificar o problema; ele o resolveria. E, quando trouxesse uma solução para A'Lars, então – finalmente – seu pai daria ouvidos.

Ele convocou um par de androides do depósito.

– Limpem isso – ele lhes disse – e instalem uma nova mesa de interface.

Eles apitaram e gorjearam alegremente enquanto iniciavam suas tarefas. Thanos observou-os trabalhar; a menos que ele tivesse sucesso, quando o fim chegasse, eles seriam tudo o que sobreviveria.

CAPÍTULO VII

Um dia depois, ele se encontrava em um corredor fora da residência de Gwinth Falar. Ela dividia aposentos com a família – pai e mãe, quatro irmãos, dois cunhados, uma sobrinha e dois sobrinhos. O corredor estava cheio de gente saindo de seus próprios domicílios para ir trabalhar; Thanos era uma intrusão indesejável em sua rotina. Rosnados e reclamações engrossaram o ar quando ele passava.

– Peço desculpas por ter abandonado você na outra noite – ele disse a Gwinth quando ela se comunicou com ele pela câmera de segurança. – Você me inspirou a fazer algo que eu estava adiando há muitos anos. – Ele fez uma pausa, considerando por um momento não contar a ela o que tinha feito, mas depois descartou a ideia. Ela precisava saber. – Eu vi minha mãe pela primeira vez desde o meu nascimento. Você me deu coragem para fazer isso. Você me inspirou.

A porta deslizou um instante depois, como se estivesse esperando do outro lado até ouvir exatamente essas palavras. Sua expressão misturava choque, tristeza e algo mais, que ele levou um momento para identificar, de tão estranho que era para ele:

Compaixão.

– Você viu sua mãe? – Como todo mundo em Titã, ela sabia que Sui-San estava trancafiada.

– De certa forma – ele admitiu, estendendo a mão para ela. – Eu pretendia voltar para ver você imediatamente, mas... algo interferiu. Algo enorme. Gostaria de caminhar um pouco comigo?

A hesitação dela não o ofendeu. Era apenas sensibilidade e, de qualquer forma, não demorou muito. Ela pegou sua mão.

– É claro.

Ele a levou até a periferia da Cidade Eterna, perto da borda da zona terraformada segura. Os contrafortes dos criovulcões eram suaves e pacíficos. No fundo, o criomagma borbulhava e estalava de frio.

– Todos vamos morrer? – Gwinth indagou quando ele terminou de explicar sua epifania.

– Tudo o que vive morre – Thanos lhe disse. – A catástrofe que meu modelo prevê depende de uma ampla gama de variáveis, mas isso *ocorrerá*. Pode ser no mês que vem. Ou daqui a dez gerações.

– Dez gerações... – murmurou Gwinth.

– Até lá, você e eu teremos morrido há muito tempo, de um jeito ou de outro. Mas, sim, tudo o que vemos aqui – ele apontou para o horizonte arrebatador da Cidade Eterna – vai desaparecer, e todos aqui dentro não vão ser mais do que poeira. A menos que a gente tome uma atitude.

Os olhos dela vasculharam as feições de Thanos como se contivessem a resposta.

– Você pode nos salvar? – ela perguntou finalmente.

– Acredito que posso. A questão é: eu deveria? O cataclismo é enorme; o preço a ser pago para parar não tem como ser pequeno.

— Estamos falando sobre a sobrevivência de toda a nossa espécie, do nosso modo de vida — disse Gwinth. — Você tem que fazer isso. Você tem que fazer o que for preciso, Thanos. Salve Titã.

Ele hesitou por um instante, então se inclinou para a garota e a beijou. A conexão ainda estava presente. Não era um acaso ou efeito colateral de seu primeiro beijo. Era real e estava bombeando em seu coração como sangue.

Sim. Sim, isso *valia* o preço, qualquer que fosse, para salvar.

Thanos se aproximou do pai não com medo ou pavor, mas com certeza. Certeza de que A'Lars o rejeitaria mais uma vez. Ele sabia que seu pai não tinha amor por ele e muito menos respeito, ainda que algum impulso filial intratável o obrigasse a dar ao pai mais uma chance de ser parte da solução que Thanos sabia ser capaz de salvar o mundo.

— Pai, eu gostaria de falar com você — pediu ele, parado na porta do cogitário de A'Lars. — É uma questão de certa urgência.

Após alguns segundos, a resposta veio através do comunicador instalado ao lado da porta.

— O mundo está acabando? — A'Lars questionou com dada aspereza.

Thanos escolheu tratar a pergunta como genuína, não como retoricamente sarcástica.

— Em algum momento, sim. Não em um futuro próximo, acredito.

Não houve réplica. Nenhum resmungo ou risada de escárnio. Nenhum desprezo. A'Lars simplesmente não disse mais nada.

Thanos esperou na porta por quase uma hora, mas seu pai não falou nem saiu.

E, assim, Thanos assumiu o problema para si.

Os hologramas eram simples manipulações de fótons. E o som era apenas a vibração das moléculas de ar. A transmissão de um holograma totalmente audível havia sido aperfeiçoada havia muito tempo. Era uma ciência tão simples que poucas pessoas pensavam nela como ciência. Era apenas parte da vida.

Thanos precisava de algo um pouco mais robusto do que um holograma típico. Ele precisava transmitir a mensagem para todas as pessoas que viviam em Titã, de uma maneira que não podia ser ignorada.

Se A'Lars não o levasse a sério, ele colocaria suas ideias nas mãos de toda a população. Deixá-los agir enquanto seu pai estava sentado em segurança atrás das portas de seu escritório, planejando o próximo MentorPlex, que só adiaria a catástrofe na qual ele nem acreditava, e não fazendo nada para detê-la.

Thanos desenvolveu um holograma de si mesmo com cem metros de altura, com uma série de partículas refratoras fotônicas que fariam o holograma parecer estar voltado para quem estivesse olhando para ele. Seu apelo seria pessoalmente direcionado a todos os indivíduos da Cidade Eterna. Ele considerou usar uma imagem diferente, talvez até mesmo a de seu pai.

Porém, isso seria uma fraude. Thanos estava prestes a comunicar uma grande e terrível verdade ao seu povo; não podia iniciar com uma mentira.

Ele tinha dados que indicavam com precisão quando o maior número de pessoas estava ao ar livre. Ele gerou o holograma naquele momento, projetando-o através de uma série de androides deslizantes de tal forma que ele se elevasse sobre a cidade. No começo, não fez nada, apenas ficou "em pé" no ar. Não demorou muito para as pessoas perceberem, pois os carros voadores passaram por ele e pararam, causando um congestionamento pior do que o habitual nas vias de tráfego aéreas.

De edifícios e da rua, de veículos e de telhados, as pessoas da Cidade Eterna olhavam para cima e, quando Thanos estava certo de que tinha a atenção de tantos titãs quanto possível, permitiu que seu holograma comunicasse sua mensagem.

— *Eu sou Thanos, filho de A'Lars e Sui-San. Meu povo, meus companheiros titãs, eu os saúdo com grande amor e com medo ainda maior. Nosso mundo está em perigo e preciso da sua sabedoria para salvá-lo.*

— *Somos, por todas as unidades de medida que importam, um ótimo povo. Nós conquistamos a natureza selvagem de Titã e a dobramos à nossa vontade. Nós levantamos estruturas poderosas, domamos os criovulcões, construímos monumentos de arte, ciência e realizações.*

— *E tudo será em vão. Pois estamos condenados.*

Ele começou a recitar uma série de estatísticas sobre terras aráveis, volumes de água reciclável, taxas de mortalidade e de natalidade. Falou brevemente sobre patógenos e doenças. Com uma coleção de tabelas e gráficos holográficos, ele explicou a rápida diminuição do minério de metal necessário para continuar construindo MentorPlexes suficientes para abrigar a crescente população.

– Os *MentorPlexes* II e III – ele apontou – *ficarão lotados em sua plena capacidade no dia em que forem inaugurados. E, ainda assim, estima-se que seiscentos mil titãs viverão em locais de confinamento. Nós literalmente não temos capacidade de construir rápido o suficiente para abrigar a todos e, mesmo se pudéssemos, ficaríamos sem matérias-primas e sem alimentos necessários antes de terminarmos.*

– *Tudo o que fazemos para evitar a ameaça apenas contribui para o enfraquecimento do ambiente e aumenta as chances de que as variáveis sejam alinhadas mais cedo ou mais tarde. Estamos removendo a terra de um buraco, sem saber que cada pá chove de volta sobre nós e ameaça nos enterrar. Vivemos em um cemitério. Apenas não nos enterramos ainda.*

– *Não quero que seja verdade. Eu não quero que nada disso seja verdade, mas sou um escravo dos fatos, da verdade e da ciência.*

– *A conclusão é inescapável, meus amigos. Nós enfrentamos a escuridão e o desastre apocalíptico se não fizermos nada. No entanto, existe uma saída.*

– *Minha proposição é simples, então serei breve: afirmo que, a fim de evitar essa catástrofe inevitável, devemos sacrificar voluntariamente cerca de cinquenta por cento da nossa população atual. Essa redefinição da população garantirá que nossa espécie tenha tempo e motivação para ajustar nosso modo de vida. É tarde demais para evitar essa catástrofe sem medidas drásticas, mas não será tarde demais para impedir a próxima.*

— Com o objetivo de alcançar a imparcialidade objetiva, desenvolvi um algoritmo de seleção perfeitamente aleatório que escolherá nossos orgulhosos mártires sem preconceitos quanto a classe, idade, comportamento ou credo.

— Além disso, como demonstração de fé absoluta na verdade das minhas conclusões, codifiquei um único titã no algoritmo, um que será selecionado automaticamente para ser executado. Essa pessoa, é claro, sou eu. Fico feliz em morrer pelo bem maior, pela santidade e pela salvação de nossas futuras gerações. Se nada mais o for, que essa seja a prova da minha urgência e sinceridade.

— Divisei um método excessivamente compassivo de eutanásia indolor — ele continuou. — *Ninguém precisa sofrer. Não somos monstros.*

— De acordo com os meus cálculos, essa solução garantirá um Titã seguro e próspero por mais mil gerações. Considerem as vidas que surgirão, seguras no conhecimento de que o sacrifício de seus ancestrais, nós, garantiu-lhes a segurança, a estabilidade e o bem-estar no futuro previsível.

O holograma parou nesse momento, permitindo tempo suficiente para que a mensagem penetrasse na mente das pessoas.

— Um pequeno preço a pagar — Thanos anunciou ao seu mundo. — *Um preço pequeno e sensato a pagar para garantir nosso futuro.*

CAPÍTULO VIII

Estranhamente, Gwinth não respondeu quando ele tentou ligar para ela. De acordo com seu transmissor pessoal, ela estava online e disponível, mas não respondeu ao chamado. Ela foi a primeira pessoa que Thanos pensou em contatar depois da transmissão da mensagem.

(Tecnicamente, ainda estava sendo transmitida – ele programara o holograma para se repetir a cada meia hora por quatro horas, só para ter certeza de que a mensagem seria assimilada.)

Sentado em seu quarto, controlando a transmissão de sua mesa de interface, Thanos não tinha ideia da recepção de seu anúncio na Cidade Eterna. Quando ele ligou para Sintaa, seu amigo apenas disse, angustiado:

– O que você fez? O que é que você *fez*? – E depois desligou, deixando Thanos com o eco do terror de Sintaa e a imagem posterior da expressão assombrada em seu rosto.

Thanos saiu do MentorPlex para um mundo mais silencioso do que jamais conhecera. As ruas geralmente lotadas estavam agora vazias de transeuntes. Será que todos tinham se refugiado em suas casas a fim de discutir o plano de Thanos? Isso faria sentido.

No alto, seu holograma recitava sua declaração fúnebre. Ele ficou satisfeito e um pouco nervoso ao descobrir que a técnica de refração de fótons tinha funcionado – o holograma parecia estar se dirigindo diretamente a ele. Seu próprio semblante, com vários andares de altura, o encarava. Que estranho.

Foi até a casa de Gwinth. Ele tocou, tocou e, um tempo depois, ela abriu a porta. Lágrimas escorriam pelo rosto dela, borrando a maquiagem impecável, meticulosamente aplicada em um padrão pontilhado verde que ela usava.

— Como você *pôde*? — ela sussurrou antes que ele pudesse expressar qualquer coisa.

— Como eu pude? — ele perguntou. — O que quer dizer?

Os olhos dela se arregalaram.

— Thanos! Thanos, você ficou maluco?

Ele considerou a questão por um momento.

— De modo algum. Estou bem. — Pegou as mãos dela nas suas. Elas estavam frouxas e sem vida. — Tem algo de errado?

Puxando as mãos bruscamente, ela deu um passo para trás.

— Tem algo de errado? Tem algo de *errado*? Você *ficou* maluco! Como *pôde* fazer aquilo? — Gwinth estendeu a mão para trás, onde ele podia ver, através de uma janela do apartamento, o holograma.

— Eu… — Ele fez uma pausa, lambeu os lábios e pensou com cuidado. — Estou fazendo exatamente o que você me disse para fazer, Gwinth.

Com um olhar fulminante, a garota passou os dedos pelos cabelos curtos.

— O que *eu* te disse para fazer?

— "Estamos falando sobre a sobrevivência de toda a nossa espécie, do nosso modo de vida" — ele citou. — "Você tem que fazer isso. Você tem que fazer o que for preciso, Thanos. Salve Titã."

Horrorizada, ela deu mais um passo para trás.

– Não *isso*. Não *isso*!

– O que for preciso – ele repetiu. – É a única maneira. Você não acha que considerei todas as possibilidades? Não acha que eu teria esgotado todas as metodologias possíveis antes de sugerir uma solução tão radical? Não podemos deixar o planeta. O esforço exigido para construir a frota necessária esgotaria os recursos ainda mais rapidamente e apenas aceleraria o...

– Ouça o que você está falando! – ela gritou. – Isso tudo é mera *ciência* para você! Mas é a vida das pessoas!

Ele piscou rapidamente de perplexidade. Gwinth não estava ouvindo o que ele acabara de dizer?

– Sim. Vidas que eu vou salvar. Bem, metade delas.

Ela cobriu a boca com as mãos, lágrimas fluindo de novo, e entrou de vez em sua casa, deixando a porta se fechar entre eles.

Não importava o quanto apertasse o botão de entrada e, mesmo quando ele imitou Sintaa e bateu na porta com os punhos, Gwinth não respondeu.

Thanos tentou Sintaa em seguida.

– Você tem que se retratar – seu melhor amigo observou em um tom lento e cuidadoso. – Você tem que se retratar. Imediatamente.

Eles se sentaram na antecâmara da casa de Sintaa, a pequena sala de recepção adjacente às acomodações privadas da casa. Por deferência à família de Sintaa, ambos mantiveram a voz baixa, embora até mesmo o volume suave da voz de seu amigo não pudesse desmentir a urgência das palavras.

– Me retratar? Eu não disse nada falso. Tudo o que eu disse é empiricamente verdadeiro.

Sintaa gemeu e se recostou, as mãos nos joelhos.

– Thanos, ninguém se importa com a sua verdade empírica. Você viu os relatórios? Depois da sua transmissão, houve *revoltas* na Cidade Eterna! Motivadas pelo pânico. Pessoas fugiram para suas casas. Os índices de acidentes quadruplicaram. Há relatos de suicídios. *Suicídios.* Sabe qual foi a última vez que houve *um* suicídio na Cidade Eterna, que dirá *múltiplos*?

Na verdade, Thanos sabia, e abriu a boca para contar para Sintaa, mas seu amigo interrompeu-o com um gesto.

– Você tem que se retratar. Dizer que foi uma pegadinha muito ruim. Ou que você conferiu as contas e estava errado.

– Não vou fazer nada do tipo. Não vou mentir.

Sintaa balançou a cabeça.

– Então, pelo menos, retire esse seu plano de eutanásia. Diga às pessoas que vai encontrar um jeito melhor.

– Não existe jeito melhor. Gastei um tempo considerável pensando no assunto de todas as formas, e meu plano é o único que tem garantia de funcionar.

– Então, faça algo que não tenha garantia! – Sintaa explodiu, levantando-se, os músculos do pescoço saltando enquanto ele gritava. – Você não pode simplesmente dizer que vai matar metade do planeta!

Thanos ponderou.

– Mas eu disse.

Sintaa engoliu com dificuldade, como se sua garganta estivesse engasgando-se com as palavras.

– Acho que você deveria ir embora, Thanos.

– Mas...

— Não tenho mais nada a dizer para você.
— Pensei que éramos amigos.

Assentindo devagar, Sintaa franziu os lábios. Ele olhou para os pés e levou um bom tempo antes de enfim falar:

— Você me mataria se seu algoritmo mandasse?

Thanos inclinou a cabeça para um lado. Era uma pergunta estranha, quase infantil. Ele a revirou na sua mente por um momento, para o caso de ter deixado de observar algum tipo de nuance sutil. Mas não havia nenhum.

— Claro que sim — ele disse ao amigo. — Eu também vou me matar, Sintaa.

Sintaa assentiu de novo, dessa vez com a mandíbula cerrada. Ele fitou Thanos, seus olhos brilhando e ardendo ao mesmo tempo.

— Vá para casa, Thanos. Não há mais nada a dizer.

A caminho de casa, as notícias vieram através de seu receptor pessoal. Mil e duzentas pessoas tinham morrido nos tumultos e cinco vezes esse número haviam ficado feridas após a transmissão de Thanos. Em casa, ele permaneceu sentado na escuridão por seis horas inteiras, pensando.

Ele vivera com o conhecimento da iminente destruição de Titã durante muitos dias. Havia mergulhado nos dados. Como resultado, estava de certo modo imune ao seu impacto. Ele não havia calculado a possibilidade de que o mero conhecimento da catástrofe prestes a acontecer tivesse repercussões próprias.

— Mil e duzentos mortos. — A'Lars apareceu na porta de Thanos e não se incomodou em esconder sua fúria abominável. Thanos nunca tinha visto seu pai com tanta dificuldade em lidar com as emoções. A'Lars quase sempre conseguia se controlar, manter seus sentimentos reprimidos, deixando escapar apenas o desgosto e o aborrecimento gerados pelo filho. Agora, porém, sua raiva total estava exposta; sua pele, manchada; seu rosto, retorcido em uma careta de ferocidade.

– Mil e duzentas pessoas! Você afirma amar este mundo, Thanos, e acabou de matar mil e duzentos de seus semelhantes! O que tem a dizer quanto a isso?

Thanos pensou por um momento. Ele pensou nas gerações futuras que nunca respirariam, nas crianças ainda não concebidas que nunca iriam nascer, no fim de Titã.

Era tudo muito fácil de imaginar. Ele podia enxergar isso em sua mente, ouvir os gritos dos moribundos, o luto daqueles deixados para trás apenas tempo suficiente para sentir arrependimento.

– Mil e duzentas – ele repetiu. – Mil e duzentas almas. Estatisticamente insignificantes. Nem de perto o suficiente para conseguir o efeito cascata do meu plano de salvar Titã. Ainda precisamos eliminar metade da população.

A'Lars soltou um grito sem palavras.

– Tenho preocupações maiores do que meras mil e duzentas vidas – Thanos continuou de maneira inexpressiva. – Estou tentando salvar milhões e então bilhões. Não posso ser responsabilizado pelo que aconteceu. Eu me expliquei em termos simples. Ninguém que estava ouvindo deveria ter entrado em pânico.

– Ouvindo? – A'Lars questionou, irado. – *Ouvindo?* Você se intrometeu, se impôs sobre a vida das pessoas. Você projetou um... Eles viram um grande monstro percorrer a Cidade, prometendo matar metade deles. Qual resultado você esperava?

– Suponho que eu esperava que reagissem com razão e compaixão, não com base no instinto animal.

Seu pai deu um passo para trás, a raiva em seu rosto transmutada em uma espécie de horror silencioso.

– Nós pensamos que sua mãe era a Titã Louca – A'Lars disse em uma voz pouco acima de um sussurro. – Mas agora vejo que era uma noção errônea. *Você* é, Thanos. Sua mente é tão distorcida quanto sua aparência. Seus pensamentos são tão desviantes quanto o seu corpo.

Thanos clareou a garganta e se levantou, elevando-se até alcançar sua altura máxima. Ele apertou as mãos atrás das costas e se inclinou sobre A'Lars.

– E o que você pretende fazer sobre isso, pai?

Justiça seja feita, A'Lars não recuou quando respondeu.

CAPÍTULO IX

A CRIMINALIDADE EM TITÃ ERA QUASE INEXISTENTE. Não havia pena capital e nenhum complexo que pudesse prender alguém com a força e inteligência de Thanos.

Então, o povo de Titã decidiu pela solução mais direta: o exílio.

Não o exílio da Cidade Eterna. Não.

Exílio do *planeta*.

E assim, numa idade em que os titãs geralmente se aventuravam em sua grande sociedade para descobrirem a si e a seus destinos individuais, Thanos não seria lançado ao mundo, mas para *fora* dele.

ESPAÇO

*O universo não é infinito.
Ele apenas finge ser.*

CAPÍTULO X

A nave foi nomeada *Exílio I* por aqueles que o haviam colocado ali dentro.

Thanos a rebatizou de *Santuário*.

CAPÍTULO XI

ELE SE PERMITIU UM ÚNICO OLHAR PARA TRÁS, em direção ao seu planeta natal, enquanto a nave penetrava a atmosfera exterior e explodia para dentro do espaço negro e salpicado de estrelas. A atmosfera de Titã, um espesso nevoeiro organonitrogênico, parecia laranja visto do espaço. A Cidade Eterna, engolida pela neblina, era invisível da órbita a olho nu. Thanos disse a si mesmo que tudo o que ele conhecia espreitava sob aquela neblina e, depois, que isso não importava.

O piloto automático da nave fora programado para mandar Thanos ao interior do sistema solar, para mundos considerados locais habitáveis para alguém como ele. Esse foi o curso seguro, a escolha confiável. Mas ele não tinha desejo de ser seguro ou confiável.

Poderiam bani-lo de Titã, mas, fora isso, não podiam determinar qual seria seu destino. Pela primeira vez na vida, Thanos estava livre. Preso em uma espaçonave minúscula com poucos recursos, sim, mas livre das dúvidas, livre do ódio, livre do medo e do desgosto.

Livre do amor. Da necessidade do amor.

Não havia ninguém para amar na *Santuário*, a não ser ele mesmo, e Thanos tinha coisas melhores para fazer com seu tempo.

A nave era minúscula, essencialmente um caixão de grandes dimensões enxertado em um motor com velocidade próxima à da luz. Voltado para as órbitas internas do sistema solar, tinha apenas velocidade e poder suficientes para levá-lo a um dos mundos supostamente habitáveis mais próximos da estrela local.

Ele invadiu o piloto automático imediatamente.

Cada último átomo em seu ser ansiava por dar meia-volta com a nave e retornar a Titã, mas a medida só atrasaria seu exílio, não o encerraria. Eles apenas o atirariam no espaço novamente.

Se ele prosseguisse, iria pousar em algum lugar dentro do sistema solar, em algum lugar primitivo, rude e sem a tecnologia necessária para depois retornar e salvar Titã. Ele ficaria preso.

Agora, se ele *saísse* do sistema solar, se afastasse do Sol, havia todo um universo de possibilidades. Uma panóplia de mundos. Uma infinidade de raças e espécies. Em determinado lugar ao longe, encontraria a ajuda de que precisava. Encontraria uma maneira de retornar a Titã e salvar seu povo, mesmo que eles não quisessem.

A *Santuário* não era projetada para viagens interestelares. Construída para carregá-lo a poucos minutos-luz de distância, a nave dispunha de combustível limitado e apenas comida e água suficientes para um mês.

Ele instruiu ao piloto automático que traçasse um curso para o mundo habitável kree de Hala, a civilização mais próxima que identificou. Orgulhosos e militaristas, os kree possuíam a tecnologia e o know-how de que Thanos precisava. Os titãs eram brilhantes, mas isolados. O conflito acelerava a ciência, e os kree tinham anos de experiência em guerra. Eles tinham exércitos e frotas de naves. Tudo o que faltava em Titã. Ele retornaria a Titã com um exército atrás de si, se necessário. O que fosse preciso para convencer seu povo a dar-lhe ouvidos.

Quando chegasse a hora, ele descobriria como persuadir os kree a ajudá-lo. Por enquanto, bastaria chegar lá.

Não havia energia suficiente nos motores para alcançar a Hala, então ele redirecionou a energia de todos os outros sistemas, incluindo o suporte de vida. A temperatura na *Santuário* caiu rapidamente abaixo de zero. Thanos lutou contra o impulso de tremer e, em vez disso, fechou os olhos e meditou em estado de transe.

Vagamente, como se de uma distância muito grande (embora fosse de um alto-falante a dez centímetros dele), ele ouviu a voz sintética do piloto automático fazendo contagem regressiva até o consumo máximo de combustível que ele havia programado. O curso foi traçado. A nave faria o restante.

No momento em que os motores se acenderam e a *Santuário* ganhou vida, explodindo para fora do sistema solar, Thanos já tinha alcançado coma meditativo. Ele nunca viu a beleza das estrelas borrando do lado de fora enquanto a *Santuário* o levava para fora do sistema solar e para a galáxia além.

E ele sonhou.

Ele sonhou com *ela*. Ela veio até ele. Tocou-o. Disse-lhe o que fazer.

Lembre-se quando você acordar, ela disse. *Lembre-se do que eu te disse.*

Vou lembrar, ele prometeu, mas, mesmo no sonho, ele sabia que não se lembraria. Thanos sabia que iria acordar e esquecer, que iria fracassar em uma tarefa tão rudimentar.

E ainda assim prometeu. No sonho, imaginou que a memória era uma coisa física, e se agarrou a ela, segurando-a com força, jurando nunca largá-la.

CAPÍTULO XII

— Ele é grandão, é sim!

Uma voz nadou pela escuridão e pelo silêncio. Thanos tentou virar a cabeça, mas não conseguiu se mexer.

— Verdade, não mentira! — exclamou outra voz. — Não mentira! Verdade!

— Sim, claro! — disse o primeiro.

Mãos nele. No pescoço dele. Algo sólido e pesado fez um clique de encaixe ali. Thanos se esforçou, chutando contra a maré de seu coma autoinduzido. Ele tentou abrir os olhos, que não colaboraram.

— Grande e vivo — disse a primeira voz.

— Vivo e grande! — concordou o segundo.

Thanos perdeu a luta contra o escuro. Foi engolido inteiro.

Quando finalmente abriu os olhos, Thanos pensou primeiro em seu sonho. Ele se lembrou *dela*, se lembrou dela sussurrando no seu ouvido, o pedido para ele se *lembrar*. E recordou com perfeita clareza sua própria certeza de que não se lembraria, de que sua memória lhe falharia.

E tinha falhado mesmo. Ele não conseguia lembrar o que ela lhe dissera.

Tudo isso lhe ocorreu nos instantes entre abrir os olhos e o clarear da visão a partir do borrão causado pelo longo sono. Ele estava deitado sobre uma cama, um negócio antiquado que na verdade ficava em um chão. Cobertores... cobertores!... eram o que o envolviam, não o conforto de um campo de calor.

Esse não era o mundo natal dos kree, ele percebeu imediatamente. Os kree possuíam tecnologia e conforto muito melhores do que isso.

Sentando-se, uma onda de náusea e vertigem apoderou-se dele, fazendo com que Thanos girasse a cabeça e depois caísse de volta no travesseiro.

Lembre-se, ela tinha lhe dito. *Lembre-se.*

Mas ele não conseguia. Lembrava-se de programar o piloto automático, induzindo seu próprio coma a fim de sobreviver com um suporte de vida limitado. Ele se lembrava do sonho em detalhes extraordinários, exceto por aquela maldita parte!

Thanos cerrou o punho. Em seu estado enfraquecido, o gesto o exauriu, mas a sensação era boa, apesar disso.

– Tá acordado! – observou uma voz agora familiar. – O grandão tá acordado!

– Acordado e grande, veja só! Grande e acordado!

E então uma terceira voz:

– Sim, é verdade. As duas coisas.

Thanos levantou a cabeça do travesseiro novamente, dessa vez bem devagar. O mundo girou, borrou e depois se estabilizou.

A câmara em que ele se encontrava estava suja. As paredes, feitas de metal, eram cheias de manchas de ferrugem vermelha. A luz vinha de um único orbe incandescente que ocasionalmente pulsava e escurecia apenas por tempo suficiente até fazer com que seus olhos se ajustassem e depois se reajustassem com o retorno da claridade.

Um carrinho com rodas, com uma perna curvada de tal modo que a coisa toda parecia pronta para ceder, destacava-se de um lado, e junto dele havia um bípede alto e esguio com pele cor de laranja e orelhas pontudas. Seu rosto era carnudo, a boca larga e generosa e seus olhos eram redondos e amarelos. Ele andava com o peito desnudo; usava apenas um kilt, botas verdes e um colar, sem dúvida semelhante ao que Thanos havia sentido ao redor do próprio pescoço. Ele tinha um sorriso fácil, que era ao mesmo tempo reconfortante e aterrorizante; Thanos não estava acostumado a ninguém ficar feliz em vê-lo.

De pé, ao lado de uma porta, estava outro bípede, este com uma pele branca com sulcos esverdeados, bochechas afundadas e uma cabeleira castanha irregular. Magro a ponto de os ossos ficarem aparentes, suas vestimentas eram trapos e, junto a elas, usava uma coleira de metal. Em seu ombro, havia uma criatura que se assemelhava a nada mais que uma mancha cinza de protoplasma fundida com a metade superior de um falcão. Suas asas e corpo se derretiam em lama cinzenta no ombro do homem, agarrando-se a ele como um ranho teimoso.

– Eu sou Cha Rhaigor – disse a criatura laranja, em uma voz agradável. – Como está se sentindo? Isto é, além de quase morrer de asfixia, descompressão explosiva, fome, hipotermia e sede?

Thanos grunhiu e se sentou mais ereto na cama.

– Você é um médico?

Cha Rhaigor deu risada.

– Não, mas tenho certa experiência médica, o que me qualifica nesta nave.

– Nave? – Ele havia programado a *Santuário* para entrar em órbita e emitir um pedido de socorro quando chegasse ao mundo dos kree. – Estou em uma nave? Que nave? Como cheguei aqui?

– Você teve sorte, foi isso – respondeu o maltrapilho. Seu animal de estimação imediatamente respondeu:

– Verdade! Muito verdade. Sorte! Sorte!

Cha Rhaigor olhou para eles e encolheu os ombros.

– Eles não estão errados. Sua nave estava em rota de colisão com a nossa. Quase a desintegramos, mas Sua Senhoria não queria desperdiçar a energia do desintegrador. Então, em vez disso, enviamos uma equipe EVA para desviá-lo do curso. Eles captaram seus sinais vitais a bordo e trouxeram você para dentro.

– E onde está minha nave agora?

Cha olhou de novo para os outros.

– Demla?

Os olhos de Demla se iluminaram.

– Tipo uns doze meses-luz pra lá – disse ele, curvando um polegar por cima do ombro.

– Doze! Pra lá! Talvez treze! – a estranha coisa-pássaro grasnou.

Thanos decidiu que seu primeiro ato ao se levantar novamente seria estrangular a irritante coisa-pássaro.

Seu segundo ato seria usar essa nave para chegar ao seu destino. Era uma recompensa devida, já que eles haviam deixado a *Santuário* à deriva no espaço.

– A que distância estou do espaço kree? A que distância do mundo deles?

Cha riu.

– Espaço kree? É para *lá* que você achava que estava indo? Você errou feio.

Thanos não se aborrecia prontamente, mas ruminava as coisas muito bem. Ele ficou sentado sozinho na ala médica depois que Cha, Demla e a coisa-pássaro saíram, remoendo o que lhe haviam falado.

Ele estava a centenas de parsecs do mundo natal dos kree, quase morto de fome e usando em volta do pescoço a mesma coleira cinza apertada que tinha visto em Demla e Cha. Pareciam imagens que ele tinha visto em antigas coleiras de choque. Sem dúvida, era projetado para causar dor ou matá-lo se ele tentasse removê-lo. Thanos não sabia quase nada sobre a nave em que estava se recuperando, exceto o nome: *Berço de Ouro*. A julgar pela ala médica, era um nome ambicioso que estava bem aquém do objetivo.

Ele tinha errado completamente a direção do espaço kree.

– Há um novo buraco negro no Aglomerado de Arthrosia – Cha explicou. – Talvez não estivesse nos seus mapas de navegação? Seu piloto automático não teria compensado bem a gravidade, então deve ter tirado você do rumo.

Thanos ponderou as palavras por um momento, e então Cha colocou a mão em seu ombro e disse:

– Durma, meu amigo. Todas as coisas nos levam adiante, até mesmo nossos erros.

Meu amigo, Cha dissera. Sem dúvida, era para ser reconfortante, mas a familiaridade só surpreendia e confundia Thanos. Ele não estava acostumado a ser considerado um amigo com tanta prontidão.

No entanto, ele aceitou o conselho e dormiu. Ele havia flertado com a morte por muito tempo; seu corpo estava esgotado; sua mente zumbia e dificultava a concentração.

Depois de alguns dias de descanso, porém, seu corpo parecia mais robusto, e seus pensamentos vinham com mais facilidade. Cha deu-lhe permissão para deixar seu leito de convalescença, e Demla veio mostrar-lhe a nave. A coisa-pássaro (chamava-se Bluko, e era tecnicamente um borrão, uma criatura semissenciente que costumava ser encontrada às vezes em territórios rigellianos, nada a ver com um pássaro) foi com eles, é claro, como um papagaio para Demla. Thanos não sabia o que era mais irritante... o eco de Bluko ou o padrão de discurso recursivo e oblíquo empregado por Demla. Um deles deu-lhe dor de cabeça quase que no mesmo instante.

Ele recebeu uma grande túnica cinza para vestir, junto de um par de botas. A túnica tinha sido branca um dia... sua cor original ainda aparecia em determinados trechos nas costuras. As solas das botas estavam gastas; ele podia sentir o chão, frio contra seus pés, enquanto andava.

A *Berço de Ouro* era uma nave circular, um tubo curvo girando em torno de um eixo central, com dezesseis raios que entravam e saíam da cabine. Pela aparência do corredor pelo qual Demla o conduzia, a ala médica era um bom indicador da condição da nave como um todo. As escotilhas curvas e reforçadas de pulsoglass ofereciam uma visão do lado de fora, mas pelo menos um terço delas era remendado com uma pasta viscosa para cobrir rachaduras que, de outra forma, sugariam a atmosfera da nave para o vácuo. Thanos sentiu que cada passo dado poderia ser aquele que sacudiria algo crucial e mataria todos a bordo, inclusive a si próprio.

– Ela gira dado número de vezes por dia – Demla estava dizendo –, usando a força central...

– Força centrípeta – Thanos corrigiu baixinho.

– ... para imitar a não sei o que, *gravidade*.

– Gravidade! – Bluko adicionou. – Puxa a gente pra baixo!

– Não entendi tudo direito – admitiu Demla –, mas não estou batendo no teto, então acho que funciona.

– Com certeza! – Bluko disparou.

– Quem é *Sua Senhoria*? – perguntou Thanos. – Cha Rhaigor mencionou essa pessoa. Ele é dono da nave, presumo?

Demla deu de ombros.

– Você o conhecerá no devido tempo, creio eu.

– Conhecer Sua Senhoria! De joelhos! – Bluko disse cuspindo.

Thanos cerrou os dentes e testou um sorriso agradável.

– Podemos fazer isso antes do que "*no devido tempo*"? – Ele já estava muito atrasado em seu plano de pedir ajuda em Hala. Formalidade e delicadeza eram luxos aos quais ele não podia se dar.

Demla deu de ombros novamente.

– Não faria mal algum, eu acho.

– De joelhos! – Bluko repetiu.

Eles seguiram por um dos caminhos radiais, passando por muitos outros alienígenas pelo caminho. Nenhum deles fez contato visual por mais de alguns instantes (aqueles com olhos, pelo menos), e a maioria parecia não se importar em demonstrar qualquer tipo de interesse em Thanos. Mesmo nos confinamentos apertados e estreitos da nave, onde seu tamanho era, quando muito, mais uma desvantagem do que era na Cidade Eterna, Thanos se sentiu...

Confortável.

Ali, naquele conjunto heterogêneo de alienígenas, ele finalmente podia se misturar. Cada um deles usava uma coleira como aquela ao redor do pescoço de Thanos.

No centro da nave, no encontro de todos os raios, ficava a coleção de aposentos de Sua Senhoria. Demla levou Thanos para dentro de uma sala grande e aberta, que parecia uma espécie de sala do trono. Era pouco iluminada e estava no mesmo estado de degradação que o restante da nave, o que informava a Thanos que, quem quer que fosse Sua Senhoria, *riqueza* não era um fator aplicável ali.

Sua Senhoria estava sentado, de forma bastante apropriada, sobre um trono feito de tranqueiras. Thanos reconheceu um pé da cadeira despontando para fora de um lado, um amortecedor inercial (queimado) de impulsionador da velocidade da luz como parte do assento, e umas peças destruídas soldadas em conjunto para formar o trono mais feio e enferrujado que se podia imaginar. O homem era um estudo de contrastes, envolto em um manto de veludo vermelho luxuoso que cobria um conjunto velho de macacões e um avental sujo. Ele era alto e magro, com pele sobressalente pendurada na mandíbula e no pescoço, como se tivesse partido para uma inesperada dieta de fome. Um olho era azul, o outro, marrom.

Ele estava cercado por um grupo de criaturas armadas, algumas delas humanoides, algumas com membros de mais ou de menos.

– Se ajoelhe – Demla murmurou de sua posição já ajoelhada.

– Se ajoelhe! – Bluko gorjeou alto.

– O bichinho está certo – anunciou Sua Senhoria com uma voz entediada e agradável. – De joelhos – disse ele, como se cansado de bajulação, mas resignado com ela.

Thanos avaliou a situação rapidamente. Ele era mais forte do que qualquer um na sala, sabia disso, mas havia o problema das armas deles ali... e do colar em volta do pescoço. Ainda assim, era melhor primeiro testar Sua Senhoria, ele avaliou. Thanos nunca mais teria o elemento surpresa a seu favor. Ele não podia vencer Sua Senhoria, mas podia mostrar que não aceitaria nada em silêncio.

Tenha cuidado, aconselhou a si mesmo. *Não capitule, mas também não antagonize.*

– Não estou acostumado a me ajoelhar – argumentou ele, em tom neutro.

Os olhos de Sua Senhoria se arregalaram. O azul ficou vermelho e o marrom brilhou em um branco ofuscante por um momento.

– Ah? Não está acostumado? Entendo. Bem, isso é compreensível. Totalmente compreensível. – Ele inclinou a cabeça para o ser que estava próximo a ele. – Robbo. Acostume-o.

Um homem branco pastoso, com tufos de barba grisalha e a tonsura de um monge, Robbo se aproximou de Thanos com passos largos e o mediu com o olhar de cima a baixo. Vestindo uma túnica imunda com um bolso arrancado, ele era o equivalente a duas cabeças mais baixo que Thanos e pesava possivelmente a metade. Bem quando Thanos estava pensando no quanto seria divertida a ideia dessa criaturinha forçando-o a se ajoelhar, uma dor intensa despontou na frente de seu crânio, logo atrás dos olhos. O mundo mergulhou num branco severo e total, esmaeceu e depois ganhou um novo clarão.

Ele ofegou, recuou sobre os calcanhares e segurou a cabeça nas mãos. Tudo nele lutava contra a vontade de gemer alto, mas aconteceu mesmo assim; ele se ouviu gemer como uma criança açoitada.

A coleira... A transmissão da dor ao longo do nervo vago. Era diferente de tudo o que ele já havia suportado antes.

– Brutamontes teimoso! – comentou Sua Senhoria.

A dor o atingiu novamente, e dessa vez Thanos gritou involuntariamente e caiu de joelhos.

– Melhor! – Sua Senhoria declarou. – Agora, foi assim tão ruim?

Quando Robbo recuou, Thanos esfregou as têmporas, massageando-as para se livrar da dor. Lágrimas escorreram por suas bochechas, arrancadas dele à força.

– Ai – disse Sua Senhoria, apertando os lábios. – Pontada psíquica. Dói, me disseram. Parece uma dor de cabeça de gelado, elevada à centésima potência.

Ele se levantou do trono improvisado e limpou a garganta, um empreendimento úmido e fleumático que terminou com ele fungando e cuspindo uma bola de escarro cinza. Um pequeno alienígena parecido com um troll correu para o lado dele e pegou o cuspe nas mãos antes que pudesse atingir o chão, depois correu por uma porta.

– Muito bem, então – disse Sua Senhoria, em pé diante de Thanos. – Agora está se *acostumando* a se ajoelhar? Isso está funcionando para você? Porque é muito mais conveniente para mim, deixe-me dizer. – Seus olhos brilharam em cores diferentes mais uma vez... de azul a verde, de castanho a preto... e depois voltaram ao que eram antes.

Thanos massageou a última pontada psíquica e lançou um olhar para Sua Senhoria. Desse ponto de vista, ele tinha uma visão encantadora do nariz do homem, duas cavernas escarpadas e peludas brilhando com meleca esverdeada.

– Se minha presença é inconveniente para Sua Senhoria – Thanos respondeu –, peço desculpas. Eu poderia facilitar sua vida ao ir embora.

As sobrancelhas de Sua Senhoria se ergueram e ele bateu palmas com alegria.

– Ir embora? Vocês ouviram isso? – Ele girou em círculo, estendendo os braços como se reunisse em toda a sua comitiva. – Ele quer ir *embora*!

Risinhos, risadas, gargalhadas da multidão. Thanos apertou a mandíbula, disparando ondulações de dor pelo queixo largo e estriado.

– E para onde você iria? – Sua Senhoria perguntou. – Estamos no fundo da Amplidão do Corvo. O sistema mais próximo é o Infortúnio de KelDim, e mesmo esse fica a *parsecs* daqui, e sem formas de vida nem nada habitável. Acho que eu poderia simplesmente jogá-lo por uma câmara de descompressão... – Ele franziu a testa, olhando para Thanos. – Devo jogá-lo para fora de uma câmara de descompressão?

A resposta era fácil, mas Thanos não sabia como Sua Senhoria reagiria. Ele poderia aceitar o "não" como um desafio à sua autoridade e ejetar Thanos no espaço apenas para provar que tinha razão.

– Seria um curso de eventos medíocre para mim – ele disse com o tom contrito que pôde reunir apesar de sua frustração.

Sua Senhoria jogou a cabeça para trás e disparou uma série de ataques de risada pateta que despertou risos semelhantes dos demais ali. Thanos percebeu que Demla, à sua esquerda, também estava rindo, embora o divertimento não chegasse aos olhos. Bluko tinha... de alguma forma... adormecido.

– Medíocre! – berrou Sua Senhoria. – Aposto que sim! Aposto que você... Diga, qual é o seu nome, Curso Medíocre de Eventos?

– Thanos.

– Thanos – repetiu Sua Senhoria, arrastando a palavra, provando o gosto do nome em sua língua enquanto deslizava por seus lábios. – E você deve ser do planeta do povo roxo, não é?

– Não. Titã – Thanos declarou.

– Não pode ser. Não há pessoas roxas em Titã. Alguns tons adoráveis de bege e uma moça que conheci uma vez que era do azul mais espetacular. Azul-céu, inclusive. Não, não, mais como *cerúleo*. Mas nenhuma pessoa roxa.

– Eu sou... uma exceção.

Sua Senhoria resmungou algo para manifestar sua opinião verdadeira e deu de ombros.

– Tanto faz. Deixe-me explicar como sua vida funciona agora, Thanos de Titã. Você está a bordo da nave *Berço de Ouro* e, como todos a bordo, você pertence a mim. Agora, sei o que você está pensando: *a escravidão é proibida na maioria das regiões civilizadas da galáxia!* E você está certo. É mesmo. Mas isso não é escravidão. É... é... – Ele fez uma pausa, estalando os dedos. – Robbo! Qual é aquela frase, aquela que fico esquecendo?

– Servidão por contrato, senhor.

– Sim! – Sua Senhoria bateu os punhos, e seus olhos azuis ficaram alaranjados por segundos. – Servidão por contrato! É isso. Obrigado. E quanto gastamos em Thanos aqui, Robbo?

– Oito mil duzentos e setenta e quatro yargblats, senhor. E dezesseis twillum. Por resgate, atendimento médico, alimentação.

As unidades monetárias não eram nada que Thanos já tivesse encontrado antes.

– Oito mil! – Sua Senhoria apertou o peito como se estivesse sofrendo de um ataque de angina. – Tanto dinheiro por uma recompensa tão pequena! Tanto dinheiro, e tudo que eu ganho é *bravata*!

Ele atacou com seu cetro naquele momento, acertando Thanos do lado direito do rosto. Sua Senhoria era alto, mas esquelético. Thanos leu o ambiente e fingiu que o golpe o fez tombar de lado.

Respirando com dificuldade por causa de seus esforços, Sua Senhoria absorveu os aplausos vaidosos dos que estavam ali reunidos. Demla bateu palmas fracamente, uma expressão de desculpas em seu rosto. Bluko se mexeu o suficiente para grasnar.

Thanos resistiu ao desejo de se levantar e colocar as mãos em volta do pescoço de Sua Senhoria e apertar até a cabeça do homem se soltar. Além do sintético que ele "matara", até onde se lembrava, nunca na vida tinha levantado a mão para causar violência, mas Sua Senhoria estava provocando seriamente essa tendência depois de apenas uns poucos minutos.

Embora... houvesse acontecido uma vez. Quando pensou em bater no seu pai...

Esse é o meu destino, então? Passar de uma criatura de pensamento e razão a uma criatura de instinto e violência primitivos?

– Nós gastamos todo esse dinheiro com você! – Sua Senhoria estava dizendo, agora andando e gesticulando sem controle. – A extração da exonave! O atendimento médico! As roupas que você está vestindo! Tudo isso, devido a mim, à minha generosidade e bondade! Tudo o que peço em troca é que você seja educado e que. Me. Pague. De. Volta!

Ele pontuou essas últimas palavras com repetidos golpes na cabeça e nos ombros de Thanos com o cetro. Não eram terrivelmente fortes, mas Thanos fingiu se machucar e cair no chão.

A coleira. Se não fosse pela coleira...

– Peço desculpas pela minha vivacidade – Thanos disse através de dentes cerrados. Não tinha vontade de adular aquele tolo ridículo, mas por enquanto a melhor estratégia era entrar no jogo. Ele olhou para Robbo, aquele com o controle da coleira.

Se ao menos eu pudesse...

Sua Senhoria levantou um dedo para pedir tempo e depois se curvou, ofegando e chiando devido ao esforço.

Uma corrente espessa de coriza e catarro surgiu entre seus lábios e ficou pendurada ali, pesada demais para se retrair, mas viscosa demais para se romper.

– Uma ajudinha! – ele chamou.

A mesma criatura parecida com um troll correu com um lenço sujo e pegou o ranho, puxando-o da boca de Sua Senhoria. Foi necessário mais esforço do que Thanos teria pensado.

Sua Senhoria limpou a boca com a bainha da capa.

– Onde eu estava? Ah, sim... me pague de volta! É bem básico. Eu faço uma boa ação, você me paga em espécie. Você se juntará ao restante desta nave no meu exército e, quando chegarmos, onde estamos indo, matará um monte de gente por mim, e então estaremos quites. Entendeu? – Ele não esperou por uma resposta. – Ótimo. Ainda bem que tivemos esse bate-papo. Como você está se sentindo melhor, tiramos você da ala médica e fazemos algo útil. Tchau!

A audiência estava encerrada.

CAPÍTULO XIII

Foi atribuído a Thanos um quarto úmido e apertado com Cha Rhaigor. Era tão pequeno que a cabeça de Thanos batia no teto quando ele ficou totalmente ereto e, se ele se esforçasse um pouco, poderia tocar duas paredes opostas em ambas as extremidades do cômodo ao mesmo tempo.

Cha olhou para o corpo avantajado de Thanos e suspirou.

– Você pode ficar com o beliche inferior.

O quarto emanava um perfume floral que Thanos não conseguia identificar, o que fazia sentido, já que ele nunca havia deixado Titã antes, e Cha nunca esteve em Titã. Cha vinha do sistema Sirius. Havia uma dúzia de mundos orbitando aquela estrela, e Cha chamava todos eles de lar. Seu povo era peripatético, percorrendo o universo em busca de estudantes por seu sabor distinto pela filosofia pacifista. Ele era um médico habilidoso, fazendo o possível para sobreviver e ajudar o máximo que podia sob condições aptas a serem descritas como *deploráveis*. Thanos não pôde deixar de compará-lo ao único outro amigo verdadeiro que já tivera antes, Sintaa. Eles não poderiam ter sido mais diferentes. Cha era contemplativo e quieto, quando Sintaa tinha sido gregário e barulhento. Sintaa tinha um sorriso largo e fácil, enquanto Cha tendia mais para um sorriso satisfeito e sutil. E, é claro, Sintaa nunca havia saído da

Cidade Eterna, enquanto Cha passara a maior parte de sua vida nos limites da galáxia, pregando suas filosofias para os bárbaros não esclarecidos.

Thanos podia ouvir a segurança tranquila na voz de Cha sempre que este falava sobre suas práticas... a disciplina e a paz que ele desejava para todos que encontrava. Ele aprendeu rapidamente que Cha meditava sempre que tinha chance e expunha suas filosofias em qualquer oportunidade.

– Veja, Thanos – Cha disse com calma na primeira noite em que estavam em seus beliches –, o próprio universo pode ser mais bem imaginado como um jardim. Se cuidamos do jardim, ele cresce e floresce, até mesmo nas áreas não cultivadas para ficarem melhores, pois estão margeando os terrenos bem-cuidados. Quanto mais paz espalhamos, mais o próprio universo responde com paz.

Thanos pensou na palavra *espalhar*, além de em jardins e estrume. Parecia adequado.

E era claro que o universo não era nada como um jardim. O universo era... como o melhor físico poderia dizer... um espasmo cíclico recorrente de matéria e energia que se expandia e colapsava em uma escala de tempo insondável pela compreensão mortal. Não havia sentido em tentar explicar isso a Cha.

– Há um ritmo e harmonia no universo – Cha continuou. – Quando estão em sintonia, a vida vai bem para todos os seres, e há paz. O inverso também é verdadeiro, como uma troca: quando trazemos paz, o próprio universo está em harmonia. Quanto mais paz trazemos, mais o próprio universo fornece paz. Você não se intriga com o esplendor do universo que nos foi concedido?

– Só me intrigo se esse sermão em específico terminar, assim vou poder dormir – Thanos resmungou, depois puxou o travesseiro sobre a cabeça e tentou afundar na escuridão do sono. Demorou um bom tempo.

Ele sonhou.
Com ela.
Ela lhe disse...
Ele não conseguia se lembrar.

CAPÍTULO XIV

Foi-lhe atribuída a mais degradante das tarefas – limpar os pulsoglass reforçados que compunham as quatro mil, cento e doze vigias da *Berço de Ouro* na escuridão vazia e preta do espaço sideral.

Thanos sabia quantas havia, porque as contava à medida que as limpava. Quando chegava à última, a tripulação de alienígenas e náufragos heterogêneos já as sujara novamente, e então ele recomeçava.

Dando voltas e voltas na circunferência da nave. Sem começo. Sem fim. Um destino vergonhoso para Thanos, filho de A'Lars, filho de Sui-San, suposto Salvador de Titã. Uma mente que uma vez desenvolveu um método perfeito, indolor e justo de matar estava agora encarregada de limpar as janelas de lodo esverdeado alienígena que se endurecia em uma crosta áspera como se coberta de pedregulhos.

Às vezes, ele precisava de um cinzel. Os dois primeiros quebraram.

O único benefício em sua tarefa era que o levava a dar uma volta por toda a nave. Ao longo do caminho, ele conheceu muitos de seus colegas "servos por contrato" que nunca tinham deixado sua seção da nave. Havia uma família inteira trabalhando na cozinha, descendentes dos cozinheiros e comissários originais da nave – eles nunca haviam se aventurado além do refeitório geral. ("Meu avô levou uma refeição para Sua Senhoria em seus aposentos pessoais", um dos cozinheiros confidenciou a Thanos. "Quando voltou, era incapaz de falar. Mais tarde, percebemos que era porque Sua Senhoria havia removido a língua dele.")

A nave inteira era um sistema selado, literalmente (no sentido de ser apropriado para viajar no espaço) e figurativamente (no sentido de que praticamente nada e ninguém entrava ou saía).

Tinham sua própria sociedade ali. Sua própria moeda. Sua própria cultura, uma mistura de dez mil eras e mundos diferentes.

Thanos aproveitava as perambulações pela nave. Enquanto fazia seu trabalho, ninguém o incomodava. De fato, alguns de seus colegas pareciam felizes ao vê-lo. Em pouco tempo, ele ficou surpreso ao descobrir que se sentia mais bem-vindo e em casa na *Berço de Ouro* do que toda a sua vida em Titã.

Apesar de tudo, Thanos percebeu que estava se adaptando aos ritmos naturais da vida a bordo da *Berço de Ouro*. Ele começou a se sentir confortável ali, aceito por seus bufões de baixa classe de uma maneira que as elites de Titã nunca haviam considerado. Para sua surpresa, ele começou a relaxar, e até mesmo sua atitude começou a incorporar seus modos soltos e descontraídos. Se não fosse o perigo que ainda pairava sobre Titã e a presença opressiva de Sua Senhoria, ele poderia até ter começado a aproveitar seu tempo a bordo.

Ainda assim, por mais bem-vindo que se sentisse, essa coleção heterogênea de servos esfarrapados e bajuladores um pouco menos esfarrapados jamais ficaria à altura da à memória de Titã e de seu povo. Ele sabia que precisava sair da nave. E depois encontrar um caminho para o Império Kree, onde poderia reunir forças para salvar Titã. Era imperativo que ele resgatasse seu povo da cegueira e do ego deles, que os forçasse a ver o erro de seus costumes e a ouvi-lo.

Ele precisava de um plano. Precisava de uma forma de sair.

A primeira questão em qualquer plano seria remover a coleira de choque que usava. Thanos tentou a força bruta para começar, segurando o colar com firmeza e aplicando toda a potência de seus músculos nela. Fora instalada ao redor de sua garganta com duas peças, mas nada que ele fizesse a separava um milímetro que fosse.

Em seguida, furtou um laser médico quando Cha estava distraído na ala médica. Porém, o laser, projetado para cortar carne e osso, não exerceu impacto na coleira de metal, nem mesmo quando ele o modificou para funcionar com uma fonte de energia mais forte.

Thanos não estava acostumado ao fracasso. Nunca teve realmente que planejar além de seus impulsos iniciais, deixando seu intelecto guiar o caminho para o sucesso. Agora ele estava contra os limites impostos pelas circunstâncias, e isso o irritava.

Thanos considerou invadir a sala de controle, virar a nave, estabelecer uma rota para Hala, para Titã, para *qualquer lugar*, na verdade.

Mas havia legalistas para enfrentar. Além disso, Thanos não tinha ideia de como pilotar uma nave como a *Berço de Ouro*.

Por fim, ele considerou uma fuga definitiva. Todos os dias, enquanto limpava, ele vasculhava a nave em busca de módulos com suporte à vida ou outras embarcações. Em busca de equipamentos que poderia usar.

Nada. Nada ejetável. Nenhum dos trajes espaciais se encaixava nele e, de qualquer forma, todos dispunham de integridade duvidosa.

Sua Senhoria era estúpido e ranzinza, mas estava incontestavelmente no comando. Não havia nada que Thanos pudesse fazer. Ele sabia que não tinha escolha a não ser dançar conforme a música por enquanto.

Por enquanto.

Se não há nada que eu possa fazer na minha situação atual, vou ter que mudar a minha situação, ele percebeu. *E isso exigirá medidas drásticas.*

A noite e o dia tinham apenas significados abstratos em uma nave espacial, mas a tripulação tentava simulá-los. Infelizmente, dada a panóplia de mundos dos quais a tripulação vinha, ninguém conseguia concordar com exatidão sobre o tempo que uma noite ou um dia deveriam durar. Então, às vezes, os dias duravam vinte e quatro horas, divididos em dia e noite. Outras vezes, uma noite durava trinta horas ou mais, ou um dia continuava por uma semana, ou havia três horas de escuridão, seguidas de dezesseis horas de amanhecer escuro e indefinido, seguidas por um crepúsculo cinza de dez ou mais horas. Era enlouquecedor, até que Thanos finalmente aprendeu a ignorar por completo a luz e a escuridão.

Ele estava dormindo durante um período de escuridão no decorrer de sua quinta semana a bordo da *Berço de Ouro* quando algo o despertou de um sono profundo e sem sonhos. Ele ficou deitado no beliche por um momento, escutando, ouvindo apenas o silêncio.

Mas havia algo errado no silêncio. Algo espreitava dentro dele.

Uma oportunidade, talvez.

– O que aconteceu? – ele perguntou em voz alta, sem esperar por uma resposta.

– Os motores pararam – respondeu Cha, já acordado e sentado. – Estamos à deriva.

O silêncio. Ele pensou nos silencúrios de Titã, mas isso o levou a lembranças dolorosas de Gwinth e Sintaa, então voltou sua atenção para o presente. Thanos se acostumara tanto ao ranger dos motores quanto ao frio da coleira de metal que usava. E agora o som havia desaparecido.

Não havia atmosfera no espaço e, portanto, não havia atrito para desacelerar e parar a *Berço de Ouro*. A inércia manteria a nave girando, embora fosse chegar o momento em que a pressão interna iria desacelerá-la, e a gravidade se tornaria uma memória.

Mas, o mais importante: sem os motores funcionando, não havia como a nave acelerar quando necessário, nem manobrar. Simplesmente continuaria em seu curso e velocidade atuais até que algo entrasse no caminho. Como um planeta.

Ou uma estrela.

Sem motores, eles seriam incapazes de resistir à atração gravitacional da maioria dos objetos celestes. Eles colidiriam. E morreriam.

– Não tenho intenção de morrer – Thanos murmurou, girando as pernas para fora da cama.

– Quem falou em morrer? – Cha sentou-se no beliche superior, com pernas cruzadas, braços estendidos, palmas para cima. Seus olhos estavam fechados. Ele estava meditando. – O universo não nos colocou nesta nave e nos jogou no vácuo para que pudéssemos morrer.

– Isso soa exatamente como o motivo por que o universo nos colocaria nesta nave e nos lançaria no vácuo – Thanos apontou, vestindo suas roupas. – O fato de você acreditar que seu destino é maior do que uma morte silenciosa e sem sentido não significa que a física vai parar de funcionar para te matar.

– Você não precisa acreditar nos planos do universo para você, Thanos. As flores crescem independentemente disso.

– Um conforto para um homem preso em um casco enferrujado de uma nave sem meios de realizar manobras – pontuou Thanos, e abriu a antiga porta com defeito. Ele conseguiu fechá-la antes que Cha Rhaigor pudesse soltar mais palavras sem sentido. Em seu tempo na *Berço de Ouro*, Thanos havia gostado de Cha quase de maneira inconsciente; por outro lado, a confiança que ele tinha na ideia de um universo quase irracionalmente benigno o irritava. A maior parte do que Cha atribuía ao destino ou à bondade geral ocorria em face da lógica, da razão e da ciência sobre as quais Thanos havia construído sua vida. Um defeito lamentável em um bom companheiro.

Ele saiu pisando duro sobre os corredores. Encontrou a sala de máquinas, onde Demla se encontrava, coçando a cabeça, olhando para uma leitura trêmula e repleta de estática. A nave era tão antiga que todos os seus controles eram bidimensionais – telas e *touch pads*. Nenhum holograma interativo.

Demla era uma espécie de engenheiro subalterno que monitorava os motores e não estava autorizado a fazer outra coisa senão pedir ajuda se algo desse errado. Com ele estava Googa, o engenheiro-chefe. Até onde Thanos sabia, Googa havia conseguido o emprego porque estava nas proximidades quando o último engenheiro-chefe morreu. Sua Senhoria o fazia dar um jeito com os recursos que tinha à disposição.

Por falar em Sua Senhoria: ele estava lá também, parado imperiosamente em sua capa de veludo, com o peito nu, vestindo uma cueca apertada nada lisonjeira. Como sempre, Robbo estava bem ao seu lado, pronto para usar o controle remoto do colar para congelar o cérebro de qualquer um que olhasse para Sua Senhoria com o menor desrespeito que fosse.

– Não quero uma cartilha sobre a física dos motores – Sua Senhoria estava dizendo para um Googa encolhido, um olho pulsando ao longo de um arco-íris de cores. – Só quero que você ligue os motores novamente. Temos centenas de anos-luz pela frente e vai demorar mais do que os três séculos que eu previ se não tivermos motores. Meu plano exige um cronograma meticuloso. Se perdermos algumas décadas, tenho que começar tudo de novo.

Googa balançou a cabeça.

– Compreendo, senhor. Mas ficamos sem combustível. O melhor que posso afirmar é que estamos muito longe de estrelas para nossas velas solares captarem a luz solar.

– Então encontre umas estrelas! – Sua Senhoria ralhou. – Estamos no *espaço*! Está *cheio* de estrelas!

– Mas estamos na Amplidão do Corvo, senhor! Não há estrelas *aqui*.

– É por isso que se chama Amplidão do Corvo – Demla acrescentou, prestativo.

– Não brinca! – gritou Bluko.

– Faça essa coisa calar a boca – Sua Senhoria rosnou, apontando para Bluko –, ou vou mandar moldá-lo em forma de cocô e dar descarga.

– Dê descarga nisso... – Bluko começou, mas deteve-se quando Demla bateu a mão sobre seu bico.

– Eu sei por que se chama Amplidão do Corvo – Sua Senhoria continuou. – Mas tem de haver estrelas em *algum* lugar. Consigo vê-las lá fora pelas malditas vigias!

– Essas estrelas estão muito distantes para que nossas velas solares captem a energia, senhor. – Googa fez uma pausa. – Por favor, não me mate.

– Por que eu te mataria? – perguntou Sua Senhoria. – Você é o único que entende os motores. Não seja idiota. Você é indispensável. – Ele se virou para Robbo. – Vou voltar a dormir. Se esse imbecil não tiver feito os motores funcionarem, digamos, em duas horas, provoque uma dor de cabeça nele que o fará urinar nas calças e desejar ter morrido ainda no útero.

– Entendi – Robbo disse enquanto Googa choramingava.

Sua Senhoria virou-se para sair e olhou duas vezes ao ver Thanos à espreita na porta.

– O que *você* está fazendo aqui? – ele questionou.

Thanos o ignorou e dirigiu uma pergunta por cima do ombro de Sua Senhoria para Googa:

– O coletor de hidrogênio está funcionando? – A maioria das embarcações capazes de alcançar algo próximo à velocidade da luz possuía um coletor de hidrogênio, projetado para reunir átomos de hidrogênio dispersos no espaço diante da nave. O espaço não era um vácuo perfeito e, beirando a velocidade da luz, até um átomo poderia ser catastrófico em uma colisão.

– Fun-funcionando com-completamente bem – o engenheiro gaguejou, lançando um olhar aterrorizado para Sua Senhoria. – Hum... Meu senhor...?

Sua Senhoria acariciou uma dobra solta de pele pendurada na sua mandíbula.

– Tem outras perguntas, Thanos, ou você está aqui apenas para esse papo furado de coletores de hidrogênio?

– Estou pensando em nossa situação – Thanos permitiu-se dizer. – Posso? – Ele apontou para o painel de controle.

Googa engoliu em seco e olhou para Sua Senhoria, que assentiu. Thanos apertou seu corpo avantajado atrás do painel de controle.

Ele o estudou por um momento e se viu gesticulando no ar em busca de controles que não estavam presentes. Após um momento de confusão, ele tentou tocar diretamente na tela diante dele. Isso funcionou.

– Hurra! – Sua Senhoria comemorou. – Vitória!

Thanos ignorou a risada dele e o riso nervoso dos outros. Ele rapidamente examinou o local, apegado à possibilidade de que Googa fosse um idiota que houvesse deixado passar alguma coisa.

Acontecia que Googa não era um idiota, pelo menos não *nesse* assunto. De fato, não havia estrelas dentro de um raio de alcance. Nenhum capitão de uma nave sensato ou competente teria ordenado uma jornada pela Amplidão do Corvo sem antes confirmar que tinha combustível suficiente para atravessá-la. Sua Senhoria, obviamente, não era sensato nem competente.

Ainda assim, o destino de Sua Senhoria estava intrinsecamente ligado com o de Thanos – por enquanto –, então ele não tinha escolha a não ser descobrir como sair dessa situação. Seria isso ou passar o resto da vida vagando sem rumo pela Amplidão do Corvo.

Ao se sentir mais confortável com as máquinas na ponta dos dedos, achou mais fácil formular um plano. A *Berço de Ouro* era antiga e decrépita, mas tinha tecnologia usável e funcional o suficiente a ponto de ele se dar conta dos contornos de um caminho a seguir.

– Não há estrelas ... – ele começou.

– Eu o saúdo, Almirante Óbvio! – Sua Senhoria grasnou e quase caiu em um acesso de tosse e expectoração. Demla, Googa e Robbo correram para o lado dele.

– Sem estrelas – Thanos continuou, reprimindo sua alegria pela chiadeira desenfreada que interrompeu a zombaria de Sua Senhoria –, mas *há* uma fonte de energia por perto. Um magnetar.

Um magnetar era uma estrela de nêutrons hiperdensa que não emitia luz, mas irradiava fortes campos magnéticos. Havia um magnetar a quatro dias-luz de distância da posição onde eles se encontravam no momento. Os magnetares não duravam muito – apenas cerca de dez mil anos –, por isso tinham uma sorte incrível que esse estivesse ativo.

– Podemos modificar o coletor de hidrogênio – disse ele – para obter radiação gama. É um procedimento bastante simples. – O coletor de hidrogênio não apenas coletava átomos de hidrogênio perdidos; também os direcionava para o reator de fusão interna da nave, onde poderiam ser misturados para criar energia.

Googa saiu de perto de Sua Senhoria e se juntou a Thanos no painel de controle.

– Bem, sim, mas esse magnetar não está emitindo nenhuma radiação gama.

– Mas vai – disse Thanos. – Podemos usar nossos escudos defensivos para criar uma série de pulsos magnéticos sobrepostos que irão...

– Simular os campos magnéticos internos do magnetar! – Googa exclamou, sua animação crescendo. Ele deu uma batida em Thanos com seu quadril para afastá-lo dos controles, mas Thanos tinha três vezes o tamanho de Googa e não saiu do lugar.

– O resultado será um starquake na superfície do magnetar, que provocará grandes quantidades de radiação gama. Podemos capturá-la e usá-la para alimentar a nave. Mas precisamos cronometrar o tempo com precisão: o starquake pode durar apenas dez milissegundos.

Googa fingiu conferir os cálculos matemáticos de Thanos, assentindo com muita seriedade e grunhindo, maravilhado, enquanto passava os olhos pelos números na tela à sua frente. Quando terminou, olhou ansiosamente para Sua Senhoria.

Nesse meio-tempo, Sua Senhoria havia conseguido recuperar o fôlego e estava limpando os lábios no dorso da mão.

– Tudo o que ouvi – disse ele – foi *tecnologia tecnologia tecnologia para tornar a tecnologia antitecnologia e blá, blá, blá, um zero um um zero zero zero um.* – Ele deu um tapa neles. – Não me aborreçam com detalhes arrogantes. Vocês podem fazer isso funcionar?

– Sim! – respondeu Googa imediatamente e com entusiasmo.

– Sim – Thanos disse um momento depois.

– Ótimo. – Os dois olhos tornaram-se cor-de-rosa por alguns segundos, a primeira vez que Thanos os viu da mesma cor. Sua Senhoria afagou Robbo debaixo do queixo. – Mate Googa e me traga Thanos quando ele terminar.

Os olhos de Googa se arregalaram.

– Senhor! Eu o servi *urrrrrrrk!* – Sua fala se transformou em uma sílaba longa e tensa quando Robbo se aproximou dele. Thanos assistiu impassível quando Googa apertou a cabeça e caiu de joelhos, depois desabou aos pés de Robbo.

Um momento depois, os olhos de Googa explodiram, borrifando humor vítreo e sangue no chão.

– Acho que eu tenho que limpar isso – Demla resmungou baixinho.

Thanos observou o corpo de Googa se contorcer muito mais do que ele pensaria ser possível ou necessário. Depois de um tempo, ficou imóvel.

Robbo fungou alto e estalou os dedos.

– O que você está olhando? – ele perguntou para Thanos. – Ligue esses motores ou espere a mesma coisa.

Ele girou nos calcanhares e partiu. Demla fitou Thanos e soltou um assobio longo e baixo, os olhos arregalados em descrença.

Um momento depois, Bluko também assobiou. Thanos suspirou.

CAPÍTULO XV

QUANDO A PORTA DO REFEITÓRIO PESSOAL de Sua Senhoria se abriu, Thanos avistou uma mesa comprida e cheia de ranhuras, com apenas uma cadeira na outra extremidade. Sua Senhoria estava sentado, sendo servido por uma mulher que Thanos nunca tinha visto antes – pele prateada, cabelos amarelo-claros, um lenço amarrado na metade inferior do rosto. Robbo passou por Thanos e assumiu uma posição à direita de Sua Senhoria.

– Thanos! – Sua Senhoria explodiu de alegria. – Seu maravilhoso bastardo cor de lavanda! Ouvi os motores ligarem há dez minutos. Sente-se – Sua Senhoria convidou, fazendo um gesto.

Thanos olhou em volta. Não havia outras cadeiras.

– Oh, pelo amor da Eternidade! – Sua Senhoria se enfureceu. – Alguém arrume uma maldita cadeira para o homem! Vocês acabaram de me fazer parecer um idiota!

Robbo e a mulher trocaram um olhar significativo, depois outro, e outro, claramente um dizendo ao outro "Vai você!". Finalmente, a mulher saiu por outra porta e voltou um momento depois com uma cadeira de aparência frágil, que ela trouxe para a extremidade da mesa em que Thanos estava e a colocou ali sem sequer olhar na direção dele.

– Sente-se! – Sua Senhoria repetiu com a mesma expressão e entonação, como se o convite anterior nunca tivesse acontecido.

Thanos empoleirou-se com cautela na cadeira, que rangeu e reclamou sob o peso dele.

– Traga-nos um pouco de comida – Sua Senhoria ordenou, depois olhou duas vezes quando viu que a mulher já havia começado a servi-lo.

– Droga! Espere até eu dar a ordem para começar! Não faz *sentido* dar uma ordem se você já estiver fazendo a tarefa!

– Minhas desculpas, meu senhor – ela murmurou, curvando a cabeça.

Sua Senhoria balançou a cabeça em negativa.

– A gente simplesmente não consegue mais obter bons criados – ele reclamou. – Cinco, seis gerações deles nesta nave, e acho que estão começando a ser consanguíneos. Algumas dessas espécies não são biologicamente compatíveis entre si, para não dizer que não são nem sequer anatomicamente compatíveis, aí começa uma corrente de incesto, e isso nunca acaba bem. Fazer o quê. – Ele deu de ombros e provou algo de seu prato. – Idiotas incompetentes só servem de carne para canhão. Vamos precisar de muita carne para canhão para onde vamos.

Thanos não tinha certeza se deveria fazer uma pergunta nesse momento. A mulher tinha acabado de colocar um prato à sua frente. A comida era cartilaginosa e nadava em um molho fétido que balançava sozinho. Ainda assim, era a refeição mais apetitosa que tinha visto desde que embarcara na *Berço de Ouro*.

– Sabe por que matei Googa? – Sua Senhoria perguntou.

– Não.

– Porque ele era inútil para mim. *Você* encontrou a solução e conseguiu executá-la. Eu não precisava mais dele. Preciso de uma tripulação enxuta nesta nave, Thanos. Os recursos são escassos.

A comida no prato de Thanos, embora nojenta, tinha sido servida em uma porção que era facilmente cinco vezes maior do que sua ração diária. Sim, escassos. De propósito. Mas não era hora de discutir economia com Sua Senhoria.

– Sua Senhoria não poderia ter conversado com Googa? – perguntou Thanos. – Expressado seu descontentamento de outra maneira e lhe dado uma chance de fazer outra coisa?

– A conversa é uma coisa muito boa, Thanos, mas às vezes apenas a força bruta é o suficiente. Sinto que você entende isso.

Não, Thanos não entendia. Seu próprio plano para matar pessoas fora clemente e compassivo. Ele havia desenvolvido um emissor de ondas alfa que desligava o pensamento consciente da vítima sem fazer qualquer alarde e depois destruía o sistema nervoso autônomo. Uma morte tranquila, pacífica e indolor. Teria sido também a dele.

Ainda poderia ser. Se ao menos ele pudesse voltar a Titã.

– Sou um homem no exílio, Thanos de Titã – contava Sua Senhoria enquanto o molho escorria dos lábios e deslizava pelas suas pregas de pele. – Você entende?

– Mais do que Sua Senhoria imagina.

– Rá! Rá! Bem, fui exilado do planeta Kilyan cerca de trezentos, quatrocentos anos atrás. Em algum momento, perdi as contas.

– Seu povo deve ter vida longa.

– Espero que sim – disse Sua Senhoria. – Espero que os cretinos que me expulsaram do planeta ainda estejam vivos quando chegarmos lá.

– Sua Senhoria está indo para casa? – Essa parte Thanos podia compreender, simpatizar com ela.

Sua Senhoria fez que sim e explicou: o plano era simples. Ele havia libertado a *Berço de Ouro* de seus proprietários originais cem anos antes, perto da orla galáctica. A nave era nova na época, e ele decidiu usá-la para voltar a Kilyan, matar aqueles que o haviam deposto e retomar o planeta.

No entanto, Kilyan estava longe, muito longe. E ele sabia que estaria em uma drástica desvantagem numérica.

– Eu não era muito popular como governante – ele admitiu.

– Acho isso difícil de acreditar – Thanos respondeu, cuidadoso para conter o mais leve traço de ironia em sua voz.

– E ainda assim é verdade! Eles não gostavam de mim, Thanos. Eu os deixava ficar com *metade* dos grãos que cultivassem, *metade* do gado que criassem. E, por minha generosidade, fui expulso do planeta e lançado no meio do universo.

– Como Sua Senhoria sobreviveu? – Thanos mexeu a comida no prato e, com relutância, pegou uma colherada. *Melhor do que o habitual*, ainda era péssimo.

Sua Senhoria fez um aceno, ignorando a pergunta, e continuou falando. Ele se deu conta, quando estava no espaço a caminho de casa, de que precisaria de um exército. Incapaz de pagar por soldados, decidiu recorrer ao método testado pelo tempo de simplesmente capturar aqueles de que precisava. Estava funcionando bem para ele até agora.

– Então, Sua Senhoria fornece comida e abrigo – Thanos começou.

– E transporte! – Sua Senhoria exclamou. – E uma *causa*! Não esqueça-se disso, Thanos! Uma *causa*! Dou sentido à vida desses pobres miseráveis. – Ele arrotou e esvaziou o cálice. – Com exceção do aqui presente. Você não é um miserável. Há algo quase nobre em você, Thanos. Quando chegarmos a Kilyan, meu exército conquistará o planeta. Então, todos vocês terão a honra de me servir no meu palácio. E isso é bem legal.

– Entendo. Então, a servidão por dívida não termina com a vitória do exército?

Sua Senhoria suspirou, demonstrando cansaço.

– Não seja obtuso, Thanos. É claro que não. Vou precisar de proteção contra as pessoas que derrotarmos. Muitos deles vão morrer, mas não todos. Tenho que deixar *alguns* vivos para serem meus súditos, certo? Pense! Use essa coisa roxa deformada em cima dos seus ombros para algo que não seja apoiar o queixo absurdamente enorme.

– Sim.

– Você vai gostar de Kilyan – disse Sua Senhoria, alegremente. – A estação dos mosquitos dura apenas uns meses e, quando as monções chegam, o céu fica com um adorável tom de preto por dias a fio. Quero que você faça parte do meu círculo interno – ele continuou. – Como Robbo e Kebbi aqui. – Ele apontou o polegar para a mulher a título de apresentação. – Quero que opere os motores da nave. Que os mantenha seguindo na direção certa. E você terá uma vida muito boa quando chegarmos a Kilyan.

Thanos não se manifestou.

– Não seja idiota – disse Sua Senhoria, erguendo um cálice. – Não há melhor oferta em um raio de milhão de quilômetros em qualquer direção. O que me diz?

Que escolha Thanos tinha? Com um sorriso sombrio, ele ergueu o cálice também.

– Tenho orgulho em servi-lo – ele disse e bebeu.

Essa foi sua última noite nos aposentos compartilhados com Cha. No dia seguinte, ele seria transferido para um novo quarto, mais próximo de Sua Senhoria.

– Você acha que ele se incomodaria em me contar o nome verdadeiro dele? – Thanos ponderou, deitado no beliche inferior.

De cima, Cha respondeu:

– *Esse* é o nome verdadeiro dele. Mandou mudar legalmente faz um tempo. Nome: "Sua"; sobrenome: "Senhoria".

Thanos gemeu.

– Quando a gente pensa sobre isso – comentou Cha –, não é *tão* ruim assim. – Ele rolou de lado e colocou a cabeça sobre a borda do beliche superior. – Já que você vai embora pela manhã e não vou mais te ver…

– Você vai me ver. Não há para onde ir.

– … eu queria te fazer uma pergunta. Posso?

– Você salvou minha vida. Você tem esse direito.

– Titã é um bom lugar, ouvi dizer. Por que você o abandonaria?

Com um suspiro, Thanos virou de costas para Cha.

– A decisão não foi inteiramente minha.

– Não foi inteiramente?

– Nem um pouco – ele admitiu.

Cha soltou um assobio baixo.

– O que você *fez*? Para ser expulso de Titã?

Thanos pensou por um longo tempo, mas no final, a explicação mais simples também era a mais verdadeira:

– Eu tentei salvar o mundo.

Isso não perturbou Cha nem um pouco.

– Ah. Entendo.

– Você entende?

– A História está repleta de lendas dos emissários de bom senso e virtude que não foram ouvidos em seu tempo, para grande prejuízo dos incrédulos. Você encontrará o que é devido a você, meu amigo. Coisas boas chegam para aqueles que têm paciência. As flores crescem com o tempo, não com gratificação imediata.

Com um resmungo, Thanos desatou a falar:

– Me poupe. Esse absurdo místico e otimista é um defeito flagrante em um amigo perfeitamente aceitável. Por que você me bombardeia com essa ladainha?

Cha não respondeu por um longo tempo, então Thanos se virou outra vez de frente para ele. O rosto de Cha apareceu de cima, sua expressão mortalmente séria.

– Porque acredito que você, mais do que talvez qualquer pessoa que eu já tenha conhecido, precisa disso – Cha disse calmamente. – Quando chegamos, você estava a dez segundos da morte.

– Coincidência.

– Estou nesta nave há treze anos. Nunca antes Sua Senhoria se deteve para mandar uma equipe resgatar uma nave à deriva. Ele geralmente manda explodirem a nave ou desviarem dela. Mas ele te salvou.

– Uma mera falha de compaixão.

– Não, Thanos. Algum sussurro de bondade falou com Sua Senhoria e impediu que o dedo dele apertasse o gatilho. Você veio para nós quando pretendia ir a outro lugar. Talvez seu exílio tenha sido feito para colocar tudo isso em movimento.

– Não faz sentido – Thanos disse para encerrar o assunto. – O único plano é o plano que somos forçados a criar.

Cha recuou da beira da cama, e Thanos o ouviu se acomodar na posição de pernas cruzadas para suas orações noturnas.

– A coisa gloriosa, Thanos – sua voz flutuou depois de um momento –, é esta: sei no meu coração que a sua presença aqui tem uma razão. E sua descrença tem igual ferocidade, apegando-se à sua racionalidade e à sua lógica. Porém, por mais que acredite ferozmente nisso, você nunca vai poder provar que estou errado.

Thanos abriu a boca para falar, mas, para seu choque, se deu conta de que não tinha resposta.

CAPÍTULO XVI

E, NAQUELA NOITE, ELE SONHOU. O SONHO DE SEU COMA. Voltou a ele.

Ele sonhou com *ela*. Ela veio até ele. Ela o tocou. Disse-lhe o que fazer.

Lembre-se quando você acordar, ela disse. *Lembre-se do que eu te disse.*

Vou lembrar, ele prometeu, mas, mesmo no sonho, ele sabia que já tinha feito essa promessa antes e a quebrado. Thanos temia que mais uma vez iria despertar e esquecer, que fracassaria em uma tarefa tão rudimentar.

Dessa vez não aconteceu. Dessa vez ele acordou com as palavras dela ainda ressonantes, ainda vivas. Dessa vez era diferente.

De manhã (o que se passava por manhã a bordo da *Berço de Ouro*, de qualquer forma), Thanos acordou e permaneceu deitado em seu beliche, piscando para o beliche acima de si. Ele ouviu, viu e sentiu Cha se mover acima dele, saltando de seu ancoradouro para aterrissar no chão. Ainda assim, Thanos ficou parado.

Cha se espreguiçou, bocejou e ligou a água na pequena pia enferrujada que eles compartilhavam. A ferrugem abrira um buraco, então eles puseram um capacete velho ali embaixo, virado de ponta-cabeça, procurando conter a drenagem. Cha fez suas higienes matinais e depois se voltou para Thanos.

– Você parece horrível – comentou Cha. – Respire fundo. Encontre o seu centro.

Thanos lançou-lhe um olhar fulminante.

– O que ainda está fazendo aqui? – perguntou Cha. – Pensei que tivesse ido embora e já estivesse em seus novos aposentos antes mesmo de eu acordar.

– Tive um sonho – Thanos disse devagar, com relutância. – Um sonho recorrente.

– Esses sonhos iluminam a estrutura subjacente da serendipidade do universo – Cha disse com enorme seriedade.

– Pare com isso.

– Não, é sério. Quando você tem um sonho mais de uma vez, é o universo falando com você. É um assunto sério, Thanos. – Cha cruzou os braços sobre o peito e recostou-se na pia, um feito perigoso, dada a falta de integridade estrutural da pia. – Conte-me sobre isso.

Com um suspiro e algum esforço, Thanos puxou os joelhos até o peito e apoiou a testa neles. O sonho... O maldito sonho...

Ele era uma criatura da razão e da ciência, não da intuição e da superstição. Ele sabia que os sonhos nada mais eram do que o depósito de lixo do cérebro, uma maneira de eliminar imagens, pensamentos e ideias reunidos no subconsciente para serem eliminados. Eram bobagens e eram inúteis, mas, ainda assim, esse... Esse parecia diferente.

– Eu o tive pela primeira vez quando estava a bordo da minha nave, em coma. Sonhei com... alguém que conheci.

– Quem?

Thanos rangeu os dentes.

– Uma mulher. Nada mais importa. No sonho, ela está morta, mas fala comigo.

Cha ergueu uma sobrancelha.
— Ela sussurrou para mim. Me disse uma coisa.
Agora Cha havia se afastado da pia, aproximando-se, ajoelhando-se junto ao beliche de Thanos.
— O quê? O que ela disse?
E Thanos mentiu:
— Ela me disse para salvar todo mundo.
A mentira era suficientemente próxima da verdade. Ele ansiava por voltar para casa, vê-la novamente, corrigir as coisas.
No entanto, estava preso. E não importava o quanto conspirasse ou planejasse, a coleira, a nave precária e o vácuo que esperava do lado de fora para matá-lo estavam implacavelmente em seu caminho. Pela primeira vez na vida, Thanos não conseguia raciocinar para encontrar uma forma de se livrar de um problema.
— Salvar todo mundo — Cha ponderou. — Um objetivo nobre.
É impossível, Thanos não acrescentou.

No primeiro dia de sua segunda nova vida, Thanos passou por Demla e Bluko no corredor, a caminho da casa de máquinas. Demla ofereceu um alegre "Bom dia" e Bluko cacarejou loucamente. Thanos resistiu ao desejo de esmagar aquela meleca entre suas duas mãos. Naquele dia, tinha assumido a aparência de um glóbulo latejante de pus, com a boca de um cachorro e as orelhas de um vombate.
— Motores com força total — Demla informou. — Vamo botá pra quebrá!

– Desjejum! – Bluko uivou, e Thanos cerrou os dentes.

Na sala de máquinas, ele verificou os níveis de potência, avaliou o estado do reator de fusão e iniciou a manutenção de rotina. Todo o equipamento – todo o restante, incluindo os drones de manutenção – estava nas últimas. Todo o sistema de propulsão precisava de uma revisão completa, mas não havia recursos para realizar uma manutenção tão drástica. Pelo que Thanos podia entender os motores da nave durariam mais uns cinco anos. E isso levando em conta o cenário mais otimista.

Ele estava começando a achar que Googa tivera sorte.

Falando em Googa – havia uma mancha úmida ainda brilhando na parte inferior do painel de controle. Thanos limpou-a com um suspiro resignado. Ele teria preferido que Sua Senhoria *não* matasse Googa, mas como Googa já estava morto, não adiantava nada alimentar sentimentalismos. Depois que alguém morria, o que mais se podia fazer? Sua Senhoria havia colocado da melhor forma: Googa não vinha mais sendo útil.

Thanos havia mentido para Cha sobre seu sonho. Em parte porque ainda não tinha certeza sobre seu significado, mas principalmente porque não tinha vontade de ouvir Cha escavar seu subconsciente em busca de qualquer pseudossignificado insano.

E porque, muito além de salvar a todos, agora ele não conseguia nem imaginar uma maneira de se salvar. Ele morreria nesta nave, talvez naquele dia, talvez dali a cinco anos, mas, de qualquer maneira, morreria ali, sem um meio de voltar para casa, sem um meio de salvar o povo de Titã.

E porque...

E porque pensar *nela, vê-la...* provocou um tipo muito especial de dor, do tipo quase indistinguível do prazer.

Quando Robbo chegou à sala de máquinas buscando verificar o progresso de Thanos em seu primeiro dia, Thanos aproveitou a oportunidade para tentar obter informações sobre o mundo natal de Sua Senhoria e a viagem até lá. Havia poucos dados para continuar e mais dados sempre eram algo bom. Quanto mais informações em sua posse, melhor poderia planejar. Havia mapas estelares para mostrar a melhor rota para Kilyan? Havia um mapa dos portais de salto locais? A maioria das viagens interestelares era realizada através de portais de salto ou de buracos de minhoca que ocorriam naturalmente. Motores mais rápidos do que a luz eram caros, frágeis e difíceis de manter. Os motores subluz da *Berço de Ouro* eram muito mais comuns, embora Googa tivesse deixado a desejar na tarefa de mantê-los saudáveis e funcionando. Ele tinha sido engenheiro-chefe porque seu pai o fora antes dele, não por causa de alguma habilidade que tivesse na área. Thanos suspeitava – ou melhor, esperava – que pudesse encontrar um caminho mais rápido para Kilyan. O planeta não parecia apresentar uma situação superior à da nave, mas tinha o benefício de possuir uma atmosfera... e de não explodir.

À menção dos mapas estelares, Robbo riu tristemente e balançou a cabeça.

– Existem mapas, mas eles não vão ajudar você.

– Por que não?

Robbo olhou em volta, desconfiado. Havia outros funcionários menores na sala de máquinas, mas eles estavam ocupados, andando de um lado para o outro, remendando os canos e dutos que estavam sempre se rompendo.

– Deixa pra lá. Esqueça que eu disse alguma coisa. – O mordomo limpou uma gota de suor do lábio superior.

– Tenho um trabalho a fazer – Thanos o pressionou. – E preferiria fazê-lo bem-feito.

– Temos algo aqui chamado "precisa saber" – disse Robbo. – E você não precisa.

Thanos franziu a testa. Robbo sabia de alguma coisa. E mais: ele *queria* contar a Thanos. Era muito óbvio. Pessoas com segredos ansiavam por revelá-los – só precisavam de uma justificativa para fazê-lo.

– Sou o engenheiro agora. Tenho que executar as tarefas que Sua Senhoria deseja que eu execute. Se você sabe de algo que possa ajudar... – ele parou, dando a Robbo a oportunidade de se intrometer e pôr tudo para fora.

O que era exatamente o que Robbo estava morrendo de vontade de fazer.

– Você está no círculo interno de Sua Senhoria agora, então acho que posso te dizer...

– É claro – Thanos encorajou-o.

– Não existe nenhuma Kilyan – Robbo anunciou com uma combinação de alívio e choque repentino sobre si mesmo.

Thanos levou um momento confuso para processar a afirmação. Mesmo assim, todo o seu poderoso intelecto conseguiu produzir apenas um sussurro atordoado:

– O quê?

– Quero dizer – Robbo falou apressadamente –, há um planeta, certo. Passamos por ele há cerca de dez anos. Toda a superfície foi varrida. Bombas de nêutrons.

Os edifícios ainda estavam de pé, mas tudo o que era vivo estava mais do que morto. O lugar era tão radioativo que, se você espirrasse na direção dele, começaria a perder cabelo. – Robbo deu um tapinha nervoso em sua própria careca.

Pela primeira vez em sua vida, Thanos proferiu as palavras:

– Eu não entendo.

– Não há muito para entender.

– O que estamos *fazendo* então? Para onde estamos indo?

Um encolher de ombros.

– Não sei, sinceramente. Ele está procurando alguma coisa, mas não quer me contar o que é. Mas tem algo a ver com os asgardianos e algum tipo de poder. Ele diz que pode ressuscitar o planeta. Só precisa colocar as mãos "nessa coisa".

– Nessa coisa. – Thanos percebeu que estava segurando o painel de controle com tamanho vigor que o objeto frágil ameaçou se romper em suas mãos.

– Isso. "Nessa coisa."

– E o que quer que *essa coisa* seja, os asgardianos estão com ela.

– É o que Sua Senhoria diz.

– Entendo. – Thanos não detectou qualquer traço de ira ou decepção em Robbo. Aparentemente, ele estava feliz em passear pelo universo em uma armadilha mortal em forma de nave espacial, servindo pontadas psíquicas conforme o necessário, tudo em nome de uma busca infinita e insana orquestrada por um lunático. Ele era tão louco quanto Sua Senhoria ou um verdadeiro seguidor. Ou então queria essa fonte misteriosa de poder para si mesmo. Independentemente disso, não havia motivo para mais discussões com Robbo.

– Obrigado pela informação – Thanos disse.

– Apenas continue em frente com a nave e mire na direção que Sua Senhoria lhe dá – orientou Robbo enquanto se dirigia para a porta –, e tudo vai ficar bem.

CAPÍTULO XVII

VÁRIOS DIAS DEPOIS, O INEVITÁVEL ACONTECEU – um dos raios da nave circular, atingido por um micrometeorito, rompeu-se. Sua estrutura amassada, danificada e cheia de detritos finalmente perdeu os últimos fragmentos de integridade. Mesmo na sala de máquinas, no lado oposto da nave, Thanos sentiu as reverberações quando o casco de liga girou e se soltou da estrutura. Toda a *Berço de Ouro* tremia e sacudia no espaço.

Quando Thanos chegou ao local, a maioria dos raios havia se retorcido e desacoplado do ponto de conexão com a parte central. Uma série de escudos de emergência sobrepostos continha o vácuo, mas eles não durariam muito. Como todo o restante na nave, eles eram frágeis e já estavam com o prazo de validade vencido.

Um grupo de tripulantes obstruía o corredor até o local da ruptura. Thanos usou seu tamanho e seu *status* para abrir caminho. Cha Rhaigor já estava lá, ajoelhado ao lado de um vorm que estava sangrando, que não conseguia parar de se debater.

– Fique parado! – ordenou Cha. – Estou tentando te dar uma injeção.

Mas o jovem vorm estava com muita dor para cooperar. Apanhado na junção do raio e da roda central quando a ruptura aconteceu, ele foi atingido no abdômen por fragmentos de metal voadores.

Ferimentos formaram-se de cima a baixo em seu flanco, e sangue jorrava de sua barriga.

Thanos foi para o lado de Cha e, sem dizer uma palavra, inclinou-se e deixou o vorm inconsciente.

– Thanos! – Cha advertiu.

– Só encostei nele de leve – defendeu-se Thanos.

– Você *deu um soco* nele!

– Agora você pode dar a injeção nele – Thanos apontou.

– Você poderia ter sido mais gentil – Cha resmungou, colocando a agulha no braço do vorm. – Agora vou ter que tratar também uma concussão.

– Melhor do que prepará-lo para um caixão. – Thanos analisou ao redor. Havia tripulantes aterrorizados amontoados exatamente desse lado da ruptura, assim como curiosos e gente que acabava de passar por ali. Apenas a alguns passos de onde ele estava, o raio retorceu e estava caído, pedaços de metal afiados saindo de todos os ângulos. Ele podia ver mais tripulantes feridos pulando nos limites escuros do raio.

A gravidade artificial da nave havia ficado instável lá embaixo, o tubo oscilava e batia em sincronia com o restante da *Berço de Ouro*. Os feridos estavam sendo arrancados do casco e ficavam ricocheteando um contra o outro.

– Evacuem esta área! – Thanos ordenou, gesticulando para a multidão.

Ninguém se mexeu.

– Mexam-se! – ele bradou a plenos pulmões.

A multidão se dissipou rapidamente, deixando apenas ele, Cha e os feridos.

– Esses campos não vão aguentar por muito tempo – Thanos disse sombriamente. – Precisamos de uma equipe para descer pelo raio e tirar o que está rompido. Se trabalharmos de ambos os lados, podemos ir mais rápido.

Nesse momento, uma pequena tela em preto e branco afixada em uma parede próxima tremeluziu ao ganhar vida, produzindo uma imagem com estática. A imagem de Sua Senhoria bocejou na câmera.

– Como está indo aí? – ele perguntou.

– Temos várias vítimas, tanto dentro como fora do raio – Thanos informou-lhe. – Mas tenho um plano de resgate que posso executar. Vou precisar de duas equipes de quatro integrantes cada e assistência médica nos dois extremos do raio.

Ele parou. Um dos campos estalou e cuspiu, saindo da existência com um clarão de luz azul. Houve um forte vento sugador por um momento e, em seguida, um campo sobreposto foi acionado para compensar. Ainda assim, ele podia ver o espaço negro através da ruptura no casco, e o zumbido dos campos lhe dizia que não durariam muito com a tensão adicional em seus projetores.

– Podemos resgatar todos eles – afirmou Thanos –, se agirmos rapidamente.

Sua Senhoria balançou a cabeça.

– E arriscar que os campos sejam desligados nesse meio-tempo, sugando metade da atmosfera da nave para o vazio? Não. Sem chance. Ative o corte de emergência.

Thanos lançou um olhar interrogativo para Cha, que acabara de costurar o abdômen do vorm com um carretel de fio de calor antigo.

– Os raios podem ser descartados – Cha disse baixinho, balançando-se sobre os calcanhares e olhando para as mãos ensanguentadas, como se estivessem desconectadas de seu corpo.

– Descartados? – Thanos olhou de um lado para o outro. Com certeza, ele notou fechaduras explosivas na interseção do raio e da roda, bem como uma fenda coberta. Ele imaginou que havia a mesma configuração no outro extremo do raio. As fechaduras desconectavam o raio, e a fenda se abriria sem dúvida para que uma porta de segurança se fechasse e mantivesse a atmosfera dentro da nave.

– Isso não será necessário – ele alegou a Sua Senhoria. – Nós podemos resgatá-los.

Sem esperar uma resposta, ele tirou a túnica e rasgou-a em tiras, que enrolou em volta das mãos visando se proteger. A gravidade nula no raio dificultaria as manobras, mas também facilitaria o deslocamento dos feridos.

– O que você vai fazer? – Cha perguntou.

Thanos recuou vários passos.

– Correr. Saltar. – Seu impulso o levaria através da área sem peso. Ele pegaria o máximo de seres que pudesse. Ele os jogaria para o outro lado, se necessário.

– Isso é insano.

Sua Senhoria entrou na conversa.

– Ei, Thanos! É a alavanca à sua esquerda. É só apertar e a gente encerrou aqui. Não podemos arriscar a nave inteira por alguns tripulantes.

– Há. Dez – Thanos disse através de dentes cerrados. – Pelo menos.

– Alguns. Dez. Comparado às centenas a bordo? Pense!

Thanos dispensou a ordem. Ele respirou fundo e começou a correr...

... e a porta de segurança desceu tão repentinamente que quase o esmagou. Ele parou no último instante possível e conseguiu se virar para bater na porta com o ombro, não com o rosto.

Ao mesmo tempo, um grito veio de Cha Rhaigor. Thanos girou no lugar, seu ombro latejando e viu que a porta de segurança havia caído exatamente sobre a cabeça do vorm. O crânio foi completamente esmagado da ponte do nariz para cima. Um leque de sangue e massa cinzenta pulverizaram da parte inferior da porta de segurança.

– Oh! – Sua Senhoria exclamou. – Essa *era* a alavanca remota! Ótimo.

A tela voltou a ficar preta antes que Thanos pudesse fazer ou dizer qualquer coisa.

Cha tremia. De raiva. De angústia. De choque. Thanos nunca tinha sido bom em ler pessoas; ele não sabia dizer qual era o sentimento principal, mas sabia que exigia um gesto de amizade e conforto.

O máximo que ele era capaz de fazer era colocar a mão no ombro de Cha.

Isso foi o suficiente. Lágrimas irromperam de Cha, e ele desabou contra Thanos, apertando sua mão como se fosse uma tábua de salvação.

– Ele teria sobrevivido – Cha chorou. – Ele teria ficado bem.

Thanos mirou entorpecido para a porta de segurança. Tendo ficado escondida dentro da nave todos esses anos, protegida e não exposta, ela estava em boa forma

– robusta e intocada, exceto pelos restos da cavidade craniana do vorm no terço inferior.

E ele viu. Ele entendeu.

Não era possível simplesmente conspirar para escapar da nave. Pelo bem de todos os seres vivos a bordo da *Berço de Ouro*, Sua Senhoria tinha que morrer.

CAPÍTULO XVIII

THANOS DETERMINOU-SE A SAIR À PROCURA DE KEBBI mais tarde naquele dia. Ela parecia, naquele primeiro jantar, tolerar Sua Senhoria, em contraste com a bajulação de Robbo. Talvez pudesse aprender mais com ela.

Ela novamente estava usando um lenço na metade inferior do rosto, tornando suas expressões inescrutáveis. Porém, quando Thanos pediu para falar com ela em particular, ela ergueu as sobrancelhas de um modo que ele não tinha como ignorar o significado.

Eles se reuniram em um pequeno cais de saída para um dos módulos de fuga de que a nave não mais se vangloriava. Todos eles tinham sido usados, Thanos ficou sabendo, havia cem anos, quando a tripulação original correu da loucura de Sua Senhoria como se para fugir do próprio inferno.

– Então, você odeia Sua Senhoria e quer um motim – Kebbi atestou com naturalidade antes que Thanos pudesse falar.

Thanos recuou. Ele emitiu alguns murmúrios pensativos por um momento.

– Não se faça de tímido, Thanos de Titã – ela lhe disse. – Você é novo aqui. Todos os novatos querem derrubar Sua Senhoria e sair dessa armadilha da morte o mais rápido possível. Você não está aqui há tempo suficiente para o seu espírito ter sido esmagado ou sua mente debilitada por Robbo. Então, é claro que quer se juntar a mim, se livrar do velho e conduzir a nave a algum lugar são e sensato.

Thanos planejara estudar Kebbi lenta e sutilmente, revelando seus planos apenas se e quando decidisse que ela se sentia da mesma forma e que podia confiar nela.

Bela ideia...

– Existe uma maneira de remover as coleiras? – ele perguntou com agilidade. – Quando estivermos sem ela, poderemos dominar Sua Senhoria e assumir o controle da nave.

Ela piscou rapidamente, e seus olhos dançaram de um lado para o outro.

– Por que você quer tirar a coleira?

– As pontadas psíquicas. A menos que você saiba como conseguir o dispositivo de controle de Robbo?

Kebbi negou com a cabeça.

– Minha nossa. Ah, você não entende, não é? Você acha que... Os colares não têm nada a ver com as pontadas psíquicas. É o próprio *Robbo* que faz isso. Esse é o poder dele. Ele é um projetor psíquico. Os colares são apenas um identificador. Uma afetação de Sua Senhoria, na verdade. Para lembrá-lo de casa.

Com os dedos dormentes, Thanos sondou a coleira em volta do pescoço. Todo esse tempo ele pensara que o colar era uma arma. Mas não passava de um ornamento.

Robbo era o verdadeiro problema, então.

– Por que ele é tão leal? – perguntou Thanos. – Ele está preso aqui como o restante de nós.

– Algumas pessoas lideram – ela falou, encolhendo os ombros. – Algumas pessoas querem ser *lideradas*. Robbo sente que isso faz dele parte de algo maior.

– Que insano.

– Eu nunca disse que não era.

Thanos fez uma careta.

– Nós somos mais numerosos do que Robbo. Ele não deve poder projetar pontadas psíquicas em todo mundo ao mesmo tempo. Por que...

– Por que não o dominamos, matamos, então matamos Sua Senhoria e assumimos o controle da nave? – perguntou Kebbi.

A pergunta era mais direta e brutal do que Thanos teria preferido, mas era honesta.

– Sim.

Ela balançou a cabeça.

– Seria inútil. Temos que manter Sua Senhoria vivo.

– Por quê?

– Você já ouviu falar de um circuito simpático?

Ele confessou que não tinha ouvido falar.

– Mas não sou excessivamente familiarizado com viagem espacial.

– É bem simples – explicou Kebbi. – A nave está emparelhada quanticamente com o coração de Sua Senhoria. Se o coração dele parar de bater, os motores da nave superaquecem, vão explodir a nave e matar todos a bordo. – Ela pensou por um momento. – Bem, alguns podem sobreviver, eu acho, mas a descompressão explosiva os matará logo depois, então não há muito sentido em sobreviver à explosão, não acha? Se você acha que a quebra do raio foi ruim... imagine isso acontecendo com toda a nave.

Thanos balançou nos calcanhares. A saúde de Sua Senhoria era ruim – diariamente, o homem tossia catarro e escarrava o suficiente para encher uma caneca – e os que ele havia escravizado pareciam excessivamente preocupados em manter seu captor vivo e saudável. Thanos pensou em como todos ficavam tensos com cada tosse e espirro que saía pelos orifícios de Sua Senhoria, que escorriam e estavam sempre com crostas. As criaturas que coletavam o escarro. Para exames médicos, sem dúvida.

Agora ele sabia o porquê. A morte de Sua Senhoria significava a morte de todos a bordo da *Berço de Ouro*.

– Não há saída – Kebbi concluiu. – Esta nave é a prisão mais perfeita do universo, um pacto de suicídio dilapidado e sólido, vagar pela galáxia até que ele morra, e nesse ponto *todos nós* morreremos, ou a nave caia aos pedaços.

– E nesse ponto todos nós morremos – Thanos completou.

– Sim. Tudo o que podemos fazer é esticar nossos dias e esperar um milagre. – Ela puxou o lenço pela primeira vez, e ele viu que a metade inferior do rosto era uma enorme boca de réptil, a mandíbula com articulações baixas, os dentes uma fileira dupla de mais de cem agulhas e a língua bifurcada.

– Você tem algum milagre em você, Thanos de Titã? – ela perguntou. – Se não, nem se incomode.

Ele ficou acordado toda aquela noite. Em parte porque teve que absorver as novas informações recolhidas de Kebbi, mas principalmente porque temia outra repetição do sonho.

Virando-se de um lado para o outro, ele misturava os fatos em sua mente. A saúde de Sua Senhoria.

O circuito simpático. As pontadas psíquicas, os colares e o planeta morto Kilyan, que o fizeram pensar em Titã e seu destino inevitável, que ele faria qualquer coisa para evitar...

E o poder. *Aquela coisa*, o que quer que *aquela coisa* fosse. Sua Senhoria parecia acreditar que era real, mas Sua Senhoria era louco.

Ainda assim, até os loucos podiam estar certos. Às vezes.

Thanos fechou os olhos. Ele viu sua mãe em seu psicoasilo, gritando que ele era a morte! Morte! Morte!

E, dessa vez, quando sonhou, ele *a* viu novamente, só que ela estava apodrecendo diante de seus olhos. Suas bochechas estavam encovadas e pálidas; sua carne, secando.

Gwinth!, ele chamou no sonho. *Gwinth!*

Mas ela só falou com ele as mesmas palavras que sempre dizia e depois se desfez em uma pilha de ossos e carne ressecada aos seus pés.

CAPÍTULO XIX

Ele acordou com um novo plano.

Para sua agradável surpresa, o plano o encheu de esperança. Ele o revirou na mente enquanto estava deitado na cama, avaliando probabilidades, compensando com outras variáveis. O plano, ele concluiu alegremente, funcionaria.

Exigiria astúcia e cautela. Exigiria seu talento para a tecnologia. Exigiria colaboração.

O mais importante: exigiria violência. Talvez até mesmo uma grande quantidade de violência.

Seu corpo era capaz de violência, ele sabia. Às vezes – como quando ele se elevava sobre A'Lars durante uma discussão furiosa –, Thanos sentia como se seu corpo fosse uma parte separada, um ser próprio, com seus próprios desejos e vontades. E às vezes o que ele queria e desejava era colocar as mãos em volta de alguma garganta. E apertar.

Então, sim, seu corpo poderia cometer violência, mas sua alma poderia? Sua mente? Seu coração?

Ele estava disposto a matar metade de Titã e a si próprio para salvá-lo. Matar alguns dos alienígenas a bordo da *Berço de Ouro* para salvar os demais – e ele próprio – era igualmente razoável e ainda mais defensável.

Ele procurou Cha na ala médica. De todas as pessoas na *Berço de Ouro*, Thanos confiava apenas em Cha Rhaigor.

Cha ficou feliz em ver Thanos, mas Thanos não tinha tempo para brincadeiras.

– Podemos falar em particular? – ele perguntou.

Olhando em volta, Cha deu de ombros.

– Estamos sozinhos.

– Esta área é monitorada?

Cha riu.

– Paranoia? Em você? Essa roupa não cai bem em você, meu amigo.

– Isso vindo do homem que anda sem camisa – Thanos reprovou. – Estamos sendo monitorados?

– Claro que não. Sua Senhoria não tem conselheiros de confiança suficientes para monitorar toda a nave. Medo e interesse próprio mantêm todos na linha.

– Não por muito tempo – Thanos disse, e depois contou a Cha o que havia aprendido: que Kilyan era uma missão tola, que a nave tinha cinco anos de vida no máximo e que Sua Senhoria não tinha plano B.

Cha recebeu as notícias da melhor maneira possível. Ele ofegou por tempo suficiente para que Thanos pensasse que precisaria ressuscitar seu amigo.

– Kilyan é um deserto inóspito? – Cha tremeu ao dizer isso, apalpou ao seu redor em busca de apoio. Ele caiu em uma cama. – Nós passamos por ele faz uma *década*?

– Você não gostaria de morar lá de qualquer maneira – Thanos ironizou. Era o único conforto que ele poderia oferecer.

– Teria sido melhor do que isso! – Cha gritou. – Melhor do que esta maldita nave, que cheira eternamente a lixo e flatulência porque não podemos usar um sistema de ventilação com segurança! Melhor do que comer as mesmas dez refeições, que a equipe da cozinha consegue produzir com qualquer comida que o replicador de alimentos regurgitar!

Cha rosnou e se levantou, fazendo á cama tombar. Ele pegou uma bandeja de instrumentos médicos e os jogou contra a parede. Por bons três minutos, ele exerceu sua raiva sobre os instrumentos e geringonças ao seu redor. Thanos observava passivamente, entendendo muito bem que a raiva de Cha era como um incêndio na floresta que não podia ser extinto, apenas se consumir sozinho.

– Respire fundo – Thanos sugeriu de modo cômico, uma parte dele apreciando a visão da concha plácida de Cha finalmente rachando um pouco. – Encontre o seu centro.

Quando Cha bateu em uma parede e quebrou a mão, sua raiva arrefeceu com gritos de dor. Thanos colocou um braço em volta do ombro do amigo e o guiou para a seção da baía médica que não tinha presenciado a ira de Cha. Lá, ele envolveu a mão quebrada de Cha em um velho dispositivo de cura enquanto ele falava baixo e com calma.

– Quando eu estava consertando os motores outro dia, notei algo nos nossos sensores de longo alcance. Um velho portal kalami a cerca de dois anos-luz. Se mudarmos de rumo, poderemos acertar o portal e saltar para fora da Amplidão do Corvo. De volta ao espaço civilizado.

A *Berço de Ouro* não tinha um motor mais rápido do que a luz… pelo menos não mais. Seu núcleo de dobra havia queimado décadas antes. Usar os motores subluz da nave para se aproximar da velocidade da luz seria perigoso, mas necessário, se eles chegassem ao portal em um tempo razoável.

Cha balançou a cabeça.

– A maioria dos portais kalami não funciona mais. Além disso, Sua Senhoria nunca permitiria.

– Não me interessa o que Sua Senhoria quer. Estou falando de nos levar a um lugar onde possamos libertar as pessoas que estão nesta nave.

– Mesmo que o portal funcione, quem sabe onde no universo infinito vamos parar?

Thanos fez um ruído de desdém.

– Primeiro, tem que ser melhor do que aqui. Por definição. Em segundo lugar, o universo não é infinito. O universo está se *expandindo*, Cha. Isso não é uma crença: é um fato demonstrável. Portanto, não pode ser infinito, porque possui limites.

Cha deu de ombros.

– Se o universo está se expandindo, no que ele está se expandindo? O que está além desses limites?

– Não temos tempo para eu ensinar você sobre astrofísica e mecânica celeste – Thanos insistiu. – Temos coisas mais importantes para discutir.

– Vários outros tripulantes mais bem-tratados são leais à Sua Senhoria. E não se pode matá-lo por causa do circuito simpático. Nós não temos escolha. Temos que manter Sua Senhoria vivo o maior tempo possível e, esperamos, encontrar um lugar para evacuar antes que a nave desmorone, ou ele o faça.

– Cinquenta por cento de chances de que isso aconteça primeiro – Thanos disse-lhe. – Mas você precisa confiar em mim: eu posso matar Sua Senhoria *e também* manter a nave em movimento. E tenho uma maneira de lidar com Robbo. Você está comigo? Você é o único em quem confio nesta nave. Eu preciso de alguém ao meu lado. E você é fundamental para o meu plano, se puder lidar com um pouco de derramamento de sangue.

Cha nem levou um momento para considerar, olhando para a mão quebrada envolta no dispositivo de cura suado e meio gelado que havia perdido a maior parte do gel.

– Ele mentiu para nós o tempo todo. Sim, claro que vou ajudar. – Quando ele olhou para Thanos, seus olhos brilhavam com renovada esperança e vigor. – Foi por isso que você foi enviado aqui, Thanos. Não suporto matar, mas se isso significa libertar todas as almas nesta nave... acredito que seria para um bem maior.

– Que conveniente – Thanos murmurou. – Estou feliz que tudo faça sentido para você.

– Sua dureza será sua ruína, Thanos.

– Não ligo – Thanos disse bruscamente. – Toda a esperança inarticulada e benévola do universo não poderia ter encontrado uma maneira mais fácil. Mas estou feliz por ter você do meu lado. Tenho um plano. E precisaremos da ajuda de Demla.

Cha balbuciou em choque antes de encontrar sua voz.

– Demla? Thanos, Demla é uma pessoa boa, honesta e uma alma bondosa, mas continua da forma como o universo o encontrou: mais burro do que um cocô petrificado. O que ele pode nos oferecer?

Thanos sorriu pela primeira vez desde o exílio. A sensação era boa.

– Você ficaria surpreso.

Ele recolheu materiais da sala de máquinas e alguns circuitos da ala médica, retirados dos implementos que Cha havia convenientemente quebrado.

Seus novos aposentos não eram mais espaçosos ou bem equipados do que os antigos, mas eram só dele. Ainda assim, Thanos não podia correr o risco de trabalhar lá. Ele estava em um beliche perto de Robbo e de Sua Senhoria, e eles tinham uma tendência irritante de aparecer e vê-lo quando ele não estava na sala de máquinas. Sua Senhoria perguntava com frequência sobre o consumo de energia e de vez em quando dava novas coordenadas para onde deveriam se direcionar, embora as coordenadas nunca parecessem seguir algum tipo de padrão. O melhor que Thanos poderia dizer era que, se Sua Senhoria estava procurando algo em poder dos asgardianos, estava fazendo isso vasculhando cegamente montanhas de cocô de dinossauro na esperança de encontrar uma folha de samambaia não digerida.

Robbo passava ali de modo errático, imprevisível. Thanos percebeu desde o início que o mordomo e a principal arma de Sua Senhoria não confiavam nele totalmente. Talvez, parte da inimizade de Thanos tenha vazado psiquicamente para Robbo. Ou talvez ele se arrependesse de ter contado o segredo de Sua Senhoria para Thanos. Qualquer que fosse o motivo, Thanos sentia que seu tempo estava se esgotando. Ele precisava agir depressa.

Então, passava o tempo que podia em seus antigos aposentos com Cha, construindo o primeiro elemento do plano.

– É um chapéu – disse Cha, cautelosamente, observando Thanos usar adesivo médico para acoplar dois pedaços de metal amassado e curvado. A mão de Cha havia se curado da fratura, mas ele ainda tendia a flexioná-la aleatoriamente, como agora, esperando dor o tempo todo. – Como um chapéu nos leva ao motim?

– Não é um chapéu – Thanos respondeu. – É um capacete.

Feito de aço cirúrgico e peças de ligas mais refinadas extraídas dos motores em ruínas, o capacete continha circuitos meticulosamente soldados dentro de sua cúpula. Thanos levou duas semanas para reunir os materiais e outra semana para montá-los. A cada dia – a cada hora – que passava, ele temia a descoberta e a pontada psíquica que explodira os olhos de Googa. Ele também temia que a nave se partisse em duas. E que Sua Senhoria casual e indiscriminadamente decidisse matar seu novo chefe de máquinas sem um motivo sensato.

Ele tinha um grande número de medos e poucas opções.

– Um capacete, então – Cha afirmou, incerto. – Como um capacete transita por seu plano misterioso?

Thanos recostou-se no assento e admirou sua obra. Ele usara ferramentas antigas ou quebradas e, em alguns casos, ambas as coisas, mas ainda assim tinha conseguido montar a primeira peça do quebra-cabeça que derrubaria Sua Senhoria de uma vez por todas.

– Notei que Robbo tem que estar perto quando usa o poder psíquico. Ao alcance de um braço.

– Sim. E daí?

– Isso significa que o poder é transmitido em um comprimento de onda de curta distância. Calculei quantos poderiam ser gerados pela matéria orgânica do cérebro. – Ele segurou o capacete no alto. Era azul com uma faixa dourada que o dividia no meio. Acima dos olhos, brilhava em dois chifres dourados. – E este capacete bloqueia todos eles.

– E qual é o objetivo dos chifres? – perguntou Cha.
Thanos resmungou.
– Estão aí para intimidar aqueles que possam ficar no meu caminho.
– Tenho certeza de que vai funcionar – disse Cha, aprovando. – Como se a mera visão de você já não fosse intimidadora o suficiente.
Thanos fingiu uma risada.
– Então, Robbo não pode te ferir – Cha continuou. – Mas você ainda não pode ferir Sua Senhoria. Eu pensei nisso. Mesmo se você tentar sedá-lo para que o coração continue batendo, a saúde dele é tão ruim que ele provavelmente não sobreviveria ao processo.
– Ele vai dormir – Thanos prometeu. – Permanentemente. É aí que Demla entra.
– Ainda não entendo como...
Thanos lhe contou. Cha ficou boquiaberto. E assim permaneceu por um longo tempo.

Demla havia cumprido o turno da noite na sala de máquinas, então estava esperando lá quando Thanos chegou pela manhã. O que era compreendido como "manhã", pelo menos. Fazia apenas três horas que as luzes da nave haviam se apagado, e agora a iluminação se parecia mais com o crepúsculo do que com a aurora, mas era próximo o suficiente.

Quando Thanos entrou, Demla imediatamente lançou uma ladainha de tudo que havia dado errado da noite para o dia, o que ele havia feito para consertar e o que não podia ser consertado. Thanos fingiu se importar, e então, quando Demla terminou, pegou-o pelo cotovelo e o guiou para um local próximo ao sistema de entrada do reator de fusão. O barulho ali fazia com que ser escutado fosse algo improvável.

– Preciso que você faça uma coisa – Thanos começou.

– Qualquer coisa, chefe! – Demla disse com grande verve. – O que você precisar!

– Chefe! Precisar! – Bluko grasnou. – Podge apoxtar!

Thanos estava preparado para ameaçar Demla, se necessário. Sem o conhecimento de Cha, Thanos estava preparado para inclusive matar Demla, embora esperasse não ser necessário tomar esse caminho. Seu objetivo era salvar o maior número possível das pobres almas presas na *Berço de Ouro*, não massacrá-las no processo de resgate.

Ele não disse nada a Demla, apenas olhou para o ombro dele de modo significativo. Demla olhou para a frente com cara de ponto de interrogação, sem entender.

Algum tempo depois, porém, ele se deu conta. Sua expressão ficou desanimada; ele fez beicinho.

– Ah, fala sério, chefe! De verdade?

– Chefe de verdade! – Bluko tagarelou. – Chefe de verdade!

– Receio que sim – Thanos disse o mais gentilmente possível. – E terá que ser agora.

Demla curvou os ombros.

– Sim, sim, tudo bem.

– Sim, tudo... – Bluko começou e depois parou quando as mãos de Thanos se fecharam sobre ele.

CAPÍTULO XX

Usando seu capacete, Thanos caminhou pelos corredores da *Berço de Ouro*. Atrás dele estava Cha Rhaigor, que carregava um embrulho volumoso e arrastava uma maca flutuante mal-amarrada. Ninguém os parou ou os questionou ao longo do caminho; ninguém questionaria o oficial médico da nave carregando equipamento médico, e ninguém ousaria erguer um dedo, uma sobrancelha ou a voz para um dos preferidos de Sua Senhoria.

Na porta dos aposentos de Sua Senhoria, Thanos parou. Ele não olhou para Cha, não o lembrou de nada, nem mesmo com uma palavra, do que ele deveria fazer na sequência. Em vez disso, Thanos simplesmente entrou como se fosse outro dia qualquer e estivesse prestes a fazer a refeição da noite com Sua Senhoria.

Sua Senhoria já estava à mesa. Robbo e Kebbi o ladeavam, como sempre. Por um momento, Thanos se perguntou se Kebbi também tinha algum tipo de poder. Essa, ele percebeu, era a única falha potencial em seu plano, a única coisa para a qual ele não estava preparado.

Mas ele estava pronto. Cha estava pronto. E, mais importante de tudo, Bluko estava pronto. Ele precisava agir agora.

— Thanos! — Sua Senhoria arrastou a palavra: *Thaaanos!* — Thanos! Que surpresa agradável. E que escolha interessante de chapelaria. Nunca imaginei que você fosse o tipo de sujeito que gostasse de capacetes. Enfim, achei que você ia retocar o núcleo de dobra. Se conseguíssemos fazer aquilo funcionar de novo... poderíamos sair da Amplidão do Corvo num piscar de olhos!

– Lamento informar que o núcleo da dobra terá que esperar – disse Thanos. – Preciso de algo de Sua Senhoria.

Sua Senhoria deu de ombros e mergulhou na refeição. Robbo virou-se levemente na direção de Thanos, a testa franzida. *Será* que ele tinha poderes além das pontadas psíquicas? Será que ele estava percebendo as intenções de Thanos?

Thanos lambeu os lábios. Os olhos de Kebbi se arregalaram um pouquinho. Ela sabia.

– O que posso fazer por você? – perguntou Sua Senhoria, alheio, comendo.

Thanos falou as palavras que havia preparado e praticado:

– Vou lhe dar uma oportunidade de fazer o que é certo. Preciso que saia da sua posição e transfira para mim a autoridade sobre esta nave e todos a bordo dela.

Ninguém se manifestou. O ar se encheu com um barulho alto e molhado enquanto Sua Senhoria sugava algo que parecia uma variedade obesa de espaguete coberta por um molho marrom oleoso. A gosma viscosa respingava em todas as direções enquanto o macarrão desaparecia entre os lábios de Sua Senhoria; molho salpicava seu queixo, sua papada, a toalha de mesa e até o braço da túnica de Kebbi.

– Um homem morto diz o quê? – perguntou Sua Senhoria, calmamente, e Robbo deu a volta na mesa, os olhos brilhando de malícia. Quando Robbo chegou ao alcance, Thanos cambaleou, esbarrou na mesa, bateu as duas mãos na cabeça e se inclinou, ajoelhando-se.

– Dê uma pontada das boas! – Sua Senhoria gritou, a comida espirrando de sua boca.

Então, quando Robbo estava ao alcance de um braço, Thanos parou de fingir. Ele estendeu uma das mãos, agarrando o mordomo ao redor da garganta.

– Mas que diabos! – exclamou Sua Senhoria, os olhos alternando entre vermelho e um verde-limão doentio.

Robbo agarrou o pulso de Thanos e tentou afastar a mão do titã, ao mesmo tempo que fazia uma careta e focava os olhos na cabeça de Thanos. Claramente, Robbo estava usando todo o seu poder psíquico e não podia acreditar que não estava funcionando. Mesmo com o circuito de proteção e anulação no capacete, Thanos sentiu o início de uma dor de cabeça na base do crânio. Ele teria que acabar com isso logo.

Ele aplicou a outra mão na garganta de Robbo. O mordomo fez um barulho como *Arrrr-agh!*, e então seus olhos reviraram.

Thanos continuou apertando. Ele nunca tinha matado alguém com as próprias mãos e queria ter certeza absoluta de que daria certo. Sob a pressão de ambas as mãos, a garganta de Robbo entrou em colapso. A espinha desmoronou. A cabeça dele pendia dos ombros, indefesa e descontrolada como a de um bebê.

Soltando os dedos, Thanos deixou o corpo de Robbo cair no chão. Fez um baque indistinto e genérico. Um baita anticlímax.

Limpando a garganta, Thanos retornou sua atenção para a outra extremidade da mesa. Sua Senhoria tinha se arrastado atrás de Kebbi e se encolhido ali agora, apontando e gritando:

– Mate-o! Mate-o! Agora!

Kebbi ficou muito imóvel. Então, com um movimento lento, ela puxou o lenço para baixo, revelando novamente aquela mandíbula reptiliana distorcida e distendida. Enquanto Thanos observava, ela abriu a boca mais do que seria possível em qualquer outro humanoide. A língua bifurcada saiu rapidamente e, por trás dela, ele viu outra coisa – um tubo longo e carnudo com uma abertura úmida.

– Use seu spray de veneno! – Sua Senhoria uivou. – Faça isso agora!

Kebbi falou.

– Você precisa dele vivo, não é?

– Está brincando comigo? – Sua Senhoria soltou um palavrão. – Quero ele morto *agora*!

Mas ela não tinha falado com Sua Senhoria.

– Preciso dele vivo – Thanos concordou.

Com um breve aceno de cabeça, Kebbi fechou a boca e puxou o lenço de volta ao lugar. Então, sem sequer olhar para o mestre, ela se afastou de Sua Senhoria e da mesa, passou por Thanos e saiu para o corredor.

Agora eram apenas os dois. Sua Senhoria correu para trás da cadeira, como se a atitude fosse protegê-lo da ira de Thanos. Com três passos largos, Thanos cobriu a distância entre ambos.

– Eu te dou o que você quiser! – Sua Senhoria gritou. – Qualquer coisa! O que você *quer*? Eu te dou!

– Eu quero isso – disse Thanos, e fechou as mãos ao redor da garganta de Sua Senhoria.

Com os olhos esbranquiçados e agora esbugalhados, Sua Senhoria sufocou as palavras.

– Não... podemos... conversar sobre... isso?

– Conversar é ótimo – disse Thanos, lembrando-se, sorrindo –, mas às vezes só a força bruta é que vai bastar.

– Você vai... matar... todo mundo... a bordo...

– Deixe que com isso *eu* me preocupo – afirmou Thanos e apertou mais forte.

Ele tomou o cuidado de não matar, apenas deixá-lo inconsciente. No momento em que Sua Senhoria desmaiou nos braços dele, Thanos ouviu a porta se abrir deslizando. Cha e Demla entraram correndo com as amarras e a maca flutuante.

– Fique longe dele! – Cha gritou. – Não tenho muito tempo!

Thanos fez o que lhe foi dito, afastando-se para que Demla e Cha pudessem amarrar à força o corpo de Sua Senhoria na maca. Então, o empurraram para fora da sala de jantar e desapareceram no corredor.

Thanos ponderou sobre segui-los. Mas não. Ou eles teriam sucesso ou não teriam. Se não tivessem, a presença dele não importaria; a *Berço de Ouro* explodiria em um bilhão de fragmentos, como tão obviamente a nave desejava fazê-lo, e Thanos seria arremessado no vácuo cruel do espaço. Mas se tivessem sucesso...

Ah, se tivessem sucesso!

Ele sentou-se à mesa no lugar de Sua Senhoria. A comida, ainda repulsiva, era pelo menos marginalmente mais saborosa do que a lavagem consumida pelos demais a bordo da nave. Thanos mergulhou na comida, tentando não sentir o gosto.

Um pouco depois, a porta se abriu e Kebbi entrou. Ela se sentou na extremidade oposta da mesa.

– Então, agora devemos chamá-lo de Sua Senhoria?

– Thanos está bom. Considerando que ainda estejamos todos vivos.

– Você tem um plano – ela disse, de modo neutro.

– Sim. Não há garantia de que funcione, mas tenho.

– E se funcionar? – ela perguntou, apoiando os cotovelos na mesa. – Se você se tornar mestre desta nave? Você ainda está preso a motores avariados, uma tripulação quase inútil e desmotivada e um casco que vai se romper se alguém arrotar na direção errada.

– Vou tentar manter os desconfortos intestinais de todos sob controle – ele disse ironicamente. – Me diga: por que você se afastou?

– A morte estava na sala, não importava o que acontecesse. Se você matasse Sua Senhoria, eu morreria, mas, por outro lado, vou morrer um dia de qualquer forma. – Ela pegou o cálice de Thanos e o bebeu, conseguindo erguer o lenço de tal maneira que sua boca ainda ficasse escondida. – Meus pais eram descendentes de alguns dos primeiros recrutas de Sua Senhoria. Nunca estiveram fora da nave em toda a vida deles – ela acrescentou. – Eles eram emocionalmente compatíveis, mas não anatomicamente. Eles me fizeram em um tubo de ensaio usando alguma tecnologia genética antiga e obsoleta.

– Você é única no universo – disse ele, e pensou ter detectado um sorriso, grande e cavernoso, embaixo do lenço.

– Assim como você. Ela o saudou com o cálice. Suspeito que...

Bem nesse momento, a porta se abriu novamente. Demla e Cha entraram. Cha usava um jaleco médico salpicado de sangue ainda úmido e uma máscara cirúrgica que cobria a metade inferior do rosto, mas nada podia esconder a alegria em seus olhos.

– Funcionou! – exclamou ele.

O coração de Thanos o surpreendeu falhando uma batida. Alguma parte nele pensava que aquele plano não funcionaria, não importava o quanto fosse bem arquitetado. Mas então Demla se aproximou dele e, com um gesto semelhante a uma reverência, entregou-lhe... uma coisa.

Um bulbo gelatinoso, pulsante, aproximadamente do tamanho dos dois punhos de Thanos, da cor de um hematoma e com a consistência de borracha gasta. Ele pulsava gentilmente em suas mãos, um *tum-tum* constante e confiável.

– Pobre e velho Bluko – Demla fungou.

Por reflexo, todos esperaram, antecipando o eco habitual de Bluko. Mas Bluko não responderia tão cedo.

Nas mãos de Thanos, ele segurou o coração de Sua Senhoria, habilmente removido do peito pelas mãos capazes de Cha. E então – antes que pudessem perder uma batida – colocou-o em Bluko, a massa disforme que foi persuadida a assumir a forma de um saco que envolveria o coração e o manteria batendo.

No que diz respeito ao circuito simpático da *Berço de Ouro*, o coração de Sua Senhoria estava bem. Estava batendo. E continuaria batendo até Thanos não precisar mais da nave.

Ele sorriu e segurou o coração no alto.

– Primeiro passo – anunciou ele, e Cha, Demla e Kebbi balançaram a cabeça afirmativamente com ele.

Ele ainda era jovem, ainda não estava no seu auge físico e era o mestre de tudo o que ele supervisionava.

CAPÍTULO XXI

O QUE ELE SUPERVISIONAVA, NA VERDADE, não era lá muita coisa para se contemplar. A avaliação que Kebbi fizera acerca da nave e da tripulação tinha acertado na mosca.

O anúncio de que Sua Senhoria estava morto e de que os ataques psíquicos de Robbo não eram mais uma ameaça contribuiu bastante para amenizar os medos e receios da tripulação. Estavam sob o domínio de Sua Senhoria fazia tanto tempo que não sabiam como viver de forma diferente, então Thanos deixou suas condições diárias – por mais horríveis que fossem – iguais. Por enquanto. Ele pretendia libertar cada um deles, mas também precisava que todos continuassem suas respectivas tarefas. Não adiantava de nada conquistar a nave só para que ela se desfizesse em pedaços na mão dele.

Thanos rebatizou a nave de *Santuário*, assim como havia feito com a *Exílio I*. Até que ele voltasse para seu lar de direito, todos os outros seriam meros refúgios temporários.

– E agora? – perguntou Kebbi. Era o dia seguinte, e Thanos tinha passado o tempo desde a tomada do poder divulgando a notícia, respondendo a perguntas, lidando com várias preocupações que Sua Senhoria ignorara, algumas delas, literalmente, por gerações.

– Agora – Thanos disse-lhe –, percebemos o que Sua Senhoria sabia e que não estava disposto a compartilhar.

– Ah, o artefato – ela disse em tom de ironia.

– Você acha que não existe?

Ele encolheu os ombros.

– Tenho certeza de que os asgardianos possuem muitos artefatos. Ouvi dizer que eles têm vida longa, são considerados quase imortais. Venerados como deuses em alguns planetas periféricos e, de vez em quando, em dimensões sombrias. Porém, um artefato que poderia consertar um mundo morto? – Ela balançou a cabeça. – Acho que Sua Senhoria estava maluco.

Thanos deu risada.

– Eles também me chamaram de louco, Kebbi. Ainda assim, aqui estou eu.

– Sim. Senhor de um monte de lixo rumo às estrelas, o qual vai desmoronar ao seu redor se você respirar com força demais.

Ele a encarou por um instante.

– Você falava com essa impertinência a Sua Senhoria?

– Não. Mas ele poderia fazer Robbo disparar uma pontada psíquica através de mim a qualquer momento.

Acariciando os sulcos que adornavam sua mandíbula, Thanos considerou a afirmação.

– Posso confiar em você?

– Essa pergunta só foi respondida de uma maneira – ela respondeu – por mentirosos e aqueles que dizem a verdade.

– Então a resposta é sim.

Ela riu.

– A resposta é *sim*. A verdade é *depende*. Você não tem Robbo para protegê-lo, mas sua loucura parece mais compatível com a minha do que a de Sua Senhoria.

Você pode confiar em mim desde que eu possa confiar em você, Thanos.

Ele fez que sim.

– Eu aceito isso.

Juntos, eles vasculharam os aposentos pessoais de Sua Senhoria. Era uma tarefa barulhenta e que provocava ânsia. Os aposentos não eram limpos havia anos, senão décadas. A poeira pairava grossa no ar. Roupas manchadas, lençóis sujos e comida apodrecida se misturavam a um odor fétido e impossível de ser descrito. Era praticamente uma forma de vida própria, um cheiro que parecia adquirir consciência e os seguir por todo o cômodo. Thanos invejava Kebbi por causa de seu lenço.

Eles encontraram holodiscos antigos de Kilyan, vários tipos de pornografia interespécies, éditos e tratados inacabados que inevitavelmente se resumiam a declarações de guerra contra os inimigos há muito mortos de Sua Senhoria. Eles encontraram pratos e copos, cálices e talheres. Eles descobriram os ChIPs carregados com gráficos estelares desatualizados, delineando a presença de portais de salto desativados décadas antes.

Mas, em um ChIP, Thanos encontrou um arquivo identificado como IMPORTANTE e intitulado PODER. Ele o abriu no leitor portátil pessoal de Sua Senhoria. A imagem na tela, plana e bidimensional, era difícil de manipular e decodificar, mas, depois de dado tempo, ele descobriu. Era um mapa estelar. Os dados do portal estavam desatualizados, mas as estrelas e os sistemas ainda eram relevantes.

O ponto final do mapa era identificado como ASGARD.

— Mesmo se você pudesse chegar a Asgard... — disse Cha.

— Eu posso — Thanos lhe assegurou

Ele, Cha e Kebbi estavam no que havia sido a sala de jantar de Sua Senhoria e que agora era a de Thanos. A comida era... aceitável. Com a morte de Sua Senhoria, Thanos e sua equipe fizeram um levantamento dos recursos disponíveis a bordo e descobriram que os replicadores de alimentos haviam sido rebaixados ao nível de SUBSISTÊNCIA, uma maneira de preservar seus estoques e garantir a longevidade.

Agora que Thanos já havia colocado a nave na rota do portal kalami, que ele havia descoberto antes de seu motim, a tropa sabia que em breve estaria de volta à galáxia civilizada. Dentro de um dia, eles estariam no portal e, considerando que a nave sobrevivesse às provações da viagem, chegariam ao outro lado logo depois. Assim, Thanos havia ordenado que a qualidade da comida fosse elevada significativamente.

— Mesmo *se* você pudesse chegar lá — Cha continuou, com teimosia —, pois não há garantia, já que Sua Senhoria certamente não...

— Sua Senhoria não estava seguindo nem seus próprios mapas — interrompeu Thanos. — Estava apenas vagando a esmo pela Amplidão.

— Você vai confiar nos mapas de um lunático? — Cha perguntou ironicamente.

— Só porque ele era louco e incompetente não significa que estava errado.

Cha deu risada e balançou a cabeça.

– Você teria que abrir caminho através de seres que se consideram *deuses* a fim de conseguir o que procura. E então, mesmo supondo que sobreviva a tudo isso, você precisaria *voltar* sem ser detido, transportando o que quer que seja esse artefato ou arma.

– Fico surpreso que você esteja tão impressionado com a irritação desses "deuses" – zombou Thanos. – Você realmente admira aqueles que foram instilados com tanta violência?

– Posso não gostar de violência – Cha fungou, coçando atrás de uma orelha pontuda –, mas eu a entendo e a respeito.

– De qualquer forma – Kebbi acrescentou –, o artefato em si é bem pequeno, de acordo com as anotações de Sua Senhoria. Contrabandear não é o problema. Os problemas estão todos alinhados antes disso.

Thanos deu de ombros.

– Se o artefato for tão poderoso quanto Sua Senhoria achava que era, se ele puder realmente reescrever as leis da natureza, então deve estar bem protegido. Eu vou precisar de informações privilegiadas.

Eles ficaram em silêncio por um tempo, comendo. Então, Cha falou:

– *Nós* – corrigiu ele.

Thanos parou, o garfo a meio caminho da boca.

– Perdão?

– *Nós*. Agora mesmo você disse: "Eu vou precisar de informações privilegiadas". Mas a frase está errada. *Nós* vamos precisar de informações privilegiadas.

– É minha intenção libertar você assim que passarmos pelo portal – Thanos avisou. – Você não me deve nada. Não sou seu dono. Você não tem uma servidão por dívida em relação a mim.

– Você nos libertou – argumentou Cha. – Não vou esquecer isso.

– Você é um idiota – disse Thanos, satisfeito. – Um maldito idiota.

– Então suponho que eu também seja – completou Kebbi. – Porque vou junto.

– Não – Thanos disse, balançando a cabeça. – Você não tem participação nisso. Você deveria retornar à sua vida.

– Que vida? – ela perguntou com uma risada curta e infeliz. – Nasci nesta nave e, desde os primeiros dias, sabia que morreria aqui também. Você me salvou de Sua Senhoria. Você me deu a chance de viver uma vida além deste porão. O mínimo que posso fazer é te ajudar.

– Se você me ajudar, a nova perspectiva de vida com a qual está tão feliz pode ser consideravelmente mais curta do que você gostaria – Thanos advertiu.

Ela encolheu os ombros.

– Pelo menos vou morrer do lado de fora.

No que dizia respeito a epitáfios, Thanos pensou, havia piores.

CAPÍTULO XXII

ELES ATINGIRAM O PORTAL KALAMI COM A FORÇA de uma pedra lançada contra a maré. A *Santuário* tremia e sacolejava; seus painéis rangiam. No Convés Cinco do Arco Hidropônico, um painel se desacoplou, arrastando dez almas para o borrão caleidoscópico que era o espaço dos portais. As portas de emergência se fecharam – algum tempo depois – e não houve mais perdas de vidas.

Thanos lembrou a si mesmo que tais mortes eram consequência de salvar um número muito maior delas. Sua Senhoria estava certo sobre algo pelo menos: às vezes, apenas a brutalidade é o que basta.

As luzes da nave brilharam e cintilaram por todo o espaço do portal. Ninguém sabia onde eles acabariam. Os portais kalami haviam sido construídos milênios antes pelos atualmente extintos kalami, que haviam chegado à Via Láctea e tentado exercer uma vontade imperial em mais da metade da galáxia. Eles foram derrotados e esmagados por uma combinação dos kree, da Tropa Nova e de uma aliança difusa de outras raças que haviam deixado de lado brigas internas apenas por tempo suficiente até despachar os intrusos da galáxia.

A tecnologia de portais dos kalami era confusa e inexata, mas era barata e durável. Até o surgimento de uma tecnologia melhor e mais precisa, muitos mundos continuavam usando os portais que os kalami tinham deixado para trás. Ao longo dos séculos, os portais haviam sido desativados, demolidos ou simplesmente abandonados. Esse ainda funcionava, mas não havia como saber onde ele os cuspiria. No entanto, qualquer coisa tinha que ser melhor do que a Amplidão do Corvo.

Eles emergiriam, de acordo com os computadores de navegação, perto da Estrela de Willit, um sistema nos arredores do espaço de Xandar. Xandar, o lar da Tropa Nova. De todas as sociedades que se expandiam por toda a galáxia, os xandarianos eram uma das mais abertas, aceitas e confiáveis. Ovações ecoavam tão alto pelos corredores da *Santuário* que Thanos temia que a nave desmoronasse com o barulho.

– Que sorte – Thanos comentou baixinho, mal acreditando na sorte deles. Por outro lado, os kalami tinham fugido do poder da Tropa Nova, por isso fazia sentido que houvesse um portal no setor. Os kalami o haviam usado para fugir; Thanos também estava fugindo, mas na direção oposta.

– A sorte não teve nada a ver com isso – rebateu Cha, um tanto presunçoso. E, como ele não foi mais longe e invocou uma metáfora ridícula com flores, mas apenas deixou o cheiro do comentário pairando no ar, Thanos lhe permitiu um momento de satisfação.

O centro de comando da *Santuário* apresentava todas as características da falta de disciplina de Sua Senhoria, mas ainda era o ponto central das funções da nave. Thanos havia instruído sua equipe a limpar e reparar a ponte de comando o máximo possível durante a jornada até o portal kalami, mas ainda cheirava a catarro e suor, odor que fora encoberto com um forte cheiro de desinfetante.

Quando eles tinham se aproximado da Estrela de Willit a uma distância de três unidades astronômicas, foram interceptados.

– Atenção, embarcação desconhecida! – uma voz exclamou na frequência de saudação mais comum. – Quem fala é o denariano Daakon Ro, da Tropa Nova. Declare sua afiliação!

Kebbi, sentada no assento do subcomandante, ativou os sensores de curto alcance da nave e logo uma grande tela se iluminou com a imagem de um Desintegrador Estelar xandariano. Thanos soltou um suspiro de alívio que estava contendo desde... sempre.

– Somos a *Santuário* – anunciou Thanos – e procuramos refúgio.

– Ah, maravilha – murmurou Daakon Ro. – Mais refugiados.

– Sua comunicação ainda está ativa – Thanos avisou em um timbre excessivamente educado.

– Eu sei – rebateu Ro. – De quem ou do que vocês estão fugindo?

– É uma história meio longa – disse Thanos. – Literalmente longa, como umas centenas de anos.

– Eu deveria ter me aposentado mais cedo – Ro resmungou. – Por que não ouvi meu marido?

– A comunicação ainda está aberta – Thanos reprovou gentilmente.

– E eu ainda sei disso! – Ro gritou. – Desative seus escudos. Vou abordar vocês.

Thanos deu de ombros e fitou Kebbi, que murmurou:

– *Que escudos?*

Pouco tempo depois, Daakon Ro foi escoltado até a ponte de comando por Cha e Demla. O xandariano era alto, bem nutrido, bem preparado com um uniforme limpo e impecável da Tropa Nova. Sua expressão dizia que ele estava ofendido por tudo o que havia dentro da *Santuário*. Thanos não podia culpá-lo por isso.

– Maldição, pelos três sóis, o que você *é*? – Ro gaguejou quando olhou pela primeira vez para Thanos.

– Eu sou Thanos de Titã. – Thanos se levantou do assento de comando, ciente de que esse movimento o tornava ainda mais intimidador. Sua presença propositalmente enchia a ponte que ele comandava. – Bem-vindo à *Santuário*.

Ro o encarou, seus olhos esbugalhados.

– Titã? Tem certeza?

– Absoluta.

– Nunca vi nada como você na minha vida. E já vi de tudo um pouco.

– Precisamos da sua ajuda, denariano Ro. – O mais rápido que pôde, Thanos esboçou a história da *Santuário* e sua tripulação, com Kebbi e Cha confirmando fatos de vez em quando. (Demla, abençoadamente, permaneceu em silêncio o tempo todo.)

– Esta nave é uma armadilha da morte – reclamou Ro. – E você me trouxe para dentro dela!

– Detectamos um posto avançado seu em um planeta orbitando a Estrela de Willit. Se puder nos direcionar para um ponto de aterrissagem – disse Thanos com serenidade –, então você poderia sair...

– Não é tão simples assim. Existem formulários para preencher. Existe toda uma burocracia para...

Thanos assentiu uma vez, de modo seco, e gesticulou para Demla, que se aproximou dele e lhe entregou o globo pulsante de material carnudo que era Bluko.

– Denariano Ro – disse Thanos, segurando Bluko como se estivesse oferecendo um presente –, neste momento, todos nós respiramos em um compasso com o sofrimento da paciência e da atenção fugaz de uma massa amorfa. Talvez você pudesse acelerar a burocracia?

Ro se afastou de Bluko como se lhe oferecessem uma refeição de larvas vivas e tripas de dragão.

– Eu vou... ver o que posso fazer.

Os xandarianos não deixaram a *Santuário* pousar em seu precioso posto avançado sem examinar minuciosamente a nave, mas logo montaram um campo de refugiados do lado externo ao edifício administrativo principal da colônia e começaram a transportar as vítimas de Sua Senhoria para a superfície. Thanos permaneceu a bordo até que todos fossem evacuados, depois passou mais dois dias na nave com um técnico irritado da Tropa Nova chamado Lurian Op, tentando descobrir como desativar o circuito simpático da nave. Teria ido mais rápido se não fosse o lamento constante de Op sobre *tecnologia antiquíssima* e sistemas do tempo dos *homens das cavernas.*

Ainda assim, eles conseguiram realizar a tarefa. Thanos tomou um transporte solitário para a superfície da criativamente intitulada Colônia Sete Nova, onde se juntou ao restante da tripulação da *Santuário* no campo de refugiados montado às pressas. Foi a primeira vez em um longo tempo que a tripulação da *Santuário* respirou ar fresco, permaneceu em solo firme ou sentiu o calor da luz do sol. Para alguns – aqueles que nasceram na nave, que nunca haviam saído daquela maldita lata velha em toda sua vida –, era um mundo totalmente novo, quase literalmente.

O acampamento era um conjunto de barracas em um campo plano. Ao longe, o horizonte do principal centro comercial da colônia brilhava com luz e vida. Thanos sentiu um desejo súbito de ir na direção dele. Mesmo em um posto básico como o que estavam, o espaço controlado por Nova configurava uma civilização. Configurava ciência e arquitetura. Ele podia imaginar pessoas civilizadas discutindo assuntos de importância, assuntos de arte e cultura. Ninguém ficaria obcecado com a mera sobrevivência ou em manter um velho vivo por tempo suficiente para descobrir como matá-lo. A cidade era o sinal mais certo de que ele estava novamente se movendo na direção certa; fazia-o se lembrar de casa.

Por outro lado, a essa altura, qualquer coisa que *não* fosse uma espaçonave o faria se lembrar de casa.

Tinha chovido no início do dia, então os primeiros passos de Thanos em um planeta, desde o exílio, afundaram na lama. Ele caminhou pesadamente pela encosta até encontrar Demla agachado sob uma das barracas, mirando o céu como se esperasse que fogo caísse do alto.

– Água! – ele grasnou ao ver Thanos. – Aqui a *água* cai do alto!

– Isso se chama chuva – Thanos elucidou. – Você vai se acostumar com ela.

– Isso não é natural! – Demla reclamou.

Thanos segurou a mão dele.

– Tome.

Os olhos de Demla se arregalaram e ele se esqueceu da impossibilidade de a água cair do nada enquanto contemplava Bluko, ainda pulsando e envolvendo o coração de Sua Senhoria.

– Bluko! – ele exclamou, estendendo a mão.

– Obrigado por nos emprestá-lo – agradeceu Thanos.

Bluko escolheu esse momento para mudar de forma, fluindo para uma forma felina esverdeada enquanto serpenteava o braço de Demla buscando pousar em seu ombro. O coração de Sua Senhoria caiu na lama.

– Bem – disse Thanos. – É isso.

Ele esmagou o coração profundamente na lama com o pé.

CAPÍTULO XXIII

O ACAMPAMENTO, ELE DECIDIU, NÃO ERA MUITO MELHOR do que a nave. Tinha o benefício da atmosfera e a esperança distante da colônia xandariana, mas, fora isso, os refugiados pareciam tão sitiados e oprimidos quanto haviam estado sob o domínio de Sua Senhoria. À medida que Thanos caminhava pelos becos lamacentos e pegajosos em meio às barracas e pavilhões erguidos às pressas, ele se viu pensando nos refugiados como *seu povo*.

Eles não são, ele lembrou a si mesmo. *Meu povo está em Titã. Meu povo está em perigo.*

O seu povo. Sintaa. Sua mãe. Gwinth, que ainda assombrava seus sonhos, sem nunca falar nada além das mesmas palavras. A cada sonho, ela aparentava estar cada vez mais corroída, sua pele murcha, os cabelos caindo aos tufos. E, no entanto, ele a reconhecia cada vez que se encontrava com ela.

Ele tinha que voltar. Tinha que salvá-los.

Uma briga começou em uma das barracas. Thanos ouviu o grito quando uma multidão se reuniu em volta. Quinze, vinte, talvez mais, na chuva, batendo os pés na lama e aplaudindo enquanto dois de seus companheiros de tripulação trocavam socos.

Ele separou a multidão, abrindo caminho pelos ombros e agarrou os dois combatentes pelo pescoço, separando-os.

– Parem com isso – disse ele. – Agora.

– Mas ele... – começou um.

– Eu não me importo – Thanos disse. – Você tem um novo começo aqui. Uma nova chance. Não a inaugure com estupidez. – Ele empurrou um para cada lado.

Ele percorreu o acampamento. Discussões e brigas eram abundantes. Na *Santuário* e até mesmo na *Berço de Ouro*, todos tinham um lugar e todos conheciam esse lugar. Agora a ordem estava invertida. Ninguém sabia a que lugar pertencia. De repente, as pessoas tinham território a defender, mesmo que fossem apenas os poucos metros quadrados de relva ligeiramente seca debaixo de uma barraca. Agora tinham pertences, embora não fossem nada mais exóticos do que os kits de auxílio a refugiados distribuídos pelo governo de Xandar.

Dê algo – ou *qualquer coisa*, na realidade – às pessoas que já tiveram nada, ele percebeu, e elas lutarão até a morte para protegê-lo.

As brigas e rusgas já eram ruins o suficiente. Os suicídios eram piores.

Era uma epidemia. As mortes atravessavam todas as castas, espécies e linhas de gênero. Thanos encontrava amigos e familiares de luto em todos os cantos do acampamento. Havia tantas razões diferentes quanto mortes.

A gravidade era muito forte. A gravidade não era forte o suficiente. O ar tinha um sabor estranho. A comida não era processada o suficiente.

No centro, porém, todos os motivos se resumiam a um: medo.

Thanos os resgatara do único lar e da única vida que a maioria deles conhecia. Mesmo os recrutados haviam se institucionalizado, dependendo de Sua Senhoria e dos confinamentos familiares da nave para definir e restringir sua realidade. Soltos no mundo, em um mundo de *terra firme*, eles estavam por conta própria. Eles não sabiam como ser livres.

De pé na chuva, ele se lembrou repetidamente: *Este não é o meu povo. Esta não é minha responsabilidade. Preciso ir para casa.*

Mais tarde, depois que a chuva passou, Daakon Ro encontrou Thanos. Não foi difícil localizá-lo – ele era pelo menos um decímetro mais alto do que todos os outros no acampamento.

– Você precisa se cadastrar – Ro lhe avisou, olhando para as botas, que estavam cobertas de lama. – Existem formulários para você preencher.

– A burocracia está com fome – comentou Thanos.

– Ela está *faminta* – Ro respondeu amargamente, tentando raspar a lama de uma bota com o salto da outra. – Não acredito que eles colocaram *a mim* o comando deste campo. Eu deveria ter me aposentado cedo.

– Você deveria ter ouvido seu marido – Thanos disse amigavelmente.

– Com certeza! – Ele desistiu da tentativa com as botas e levou Thanos a uma das tendas maiores, que servia como centro de comando para a força-tarefa com os refugiados. A barraca mudou sua cor e nível de tangibilidade quando eles entraram, permitindo mais luz e ar.

Daakon Ro resmungou ao passo que folheava um holograma gerado pelo tablet em suas mãos.

– Thanos de Titã, certo? Capitão da nave.

Thanos hesitou. Ele queria que seu nome fosse gravado em algum banco de dados xandariano?

– Coloque meu nome de nascimento – disse ele. – Sintaa Falar.

Ro arqueou uma sobrancelha.

– Thanos é o quê? Um apelido?

Thanos deu de ombros.

– De que mais você precisa? Estou com pressa.

Ro deu risada.

– Tem lugares para ir? Não imaginava que estaria tão ansioso para voltar ao espaço depois de chegar aqui aos trancos e barrancos nessa coisa. – Ele apontou vagamente para o céu, onde a *Santuário* estava em órbita, vazia.

– Há notícias de Titã? – Fazia muito, muito tempo, pareciam eras, desde o seu exílio. Thanos temia o pior.

Ro parou por um momento, perplexo.

– Notícias? Não. Nada que eu tenha ouvido, pelo menos. Titã não é realmente um tipo de lugar que produziria grandes notícias.

Thanos suspirou aliviado. Se não havia nada a relatar, o planeta permanecia intacto. Ainda havia tempo para salvar o que fosse possível de sua casa.

– Agora – Ro disse, voltando sua atenção para os hologramas. – Há quanto tempo você é dono da nave em questão?

Thanos gemeu e se lançou a explicar novamente. Ro acenou com a cabeça, impaciente, e por fim interrompeu:

– Olha, não me importa como você conseguiu a nave ou de quem a pegou. No momento, essa pilha de ferrugem está ocupando espaço em órbita. Estou com o Conselho de Astronomia reclamando que está obscurecendo a visão do seu megatelescópio de Vênus ou alguma baboseira parecida.

– De que forma isso é problema meu? – Thanos perguntou.

Ro explicou: a *Santuário* havia sido roubada há tanto tempo que todos prazos de prescrição do crime tinham expirado… assim como os proprietários originais. Thanos era, para todos os efeitos, o dono da nave. Era responsabilidade dele.

Então, Thanos vendeu a nave para o ferro-velho e colocou o dinheiro em um pequeno iate, a única coisa pela qual ele podia pagar. Era rápido e manobrável, sem capacidade ofensiva e tinha apenas uma unidade de escudo simbólica. Ainda assim, teria que servir.

Ele a batizou de *Santuário*, é claro.

Para sua surpresa, antes que pudesse decolar, Cha apareceu na prancha, vestindo uma calça larga, uma camisa com abertura na garganta e botas cinza que lhe chegavam até os joelhos. Seu amigo havia passado várias noites no campo de refugiados, que era muito mais confortável e luxuoso do que as acomodações a bordo da antiga *Berço de Ouro*. Seu semblante parecia renovado e relaxado.

– Aonde estamos indo? – Cha perguntou sem preâmbulo.

– Não vou cobrá-lo pelo que você disse na nave. Tem certeza de que quer fazer isso? – perguntou Thanos. – Você pode ficar aqui e…

– E o quê? – Cha perguntou.

– E ter uma vida – propôs Thanos.

Cha sorriu.

– Você vai *salvar* vidas, Thanos. Foi o que passei a vida toda fazendo.

Thanos resmungou. Ele nunca havia contado a Cha *exatamente* como ele planejava salvar essas vidas. E era um debate que ele não estava ansioso para começar.

Ainda assim, ele acreditava que, em determinado ponto, sua racionalidade e informações acabariam por superar o misticismo e o pacifismo de Cha. Thanos abriu a boca para responder, mas outra voz o interrompeu antes que ele pudesse começar.

– Tem espaço para mais uma?

Era Kebbi, parada no pé da rampa que levava a bordo da *Santuário*, com as mãos nos quadris. Ela vestia uma túnica de seda azul-real e tinha um novo lenço amarrado ao redor da metade inferior do rosto. Como Cha e o próprio Thanos, seu pescoço agora estava despido da coleira de Sua Senhoria, graças a um técnico xandariano.

– Você está livre, Kebbi. Vá e…

– Me estabelecer aqui? – Kebbi questionou com sarcasmo. – Apreciar os frutos do meu trabalho?

– Bem, sim.

Ela riu. Era um som grandioso e ribombante, que se contrastava a seu corpo pequeno.

– Fui concebida na *Berço de Ouro* e nasci lá. Não sei como viver em um planeta. – Ela olhou em volta. – Sinceramente, não consigo nem afirmar que gosto disso. A comida é melhor, mas… sou nativa do espaço, Thanos. Eu vivo para o vácuo.

– Vocês dois estão malucos – Thanos concluiu. – Mas são bem-vindos a bordo da *Santuário*.

Entrar novamente na escuridão salpicada de estrelas do espaço em um período de tempo tão curto, depois de escaparem da morte a bordo da embarcação de Sua Senhoria, deixou Thanos mais relaxado. Ele não queria nada com viagem espacial; queria apenas retornar a Titã, salvar seu povo da própria cegueira. E ele morreria alegremente no processo se isso ainda fosse necessário.

Se. Talvez não fosse. Talvez *houvesse* outra forma. Talvez o artefato asgardiano tornasse o sacrifício irrelevante. Talvez ele nem mesmo precisasse matar metade de Titã, afinal.

— Fiz perguntas pelo campo de refugiados — relatou Kebbi, deslizando para o assento do copiloto —, e falei com integrantes da Tropa Nova. — Ela olhou em volta para os confins da nave. Cha estava murmurando e mexendo aleatoriamente em objetos da cabine principal, organizando os equipamentos médicos limitados do iate, então Kebbi ergueu a voz o suficiente para que ele pudesse ouvir também. — Há um posto avançado asgardiano perto de Alfheim, no braço ocidental. Você disse que precisamos de informações privilegiadas...

Thanos sorriu e abriu o computador de navegação. Um holograma confiável e reconhecível se projetou ao longo de seu campo de visão. Ele suspirou de alívio e alegria e começou a traçar seu curso.

A *Santuário* não tinha motor de dobra — era um iate, projetado para passeios de lazer e cruzeiros festivos pelas luas locais. Mas era resistente e podia suportar viagens de portal. Havia um buraco de minhoca artificial perto de Xandar que os levaria a poucos anos-luz de

Alfheim. Então, seria uma jornada longa e lenta até o próprio posto avançado.

O que era bom. Ele precisaria desse tempo para formular um plano além de "Obter informações dos asgardianos de alguma forma".

– Obrigado – ele disse a Kebbi. – Sua ajuda foi maior do que qualquer outra que eu já recebi na vida.

– Bem – ela disse hesitante –, há uma razão para isso.

Ele inseriu as coordenadas no sistema inteligente da nave. A *Santuário* os pilotaria sozinha pelo buraco de minhoca.

– Ah, é? – ele perguntou, e virou-se para ela, todas as outras palavras se dissolvendo. Algo na maneira como ela olhava para ele... Seus olhos... tão expressivos e tão límpidos. Ele teve um breve vislumbre de Gwinth, que o abalou de tal maneira que nunca havia acontecido desde o primeiro despertar na *Berço de Ouro*, quando se viu impotente às margens de um destino turbulento.

Kebbi fixou os olhos nele, depois desviou o olhar.

– Não fui completamente honesta com você antes. Tenho outro motivo para vir junto. É que... eu te amo, Thanos. Nós dois somos únicos, ambos sem igual. Eu te amei desde que te conheci, desde que você entrou na sala de jantar de Sua Senhoria. Profundamente. Com todo o meu ser.

Totalmente surpreso, Thanos não conseguiu pensar em nada para falar. Quando ele finalmente abriu a boca para dizer a Kebbi que não tinha tempo para essas coisas, ela começou a rir.

– Eu estava brincando, seu idiota lilás! *Profundamente. Com todo o meu ser.* Você acreditou nesse absurdo?

– É claro que não – ele respondeu rapidamente.

– "É claro que não" – arremedou ela, numa imitação perfeita do tom retumbante da voz de Thanos. E, então, ela riu muito mais do que o necessário.

CAPÍTULO XXIV

A *Santuário* caiu no buraco de minhoca perto da Estrela de Willit, a um ângulo de quarenta e seis graus em relação à eclíptica. Os ângulos representavam importância crítica ao viajar pelos buracos de minhoca; dava para ser cuspido em algum outro lugar da galáxia, a depender inteiramente de como se entrasse no buraco de minhoca. Se errasse um grau, quem sabia onde iria parar?

Quarenta e seis graus os cuspiram no outro lado, perto de Alfheim, onde quase colidiram com um meteoro. Somente o pensamento rápido e os sistemas internos de desvio de detritos da *Santuário* os salvaram.

– E o universo nos protege – Cha disse alegremente.

– Meus reflexos nos protegem – Thanos retrucou.

Com os motores insignificantes do iate, eles tinham ainda dois meses de viagem antes de chegarem ao posto avançado de Asgard. Seu objetivo, de acordo com uma cópia não atualizada do *Índice Galáctico* pré-carregado nos computadores da *Santuário*, era atuar como uma estação para os asgardianos que se incomodavam em deixar a capital reluzente dos deuses e descer para os reinos mais baixos de...

– Blá-blá-blá – disse Kebbi, esfregando os olhos e se afastando do holograma do *Índice*. – É como um posto de controle para eles. Eles passam por ele a caminho do nosso reino, passam no caminho de volta depois de terem brincado com os mortais para prazer próprio. Não são muitos deles que devem ir e vir, dado o tamanho desse lugar. Fica em uma pequena lua na borda do sistema solar.

– Certo, já faz uns anos desde que fui dragado para o serviço na nave de Sua Senhoria, mas não me lembro da última vez que ouvi sobre um asgardiano andando por esta parte da galáxia – Cha comentou. – Eles preferem Asgard, bebendo, festejando e ocasionalmente saindo para matar Gigantes de Gelo e Gigantes de Fogo. – Ele ergueu as sobrancelhas para Thanos de modo significativo. – E você vai desafiá-los no território deles?

Franzindo a testa, Thanos girou algumas das imagens e textos no holograma.

– Não é à toa que os asgardianos são considerados deuses por muitos. De qualquer forma, a força bruta não será suficiente nesse caso.

– Que pena – disse Kebbi. – Acontece que você é bom nisso.

Ele resmungou, lembrando-se de suas mãos se fechando em volta da garganta de Robbo, suas mãos em Sua Senhoria.

– Não tenho orgulho nem prazer nisso. Ainda assim, artifício e artimanha nos servirão melhor do que a força física bruta nesse caso.

– Precisamos nos aproximar sorrateiramente desse posto avançado de Asgard. Entrar sem eles saberem.

– Esta nave não tem dispositivo de camuflagem – disse Cha. – Procurei enquanto organizava os suprimentos médicos. Falando nisso, não há muitos. A maioria é material de primeiros socorros e remédios para ressaca, e um criocasulo para casos graves.

– Eles vão nos perceber a milhares de quilômetros de distância – disse Kebbi, frustrada. – Se houvesse mais meteoros como o que quase atingimos, poderíamos usá-los como cobertura...

– Se houvesse mais meteoros – Thanos apontou –, já teríamos atingido um. Não, você está certo; não podemos esconder nossa chegada.

– Então estamos mortos – replicou Cha com naturalidade. – Os asgardianos não brincam em serviço. Tendem a ser do tipo que "atinge você com o martelo, explodem seu cérebro antes e não fazem perguntas depois".

Thanos ponderou.

– Se não podemos nos esconder... então devemos usar nossa visibilidade como um ativo, não como um passivo.

– Como? – perguntou Kebbi.

– Ainda não tenho certeza – ele admitiu. – Mas temos tempo suficiente antes de chegarmos ao alcance de seus sensores. Vamos pensar em algo. Se aprendi uma coisa servindo Sua Senhoria é que, embora ele parecesse estar no total controle, com bom planejamento, nós conseguimos superar probabilidades intransponíveis. Podemos fazer isso de novo.

– Se é para ser, vai acontecer – Cha disse solenemente.

– Não – disse Thanos. – Como sempre, teremos que fazer o trabalho sujo por conta própria.

A *Santuário* flutuou para dentro da área de alcance do sensor da instalação asgardiana, depois se afastou e entrou com tudo, guinando para estibordo, seus foguetes móveis disparando torto.

No comando, Cha Rhaigor bateu a mão nos controles de transmissão e gritou:

– Atenção! Atenção! Todas as naves e satélites dentro de dois minutos-luz de Alfheim! Esta é a *Santuário*, a caminho da Estrela de Willit, com uma emergência médica! Repito, uma emergência médica. Por favor, responda!

Eles não esperavam uma resposta e não queriam uma. Para ter certeza de que não haveria nada, puseram o motor em alta velocidade e desembestaram com a nave em direção à lua e ao posto avançado. Antes que alguém no posto avançado tivesse tempo de reunir e transmitir uma resposta, eles já haviam executado uma aterrissagem sacolejante e desajeitada em frente à construção asgardiana.

Era a única estrutura na lua. Não era difícil de encontrar.

O prédio parecia mais esculpido do que construído, sua fachada era de um ouro sem solda que brilhava à luz do sol distante. Cúpulas empoleiravam-se ao longo da linha do telhado, conectadas por tubulações reluzentes. Duas vigas enormes se alinhavam no teto e pontilhavam a porta, gravada com a imagem de dois corvos ladeando um garanhão de oito patas.

Sobre o friso estavam as palavras AVE, REI ODIN E SUA SABEDORIA, NASCIDOS DA BATALHA!

Cha já estava no seu traje espacial. Ele ativou o escudo do meio ambiente sobre o rosto e desceu a rampa da *Santuário* para a superfície da lua, rebocando um casulo antigravitacional atrás de si. Não muito longe da porta do posto avançado, um escudo atmosférico foi acionado. Ele sentiu as cócegas do ar respirável, mesmo através de seu traje, enquanto explorava o perímetro do campo.

A porta se escancarou. O homem que saiu dela tinha cabelo vermelho-fogo e usava perneiras de aço segmentadas que brilhavam com um polimento acentuado, botas pretas cravejadas de rebites e uma túnica azul-real que se alongava em uma saia. Grandes botões de latão – quase perfeitamente redondos – prendiam o centro da túnica, e duas dragonas de aço maciças mantinham no lugar uma capa volumosa feita de um tecido vermelho escovado que ondulava como se fosse seu próprio vento. Seus braços musculosos estavam nus, exceto por pulseiras de couro duro.

Ele segurava um imenso machado de guerra em uma das mãos, a haste envolta em tiras de couro marrom, a lâmina brilhando reluzente. Ele usava a barba longa e atada.

– Alô, viajante! Pare, em nome de Odin!

– Temos uma emergência médica! – Cha exclamou. – Ela está morrendo!

O asgardiano cruzou os braços sobre o peito.

– Eu sou proibido pelo próprio grande Odin de deixar qualquer um passar, exceto os filhos e filhas do Aesir e Vanir.

Cha apertou um botão no casulo. Ele se abriu deslizando com um sussurro quase inaudível. Lá dentro, Kebbi estava perfeitamente imóvel. Havia luzes piscando ao seu redor.

– Ela desenvolveu aftas de hibernação quando estávamos em trânsito – relatou Cha, em pânico. – Você tem que me deixar usar suas instalações médicas!

O asgardiano se aproximou e espiou dentro do casulo. A metade inferior do rosto de Kebbi estava exposta em toda a sua glória deformada e horrível.

– Pelo olho de Odin! – ele exclamou. – O que *aconteceu* com ela?

– Nem todos podemos ser tão bonitos quanto você – disse Kebbi, e ficou boquiaberto. O asgardiano teve tempo suficiente para piscar, e então a garganta de Kebbi se flexionou e uma névoa tóxica foi soprada. Tossindo e chiando, o asgardiano cambaleou para trás, com as mãos para cima. No entanto, era tarde demais. Ele havia recebido uma baforada da toxina, que estava sufocando-o por dentro.

Cha recuou ante a cena; o asgardiano caiu de joelhos, apertando a própria garganta. Tremendo, Cha se afastou, impotente quando Thanos saiu de dentro da nave, as mãos cruzadas atrás das costas.

– Excelente – disse ele. – Vai ficar mais fácil – ele garantiu a Cha.

Com a ajuda de Kebbi, ele amarrou os pulsos do asgardiano pelas costas usando cabos robustos dos estoques de reparos da *Santuário*. Juntos, arrastaram-no para dentro. Cha ficou do lado de fora por mais um tempo e depois se juntou a eles, sem dizer nada.

O asgardiano ainda estava tossindo. Lágrimas escorriam de seus olhos bem fechados, escorrendo em sua barba, umedecendo-a e tornando-a um vermelho-escuro. Muito mais alto, Thanos estava diante dele.

– Presumo, pela falta de matiz e choro, que você é o único emissário deste posto avançado.

O asgardiano cuspiu algo vermelho e grosso.

– Você está louco – ele engasgou. – Este é o território real de Odin de Asgard. Ele vai...

– Sim, sim, eu sei. Já fui chamado de louco antes. Isso não me parou. Não acho que seja um ataque tão eficaz quanto as pessoas pensam.

– Thanos… – era Cha, falando por trás dele. – Tem certeza disso?

– Tenho. Agora… – Thanos se agachou diante do asgardiano. – Foi-me dito que seu povo se considera deuses. E você seria deus do quê?

– Algo sangrento e violento, presumo – emendou Cha.

O asgardiano abriu um pouco os olhos. Eles estavam vermelhos, francos e lacrimejando.

– Eu sou Vathlauss – ele murmurou, sua voz como lascas de metal. – Não direi mais do que isso.

– Deus do Assassinato de Inocentes Indefesos, sem dúvida – Cha rosnou.

– Deus da Queda pelo Subterfúgio – sugeriu Kebbi.

– Basta! – Thanos vociferou. – Isso não importa. Só me importo com o artefato.

Vathlauss tossiu; um escarro fino e ensanguentado escorrendo pelo queixo. Ele balançou a cabeça e sugou uma inspiração trêmula que torceu seu rosto em uma expressão de grande dor.

– Pensei que os asgardianos fossem feitos de material melhor – disse Thanos. – Talvez a nossa aquisição de informação não será tão difícil como tínhamos inicialmente imaginado.

– Não vou lhe dizer nada – jurou Vathlauss, tossindo de novo.

– Você vai nos contar tudo – Thanos prometeu.

Ele nunca havia torturado alguém antes, mas o conceito básico era bastante simples: infligir dor até que o sujeito revelasse as informações que o torturador procurava. A tortura, na verdade, não era a melhor arma para usar a fim de se extrair informações. Quanto mais intensa a dor, maior a probabilidade de o sujeito dizer qualquer coisa para fazê-la parar. Ainda assim, era a única opção que eles tinham para fazer o asgardiano desembuchar. Teriam que ter muito cuidado.

– Buscamos um artefato de grande poder, um que seu rei detém em Asgard. Precisamos saber onde ele guarda esses itens e como chegar lá.

Vathlauss assentiu, pensando.

– Você começa enfiando a cabeça no traseiro... – disse ele.

Thanos grunhiu.

– Cha, talvez você queira sair do recinto.

– Por quê?

Thanos sentia pelo amigo o que havia de mais próximo da ternura em seu repertório emocional.

– O que estou prestes a fazer pode ofender sua delicada sensibilidade.

– Ei! – reclamou Kebbi. – Por que você não está preocupado com minha delicada sensibilidade?

– Eu não estava ciente de que você tivesse alguma – Thanos disse. Ele abriu o kit de primeiros socorros e selecionou uma tesoura. – Suponho que vamos começar com isso. – Ele abriu as lâminas minúsculas e as segurou perto do olho esquerdo de Vathlauss. – A menos que, é claro, você simplesmente queira nos dizer o que precisamos saber.

– Tire meu olho – desafiou Vathlauss, mantendo a cabeça erguida. – Terei a honra de me parecer com meu senhor Odin.

– Tudo bem, então – Thanos disse e o fez pagar pra ver seu blefe.

Horas depois, Vathlauss havia dito a Thanos o que ele precisava saber. Ou pelo menos o máximo que podia. Faltavam-lhe um olho e vários dentes, junto com um dedo na mão esquerda. O dedo havia sido removido cedo, e Vathlauss dera risada.

— Sofri coisa muito pior durante a 527ª guerra com os Gigantes de Gelo! — ele exclamou, e gargalhou até Thanos enfiar o dedo na órbita vazia onde antes se encontrava o olho esquerdo.

Agora Thanos estava sentado no chão em frente a Vathlauss, que havia desmaiado de dor. As roupas de Thanos estavam manchadas com o sangue do asgardiano, que era tão vermelho e espesso quanto o de qualquer mortal que Thanos já tivesse encontrado. Suas mãos enluvadas, em particular, estavam cobertas de sangue, e uma parte de Thanos sabia que isso estava errado. Ele não era médico nem investigador estéril de cura. O sangue deveria tocar sua carne. Ele devia isso a Vathlauss, que havia sofrido uma dor bastante intensa nas mãos de Thanos. Uma dor tão intensa que Cha e Kebbi pediram licença sob o pretexto de explorar o posto avançado em busca de suprimentos.

E, no entanto, Thanos havia permanecido. Permanecido e torturado o pequeno pseudodeus pelo tempo necessário. E não sentiu nada o tempo todo. Nenhuma vergonha. Nenhuma culpa. Nenhuma náusea ou repulsa. Estava simplesmente fazendo o que precisava ser feito para salvar o povo de Titã.

Ele tirou as luvas manchadas de sangue, rígidas e pegajosas, depois passou um dedo pelo sangue.

Para senti-lo em sua carne. Era pegajoso e apenas parcialmente seco. Ele o rolou entre o polegar e o indicador até tingir os dedos de preto.

Cada gota derramada salva milhões de outras, ele pensou. *Cada gota derramada é outra vida preservada.*

Ele se levantou devagar, rigidamente. Segundo Vathlauss, uma nave passava por aquela parte da galáxia uma vez a cada quinze dias – uma nave asgardiana com destino à própria Asgard. Chamado de *Edda de Sangue*, tinha permissão para atravessar o que ele chamou de Bifrost, que aparentemente era algum tipo de tecnologia especial de buraco de minhoca asgardiana que levava especificamente para dentro e fora do reino.

– O cofre de Odin fica no castelo – dissera Vathlauss, engasgando com o próprio sangue, parando para recuperar o fôlego. – Não tem como você não encontrar. É a coisa mais alta no reino. Quando estiver a bordo da *Edda de Sangue*, pode atravessar a ponte Bifrost e ir direto para o palácio. – O que você procura deve ser o Éter – Vathlauss continuou. – A Joia do Infinito.

– A Joia do Infinito. – Thanos revirou as palavras em sua mente, sentindo o peso delas, sua gravidade psíquica. Ele nunca ouvira falar de nada assim antes, mas algo na maneira como Vathlauss pronunciava as palavras, com uma respiração quase hesitante e reverente, dizia muito. A Joia do Infinito. Ela existia. O artefato que Sua Senhoria buscava não era um lampejo de loucura na cabeça doente de um homem moribundo. Era real.

Ele disse de novo, refletindo:

– Joia do Infinito.

– Sim. Bor, pai de Odin, tirou-a dos Elfos Negros, em milênios passados.

– E você acredita que Odin ainda a tem.
– Ninguém sabe onde está. Mas o cofre...
E então Vathlauss desmaiou.
Naquele momento, porém, ele se mexeu e tossiu algo sólido demais para ser mero sangue, interrompendo os pensamentos profundos de Thanos. Ele olhou para Thanos com o olho restante.
– Você morrerá lá, titã. Você morrerá na glória que é Asgard.
– Não posso dizer o mesmo de você – Thanos lhe afirmou, e se inclinou, estendendo a mão para alcançar a garganta do asgardiano.
Deus ou não, ele morreu da mesma maneira.

Eles tinham seis dias antes da chegada da *Edda de Sangue* no posto avançado. E passaram o tempo explorando a construção e planejando.

O posto avançado ostentava uma despensa magnificamente abastecida, com coisas que Thanos nunca tinha visto antes. Pedaços inteiros de carne, salgados e conservados. Barris de hidromel doce. Biscoitos duros e bolos mergulhados em mel. Eles comeram até passarem mal, depois vomitaram e comeram de novo, simplesmente porque valia a pena. Thanos não comia tão bem desde Titã.

– Vai ficar sangrento – Thanos os avisou enquanto oscilavam em um torpor pós-refeição.

– *Vai* ficar? – perguntou Cha. – Como você chama o que fez ao pobre Vathlauss?

– O "pobre Vathlauss" teria nos matado num piscar de olhos, se tivesse uma oportunidade – Thanos respondeu. Kebbi assentiu em solidariedade.

– Seu pacifismo é notável e contraproducente. Em especial porque podemos precisar matar mais desses asgardianos.

– Sua confiança é encantadora e talvez não merecida – apontou Kebbi.

Thanos encolheu os ombros com indiferença.

– Eu disse que vocês eram loucos por se juntarem a mim.

– Estou ao seu lado – disse Kebbi.

– Assim como eu – Cha afirmou depois de um momento.

Thanos piscou em surpresa.

– Sério? Eu teria pensado que o sangue de um asgardiano já teria feito vocês mudarem de ideia a esta altura.

Cha refletiu por longos momentos, beliscando as pontas das orelhas pontudas, como costumava fazer quando se perdia em pensamentos.

– Os asgardianos são um povo marcial, propensos à sede de sangue e a derramamento de sangue. Não vou chorar pela perda deles.

– Gosto da sua marca especial de hipocrisia – Thanos inferiu com admiração. – Venha. Vamos preparar um inventário.

Além da despensa, o posto avançado também apresentava um arsenal impressionante, considerando que era tripulado por um único funcionário. Comida e armas – os pilares da vida asgardiana.

Havia machados e espadas ao lado de itens mais exóticos: um bordão sem recuo, uma braçada de luvas justas de plasma, um arco e até mesmo algo que parecia a união de uma espingarda e um prato de radar.

Quando Thanos apontou para um alvo e apertou o gatilho, emitiu uma rajada de ondas sonoras invisíveis e pulsantes que sacudiram seus dentes e fizeram seus olhos sangrarem.

– Gritador sônico! – Cha gritou quando o disparo se dissipou e todos ficaram surdos temporariamente. – Nunca vi um desses antes!

– Que eficaz! – Thanos berrou de volta.

– Eu odeio vocês dois! – Kebbi gritou, secando o sangue da orelha esquerda. – Leia as instruções da próxima vez!

Eles fizeram um registro de suas armas disponíveis, verificaram todas as entradas do posto avançado, bloquearam tudo, exceto a porta da frente. Queriam dar uma chance ao subterfúgio, mas Thanos tinha a sensação de que não teriam tanta sorte uma segunda vez.

– Temos que estar prontos para lutar a bordo – ele avisou. – Tivemos a sorte de ferir o Deus Guardião *et cetera* bem no começo...

– De nada – interrompeu Kebbi.

– ... mas não podemos considerar que teremos tanta sorte na segunda vez. Pode resultar em combate.

– Bem, isso é bom – comentou Cha. – Porque temos um titã que só esteve em algumas lutas, um médico que nunca viu guerra e uma mulher que cresceu em uma nave circular e nunca esteve em um combate direto. Indo enfrentar uma tripulação famosa em toda a galáxia por sua sede de sangue e proezas de combate. Então, como isso pode dar errado?

– Nós os enganamos – esclareceu Thanos. – Mas lutamos se necessário e embarcamos na *Edda de Sangue*, para comandá-la e torná-la nossa.

Kebbi interrompeu novamente:

– Também vamos batizá-la de *Santuário*.

Thanos não disse nada. Ele estava pensando a respeito.

– O nome não é importante. O que importa é que poderemos usá-la para atravessar a Bifrost e entrar em Asgard.

– É aqui que o plano cai por terra – disse Cha.

– Você está errado – Thanos retrucou. – O plano não cai por terra nesse momento, porque, uma vez que estivermos em Asgard, *não* vai haver plano. Portanto, não tem como cair por terra.

– Isso não me conforta – disse Kebbi, recebendo um aceno de concordância de Cha.

– Sem informações explícitas sobre Asgard, não faz sentido bolar um plano – Thanos lhes explicou. Era simples. Se necessário, ele derrubaria a *Edda de Sangue* no palácio e aproveitaria a confusão para encontrar o cofre de Odin. No caos que se seguisse, ele escaparia. Não era o melhor plano, ele admitia, mas o único à disposição. Que o caos e a surpresa substituíssem as armas e o exército que ele não possuía. – Atravessamos a Bifrost e depois pensamos no que fazer na sequência.

Ele parecia mais confiante do que se sentia. Felizmente, os outros não conseguiam notar a diferença.

CAPÍTULO XXV

A *Edda de Sangue* atravessou o buraco de minhoca em Alfheim exatamente seis dias depois de Thanos e sua equipe chegarem ao posto avançado. Os asgardianos não eram nada senão pontuais.

Sua chegada desencadeou uma série de sistemas automáticos no posto avançado. Os códigos de segurança foram transferidos, as chaves criptográficas foram ativadas no nível quântico, e o mecanismo avançado concedeu permissão para a *Edda de Sangue* pousar.

A nave apareceu no horizonte da Lua. Parecia um grande pássaro metálico, suas asas paralisadas no lugar e cobertas de aço reluzente.

Ela se estabeleceu na poeira da Lua, a alguns metros do posto avançado. Depois de um momento, uma rampa baixou e se estendeu para o escudo do ambiente. Três silhuetas vinham descendo a rampa; cada qual usava uma carapaça de metal flexível e justa de cores variadas: azul-real, vermelho-escuro, amarelo-solar. Elas carregavam espadas e rifles fotônicos e andavam com a confiança tranquila dos guerreiros que viram sangue e batalha e viveram não apenas para contar a história, mas também para vivê-la de novo e de novo.

Os três asgardianos entraram no posto avançado e pararam no hall de entrada. O lugar estava completamente silencioso.

Eles compartilharam um olhar cético entre si. Então, o líder colocou as mãos em volta da boca e gritou:

– Alô, Vathlauss! Irmão, testado em batalha! Venha cumprimentar seus amigos de guerra Snorri, Brusi e Hromund! Lave nossas gargantas com hidromel e cerveja!

O chamado ecoou pelos corredores vazios. Sem sequer um olhar coordenado, sentindo algo diretamente errado, os três guerreiros sacaram as armas ao mesmo tempo.

De repente, as luzes da entrada se apagaram. A única luz vinha do corredor à frente, e ela foi parcialmente apagada por uma figura enorme e volumosa que se aproximava.

– Receio que tenhamos bebido todo o hidromel – disse Thanos.

– Vou lhe dar uma chance... – Thanos começou, mas nunca terminou sua frase.

– Pare! – disse o líder, Snorri.

VEJAM, IRMÃOS, MONSTRO GRANDE E ROXO
E PREPARADO PARA O COMBATE!
ANSEIO FLEXIONAR MEUS MÚSCULOS, OUVIR
A MÚSICA DO SANGUE E DA BATALHA!
E VINGAR A ALMA DO NOSSO IRMÃO, CURTIDO
EM BRAVURA, IMBUÍDO DE CORAGEM!

Com um grito, os três asgardianos se lançaram contra Thanos, que recuou um passo com o intuito de ter espaço para empunhar seu gritador sônico. Ele estava usando tampões para os ouvidos. Os asgardianos, não.

Ainda assim, eles avançavam através das ondas vibrantes de som que os atingia. O nariz de Snorri jorrou sangue, que empapou em seu bigode espesso. Brusi rosnou e, com a mão, cobriu a orelha esquerda, que estava jorrando sangue, porém, sem nunca parar de avançar.

E Hromund soltou um grito de guerra de arrepiar o sangue, tão alto que momentaneamente superou os pulsos do gritador sônico enquanto avançava, brandindo a espada.

Os olhos de Thanos se arregalaram ao ver o asgardiano enlouquecido pela batalha investindo contra ele. Ele achava que ninguém poderia resistir às frequências que perturbavam o cérebro do gritador sônico, mas ali estava, aparentemente, o Deus de Fazer Coisas que Você Achava Impossível a apenas um ou dois metros de cortar as mãos que seguravam a arma.

Do seu lugar acima da porta, Kebbi pulou no chão entre Thanos e Hromund, abriu a boca e explodiu uma nuvem de veneno. Thanos sentiu apenas uma fração do cheiro, e isso fez seus olhos lacrimejarem, mas a raiva de Hromund era tão grande e consumidora que ele abaixou a cabeça e correu através da nuvem. Quando chegou a Thanos, ele estava sangrando pelos olhos e pelos ouvidos, com ranho e sangue jorrando do nariz também, mas ele não se importou. Hromund brandiu a espada em um arco amplo e cego, errando Kebbi por pouco, mas dando um forte golpe no gritador sônico.

As vibrações correram pelos braços de Thanos, sacudindo seus ombros, arremeçando o gritador de suas mãos. O dispositivo pousou, amassado, e cuspiu faíscas aos pés de Thanos, não mais funcionando.

– Por Vathlauss! – gritou Hromund.

– Por Asgard! – exclamou Snorri.

– Por Odin! – bradou Brusi.

Thanos golpeou com um punho, acertando Hromund debaixo da mandíbula. Não foi o soco mais poderoso que Thanos já dera, mas acertou em cheio. Isso era tudo o que importava – ele estava usando a luva de plasma, que disparou uma lufada de energia explosiva pelo rosto de Hromund. Thanos observavou, o queixo do asgardiano se partir em dois até a boca.

– Ooo garantido! – exclamou Hromund, e, para choque e grande respeito de Thanos, continuou lutando. Sua espada passou de raspão na luva blindada de Thanos, mas deixou ali uma cicatriz longa e profunda.

– Não podemos vencê-los! – Kebbi exclamou quando se abaixou para desviar de um golpe de espada de Brusi. Mesmo abalados pelo gritador sônico e enfraquecidos pela toxina, os asgardianos eram guerreiros ferozes.

– Não precisamos vencê-los – Thanos a lembrou. – Cha! Mudança de planos. Agora!

Em seu ouvido, a voz de Cha veio até ele.

– Agora? Mas você e Kebbi estão dentro do...

– Agora, maldição! *Agora!*

Thanos contornou a espada de Snorri e depois empurrou o maldito asgardiano para trás alguns passos. Com um movimento rápido, agarrou Kebbi pelo cotovelo e a arrastou consigo pela porta. Quando viu, os asgardianos – mais uma vez sem trocar nem sequer um olhar coordenado entre si – largaram as espadas e sacaram os rifles. Thanos e Kebbi estavam mortos no campo de ação deles, esperando por um golpe à queima-roupa.

– Droga! – Kebbi exclamou.

Duas coisas aconteceram simultaneamente.

Primeiro: Thanos bateu com o punho no controle da porta interna. Ela se fechou no momento em que as primeiras explosões de energia dos rifles Asgardianos a atingiram.

Segundo: as portas externas se abriram... e os asgardianos abriram a boca em gritos silenciosos enquanto o vácuo do espaço sugava o ar e o calor da entrada. Eles nunca conseguiram disparar uma segunda rajada de tiros de seus rifles quando foram arrancados de seus lugares e sugados para fora da porta pela lufada de ar. Lançados pela inércia acima da superfície lunar, dispararam centenas de metros antes que a fraca gravidade da Lua os arrastasse de volta ao chão. A essa altura, eles já estavam mortos havia muito tempo.

Lá dentro, Cha gritou pelo comunicador:

– Funcionou? Você está vivo? Funcionou?

Thanos bateu em seu fone de ouvido.

– Você deveria ter mais fé em mim, Cha.

Kebbi suspirou aliviada e caiu contra a parede.

– Eu disse a você que deveríamos desligar o campo do ambiente antes que eles chegassem.

– Os sensores deles teriam detectado a falta de atmosfera, e eles não teriam desembarcado da nave. Tivemos que fazer assim. – Ele olhou para seu braço esquerdo. A espada de Hromund havia feito mais do que deixar um corte em sua luva; ele via agora que havia partido a luva e aberto seu antebraço até o osso. A brancura do osso o chocou.

– Cha, precisamos de atendimento médico. – Ele usou a mão boa para acionar um holograma da *Edda de Sangue*. – E, depois, vamos partir.

Menos de meia hora depois, eles restabeleceram o campo de ambiente e seguiram para a nave. Para a grande surpresa de Thanos, Cha jogou um rifle no ombro quando se juntou a eles.

– Incorporando *ação* na *pacificação*, entendi – ele comentou. – Pensei que levaria mais tempo para você ver a utilidade da violência.

Cha curvou o lábio superior.

– Eu falei: não lamento pelos asgardianos.

A rampa da nave ainda estava abaixada e dentro da área de alcance do campo, então eles simplesmente foram da entrada para a rampa, e depois da rampa para dentro dos confins apertados da *Edda de Sangue*.

Que foi onde eles viram uma mulher em um traje espacial, segurando um machado de guerra, que gritou:

– Vingança! Pela órbita vazia de Odin! – E girou o machado em um amplo arco.

O apetrecho cortou Thanos, que vinha na frente, cruzado no peito, e ele viu seu próprio sangue jorrar de si. Ele teve tempo suficiente apenas para respirar antes que o machado fosse brandido novamente. Escapando por muito pouco do brilho mortal e manchado de sangue, ele saltou para um lado, colidindo com Cha, que bateu na antepara da nave.

A asgardiana – certamente a Deusa dos Ataques-
-Surpresa, ele pensou, em um momento de sarcasmo
vertiginoso e mordaz – não parecia mais cansada por
estar brandindo o machado gigante. Ela atacou outra
vez, dessa vez atingindo Thanos diretamente na carne do ombro direito. Sangue e fogo explodiram nele.
O machado estava enterrado em sua carne e em seu
músculo; ele podia senti-lo, frio, viscoso e queimando
de uma só vez.

Abaixo dele, Cha lutava para soltar o rifle que havia
trazido consigo, mas o porte avantajado de Thanos dificultava. Kebbi cuspiu uma corrente de veneno intenso
e concentrado, mas o traje espacial da asgardiana a deixava imune ao veneno.

– Destino de sangue! – ela exclamou. – Obra da vingança! – O machado estava preso em Thanos, talvez
por um osso e, quando ela tentou puxá-lo e arrancá-lo,
todo o corpo dele se incendiou com uma dor impossível.
Era como se alguém estivesse tentando puxar suas entranhas pela axila.

Cha conseguiu estender um braço de debaixo de
Thanos. Ao mesmo tempo, Kebbi recuou alguns degraus e sacou uma pistola que ela roubara do arsenal do posto avançado. Quando ela puxou o gatilho,
nada aconteceu...

No início.

Um instante depois, a asgardiana lançou a cabeça
para trás e uivou, pega no meio de uma explosão de
eletricidade que incendiou seus neurônios. Ela dançava
como uma marionete sob o controle de uma criança,
seus membros balançando e agitando.

E, o mais importante de tudo, ela soltou o maldito machado.

Thanos gemeu e rolou de costas, dando a Cha a liberdade de apontar o rifle. Ele atirou na asgardiana e errou, o raio de plasma irrompendo em uma estação de equipamentos nas proximidades. O equipamento explodiu em uma gota de fogo.

– *Piroperigo!* – a inteligência artificial da nave anunciou. – *Piroperigo!*

Thanos berrou de dor enquanto se movia ainda mais para dar a Cha um ângulo melhor. O machado, ainda preso nele, fisgava mais fundo em sua carne a cada movimento, por menor que fosse.

Cha atirou de novo. Kebbi disparou ao mesmo tempo. A asgardiana foi pega no fogo cruzado e gritou, seu traje espacial agora em chamas pelo calor das explosões. A voz da nave foi sendo tomada cada vez mais pelo pânico e, de repente, as frestas de ventilação se abriram e houve um silvo alto de um gás invisível.

E a rampa, Thanos notou através dos olhos turvos, estava se fechando. O protocolo da nave era proteger a si e à sua carga. Selaria a saída e se inundaria com gás nitrogênio para extinguir o fogo.

Thanos poderia sobreviver com nitrogênio puro por um tempo; a atmosfera de Titã era cheia desse negócio. Ele não sabia sobre Cha ou Kebbi... ou os asgardianos, aliás.

Com toda a força e um grito de dor, Thanos se forçou a ficar de pé. O ar fedia a chamas e sangue, carne carbonizada e ozônio. Ele mal podia enxergar através da névoa de fumaça.

Com um esforço que superou tudo o que ele acreditava sobre seus próprios limites, Thanos passou a mão livre atrás de si e pegou o cabo do machado. Gritando na fumaça, arrancou a lâmina. Um momento de felicidade singular e nenhuma dor foi imediatamente consumido por um momento sucessivo de tormento que se recusou a ir embora. Seu corpo parecia estar em chamas metaforicamente tanto quanto a asgardiana estava em chamas literalmente.

Mal conseguindo ficar de pé, ele agarrou o machado enquanto o sangue escorria de seu ombro, correndo pelo braço, deixando a empunhadura escorregadia. Ele observou as chamas da asgardiana diminuírem e depois se apagarem completamente. O nitrogênio havia cumprido sua missão. O fogo estava apagado e a nave estava reoxigenando.

Ela permanecia alta e orgulhosa ainda, seu traje espacial agora uma segunda pele derretida. Ele não podia imaginar a pura agonia que ela devia estar sentindo e, ainda assim, a única faísca em seus olhos era de raiva e vingança.

– Pela... beleza de Freya – ela disse, sua voz baixa e hesitante enquanto respirava superficialmente. – Eu... vou arrancar suas... *bolas*... por isso.

Cha se levantou com dificuldade ao lado de Thanos. Kebbi veio ao seu lado. Eles a superavam em número numa proporção de três para um, e ainda assim eram eles os que estavam assustados e inseguros. A asgardiana bateu as mãos uma na outra, e as luvas de plasma que ela usava em cada mão despertaram para a vida, embainhando os punhos em uma luz coruscante amarela e sombria.

– Baixe as armas – Thanos sugeriu-lhe, com a voz trêmula. Ele lutava para se firmar em pé, mas foi tudo por nada. Thanos estava gravemente ferido e não podia fingir o contrário. – Você está ferida. Você não pode vencer.

– Você também está ferido – ela rebateu. – Eu cantei minha música de batalha nas terras congeladas de Jotunheim. Respirei fogo mais quente nas margens de lava de Muspelheim. Não temo homem, deus ou animal. Eu sou Yrsa, filha de Jorund e Gorm. – Seus lábios se curvaram em um sorriso cruel e consciente. – Você é excremento mortal para ser raspado da minha bota. Rendam-se e sua morte será honrosa.

Antes que Thanos pudesse responder, Kebbi proferiu um xingamento vil e se jogou contra Yrsa, que a golpeou com um punho potencializado pelo plasma. Kebbi cambaleou para um lado e colidiu com uma série de alavancas e botões.

– *Limite de dano excedido* – relatou a nave. – *Preparar-se para a evacuação de emergência.*

Em um instante, os propulsores da nave se engataram. Com a inércia causada pela decolagem repentina da embarcação, Thanos foi jogado para trás contra a antepara. Yrsa deu um pulo para o lado, mas agarrou uma haste próxima e conseguiu manter os pés no chão. Cha caiu no chão e Kebbi foi tropeçando pela câmara até desabar em uma cadeira.

A força do impacto contra a parede fez disparar em Thanos uma onda de choque vermelha de agonia, começando no local da lesão e irradiando para fora. Ele soltou o machado e desmaiou de dor.

Através dos olhos semicerrados, ele viu Yrsa caminhar até Cha, os punhos dela brilhando com poder. Sua postura era vacilante; seu movimento, rígido do traje espacial derretido, mas ela foi confiante e vigorosa ao levantar o punho.

No entanto, antes que ela pudesse desferir o golpe poderoso sobre o crânio desprotegido de Cha, Kebbi a atingiu pelas costas, envolvendo os braços ao redor da garganta de Yrsa, gritando a plenos pulmões. Ela mordeu a cabeça da asgardiana com aquela boca larga, os dentes semelhantes a agulhas arrancando o traje espacial e a carne debaixo dele. Gotas de sangue respingaram contra a parede.

Thanos lutava em meio à dor. Ele procurou cegamente o machado; seus dedos o encontraram e precisaram de duas tentativas para se fechar em volta do cabo. Com um grunhido, ele se levantou e cambaleou para onde Yrsa estava se debatendo na cabine, girando e virando e tentando dar um soco em Kebbi, que se agarrava com força e continuava arrancando pedaços de pele e material com os dentes.

Cha se levantou, apoiando-se contra a parede.

– Tenha cuidado! – ele gritou. – Não acerte Kebbi!

No momento, porém, tudo que importava a Thanos era matar a bruxa asgardiana que estava entre ele e o fim daquela loucura. Ele ergueu o machado sobre a cabeça, berrou com a dor que explodiu em seu ombro e golpeou para baixo. Forte.

E errou.

No último momento, Yrsa dançou desajeitadamente para um lado, ainda golpeando Kebbi. O machado de Thanos colidiu com um painel de controle, pulverizando aço e fiação em todas as direções. Um painel explodiu e girou desenfreado pelo ar, atingindo Cha e nocauteando-o.

– *Avaliação de danos: mortal!* – a nave anunciou. – *Executando protocolo de retirada!*

– Não se atreva! – Yrsa gritou, finalmente encontrando a alavancagem de que precisava para tirar Kebbi de cima dela. Kebbi caiu de costas, e Yrsa bateu uma vez em sua cabeça, depois a chutou na cara. Kebbi deslizou pelo chão, perfeitamente imóvel. – Mantenha-nos aqui! – Yrsa gritou para a nave.

– *Ignorar* – o sistema disse. – *Recuando.*

Com uma velocidade que impressionava e aterrorizava, Yrsa correu para o lado de Thanos e lhe deu um soco no estômago, depois o girou e o socou no ferimento que ela fizera com o machado. Ele rugiu de dor e a golpeou com o punho, o que a lançou para trás caindo na cabine.

– Vou dizer uma coisa a favor de Asgard – Thanos sibilou –, eles criam suas mulheres fortes.

Yrsa respondeu com uma série de invectivas tão vulgares que Thanos nunca ouvira um terço daquelas palavras antes.

– Esta nave está se retirando para Asgard – anunciou Thanos, rindo em meio a sua dor. O sangue brotou entre seus lábios, e ele cuspiu um bocado. – Que é precisamente para onde queremos ir. Você falhou.

– Você matou meus companheiros de bênçãos – ela rosnou. – Não há força no universo que possa me impedir de matá-lo.

– Seus companheiros de bênçãos eram fracos – Thanos lhe disse. A escuridão começava a aparecer nos cantos de sua visão. Kebbi estava morta. Cha estava inconsciente. – Nós somos fortes. Como você. Junte-se a nós. Nós vamos salvar vidas.

– Matando pessoas?

– Sim. Precisamente.

Ela soltou um uivo poderoso e saltou para cima dele. Thanos recuou, sabendo que não tinha defesa...

E Kebbi colidiu com Yrsa, fazendo as duas despencarem no painel de controle mais uma vez. A nave deu um solavanco no espaço. Um klaxon ecoou e uma nova voz avisou:

– *Fora do curso! Fora do curso!*

O rosto de Kebbi era uma mistura de sangue e escamas penduradas. Ela mal podia mover a boca, mas conseguiu cravar os dentes inferiores na pele da mandíbula de Yrsa... e puxou para cima, criando sulcos no rosto da asgardiana, rasgando a pele da bochecha para revelar o interior da boca. Sua língua batia loucamente enquanto ela berrava e uivava como um lobo estripado.

Kebbi se arrastou para longe da asgardiana e foi até Thanos, que afundou no chão e a embalou em seus braços. O olho esquerdo dela pendia frouxo da órbita e o crânio estava afundado de um lado.

– Obrigado – ele murmurou.

– Te disse antes ... – ela respondeu. – Eu estava falando sério. Quando disse que te amava. Estava falando sério.

– Você estava?

– Não, seu ingênuo, sem noção...! – ela protestou e morreu em seus braços.

Thanos cerrou os dentes. Ele deixou Kebbi deslizar de seus braços e, apoiando-se na parede, forçou-se a ficar de pé. Do outro lado da cabine, Yrsa segurava com uma das mãos o rosto devastado e sangrando; com a outra, ela passou os dedos sobre os controles da nave. Vozes concorrentes gritaram:

— *Ignorar!*
— *Controles bloqueados!*
— Protocolo Götterdämmerung!
Repetidamente.

Ele se fez caminhar até ela. Tropeçou no último momento e colidiu com Yrsa, derrubando os dois no chão.

— Seu tolo maldito! — ela falou, seu sangue espirrando em todas as direções da boca e pela bochecha. — Não estamos...

— Você matou minha companheira de bênçãos — disse Thanos, gemendo de dor. A escuridão estava tomando quase inteiramente seu campo de visão agora, mas ainda podia enxergá-la, conseguia ver o terror repentino em seus olhos. — Não há força no universo que possa me impedir de matá-la.

Ela o golpeou com os dois punhos até que o poder em suas luvas de plasma se apagou. Ele não se moveu. Deitou em cima dela, segurando no lugar, pegou a cabeça dela entre suas mãos enormes, fechou os olhos inúteis, apertou e pediu ao destino ou ao universo ou a quaisquer forças que pudesse haver por esse único favor.

A *Edda de Sangue* caía no espaço, seus motores falhando, seu sistema de orientação danificado pelo conflito que se alastrara por dentro. Seus protocolos exigiam que ela ganhasse entrada pela Bifrost e retornasse a Asgard, mas tais protocolos haviam sido contracomandados pela comandante, que, em sua confusão e dor, inseriu ordens conflitantes no sistema de controle. As salvaguardas haviam sido danificadas ou desativadas na luta, e agora a

Edda de Sangue estava disparando seus propulsores em direções opostas, tentando desesperadamente cumprir todas as suas ordens, não importando o quanto fossem mutuamente exclusivas.

Ele se aproximou do buraco de minhoca perto de Alfheim e tentou desviar o curso. Não conseguiu.

A *Edda de Sangue* acertou o buraco de minhoca em um ângulo fechado e desapareceu.

Thanos acordou com luzes vermelhas piscando, e a voz do computador da nave gritando avisos, alarmes, alertas. Ele mal conseguia se mexer.

– Thanos. Thanos.

Era Cha, que havia acordado e estava preso em uma poltrona de emergência.

– Levante-se! – Cha gritou. – Você tem que se levantar e chegar a...

As palavras de Cha foram engolidas por uma explosão de som e luz como Thanos nunca tinha ouvido ou visto antes. Sem cálculos ou proteções adequadas, eles atingiram o buraco de minhoca. A *Edda de Sangue* estava agora no espaço dos portais, atravessando o universo sem direção, sem rumo, sem medidas de segurança.

Thanos ficou feliz em desmaiar novamente.

CAPÍTULO XXVI

ELE SONHOU.
Ele sonhou com *ela*.
Gwinth estendeu-lhe a mão. Sua pele escorregava da mão como uma luva podre.
Ainda não, ela disse. *Ainda não*.

Ele abriu a olhos. A fumaça entrelaçava-se à sua frente. Ele sentiu fogo por perto.
Ela conseguia respirar. Mal. Sacudido por um espasmo de tosse provocada pela fumaça, seu corpo protestou com enorme agonia. O machado. Ele quase havia sido cortado em pedaços.
A fumaça se dissipou por um momento, e ele viu algo pairar sobre si. De pé sobre as duas pernas, com pele cinza e uma casca dura a cobrindo, que era verde-escura e brilhante.
Tentou tocá-lo com mãos, que tinham muitos polegares, e ele afundou na escuridão novamente.

Da vez seguinte, ele acordou em definitivo. Estava deitado em um casulo de alguma substância viscosa, uma correia branca e pegajosa envolvia a parte superior de seu corpo. Cheirava levemente a enxofre e betume. Quando Thanos tentou levantar uma das mãos, descobriu-se preso e incapaz de se mexer. Ele lutou contra a contenção, e alguns fios se partiram.

– Opa! Opa! Não faça isso! – uma voz familiar exclamou. Thanos esticou a cabeça para a esquerda e viu Cha mancando em sua direção, uma teia semelhante enrolada em sua perna esquerda, tal qual um gesso. – Não faça isso!

– Cha... – A voz de Thanos estava fraca, sua garganta áspera e sedenta. – O que aconteceu conosco?

Cha se aproximou da beira do casulo de Thanos. Estava suspenso no teto do que parecia ser uma caverna úmida que cheirava a podridão e a comida velha. Oscilava levemente quando Thanos se movia.

– Esta é uma malha de cura – Cha explicou. – Você foi encasulado por razões médicas. Eles estão te curando.

– Onde está Kebbi? – Thanos questionou, embora soubesse a resposta.

– Morta. A asgardiana também.

Thanos não pôde poupar a energia para suspirar. Ele esperava que, com a fumaça, a confusão e a dor da batalha com Yrsa, sua avaliação dos ferimentos de Kebbi estivesse errada.

– Eu estava em um assento de emergência – Cha continuou –, então sobrevivi ao impacto. Você...

– Ainda não estou pronto para morrer. Eu estou...

– Você está vivo por uma grande sorte, Thanos. Até mesmo você deve enxergar isso agora.

– Sorte aplicada de forma desigual não pode ser realmente grande – disse ele, pensando. – Se o universo fosse o lugar justo e igualitário que você gosta de imaginar que é, Kebbi ainda estaria viva. E eu não seria esse desgraçado disforme que você vê diante dos seus olhos, e você não estaria amarrado a mim, forçado a sofrer.

— Eu sofria antes de te conhecer. Mantido refém por Sua Senhoria. Longe de tudo o que eu conhecia. Você é uma bênção, não uma maldição, Thanos. E sou grato por eles acharem adequado salvar você dos destroços da nave.

— Quem são *eles*? — Thanos perguntou.

Cha hesitou por um momento.

— Eles se chamam chitauri.

MENTE

*Conquiste-se primeiro;
o mundo virá em seguida.*

CAPÍTULO XXVII

FORAM MESES NO CASULO DE CURA ATÉ QUE THANOS conseguisse sustentar o corpo novamente, que dirá andar. Um ano e mais um tanto se passou antes que ele conseguisse ficar em pé sozinho e sair do que ele inicialmente achava que fosse uma caverna.

Não era uma caverna. Era uma criatura, uma monstruosidade viva diferente de qualquer outra que ele já tivesse visto ou ouvido falar. Seus anfitriões o chamavam de leviatã. Como eles, era parte inseto, parte réptil e parte máquina. Thanos nunca havia encontrado algo parecido antes, e ele sentia-se ao mesmo tempo e em igual medida enojado e surpreso por eles.

Ele havia sido suspenso no casulo de cura dentro da boca do leviatã, recuperando-se e lentamente se recompondo. Agora os dentes da grande criatura estavam se separando, e ele e Cha saíram ao sol pela primeira vez.

Era meio assustador, para dizer o mínimo.

Um disco preto e duro no céu, lançando pouca luz e calor preciosos. Ele entendeu subitamente por que os chitauri haviam fundido sua carne com máquinas – insetos e répteis não poderiam sobreviver em condições tão frias; porém, ao fundir a tecnologia em sua biologia, eles poderiam compensar as fraquezas evolutivas.

Cha havia explicado algo sobre os chitauri conforme as longas semanas se tornaram meses mais longos em seu casulo. Eles eram uma sociedade baseada em castas, com diferentes níveis sociais para diferentes tarefas designadas. Havia uma casta doméstica, que cuidava das tarefas mundanas da reprodução e da manutenção do lar, enquanto a casta científica procurava maneiras de melhorar a biologia e a tecnologia dos chitauri, assegurando por meios artificiais o que a natureza não se dignara a lhes dar.

E havia uma casta guerreira, ele descobriu, mas essa casta tinha conquistado pouco.

– Eles compartilham uma mente de colmeia – Cha explicou. Ele estava caindo nas boas graças dos chitauri e aprendendo sobre a cultura deles enquanto Thanos convalescia. – Portanto, não há um pensador superior, ninguém que possa desenvolver táticas e estratégias da perspectiva de alguém de fora. Eles não sabem como criar. Não têm arte.

Thanos estava no topo de um penhasco que dava para a cidade central dos chitauri, as mãos cruzadas atrás das costas, Cha ao seu lado. Ele havia caminhado até ali como uma maneira de testar a si mesmo, de ver o quanto dele havia sobrevivido à batalha da *Edda de Sangue* e à subsequente queda no mundo natal dos chitauri.

Ele ficou sem fôlego. Estava fraco. Não servia para ninguém. Não agora.

– Eles precisam de alguém para guiá-los – Thanos disse, apertando os lábios.

– No que você está pensando? – perguntou Cha.

– Estou pensando que apenas um egoísta ou um tolo não aprende com o fracasso. O egoísta culpa os outros, e o tolo não é sábio o suficiente para atribuir culpa. – Ele se sentou e olhou para longe.

Cha sentou-se ao lado dele. O sol negro mergulhou no horizonte, lançando sua luz púrpura trêmula atrás das montanhas.

– Você se culpa pela morte de Kebbi.

– Eu me culpo por muitas coisas. Se eu aprender com isso, não será tão ruim. Tive um ano para não fazer nada além de pensar. Foi... instrutivo.

– E o que você aprendeu?

Thanos considerou.

– Minha meta é grandiosa. Mas talvez faça sentido realizá-la por meio de intermediários. Em vez de me expor a danos. Talvez, se eu tivesse avisado Titã de sua calamidade iminente por meio de outra pessoa, alguém que não usasse esse rosto roxo e distorcido, meu povo teria escutado. E talvez, se tivéssemos enviado alguém à frente ao posto avançado, Kebbi ainda estivesse viva.

– Você não tem como saber isso.

– Não. Mas olhe para lá e entenda, Cha. – Ele apontou para a cidade. Era um conglomerado de leviatãs, todos dispostos em torno de uma nave central chamada de nave-mãe. Era ordenado e distinto, como abelhas em uma colmeia ou formigas em um formigueiro. Os chitauri se moviam com precisão, cada qual fazendo parte de um todo maior.

– Existe um exército perfeito aqui, se ao menos alguém pudesse arregimentá-lo. Não há necessidade de arriscar a mim ou a você.

Cha assentiu devagar.

– Tem alguém que você deveria conhecer – disse ele.

– Você está propondo me ajudar a construir um exército? – Thanos divertiu-se um pouco com o fato de Cha estar repentinamente dando as costas ao pacifismo. – A batalha contra os asgardianos despertou sua própria marca siriana de sede de sangue?

— Dificilmente — Cha fungou. — Muito pelo contrário. A questão é que você está tentando salvar vidas em Titã. Eu acredito nessa causa. Se é necessário um exército para fazer seu povo ouvir, então vamos ter um exército. A violência como baluarte contra a maior violência pode ser ética, afinal.

— Você é um otimista insuportável — Thanos lhe disse.

— Assim como você, meu amigo.

— Não. Sou um pragmático.

Cha deu de ombros.

— Neste caso, ambos são a mesma coisa.

Juntos, eles entraram em um pequeno leviatã pela boca aberta. Thanos ainda não havia se acostumado com a superfície esponjosa da língua do animal sob seus pés, e suspeitava de que nunca se acostumaria. A boca era úmida e escura, iluminada por uma saliva bioluminescente que corria pelas paredes internas.

Mais adiante, quase no topo da garganta, eles encontraram uma protuberância de cartilagem que tinha o formato áspero de uma mesa, com uma figura sentada atrás dela. Quando se aproximaram, a figura se levantou.

Como todos os chitauri, a criatura parecia um híbrido de inseto e réptil, com partes mecânicas de um ciborgue acrescentadas completamente. Ele abriu a boca e sibilou de modo neutro, como se apenas para provar que tinha capacidade de fazê-lo. Algo sobre sua postura, no entanto, parecia a Thanos diferente dos outros chitauri que ele conhecera. Eles estavam empenhados em tarefas, raramente encontrando seus olhos ou parando para falar com ele. Este, no entanto...

– O que é isto? – Thanos murmurou para Cha.

– Não é isto – Cha sussurrou de volta. – *Ele*.

– Bem-vindo, Thanos de Titã – o chitauri sibilou. – Sou chamado o Outro.

– O Outro – Thanos repetiu, pensativo. – Em oposição a quê?

O Outro levantou as mãos, flexionando os dois polegares opositores em cada uma. A única vantagem evolutiva natural significativa dos chitauri. Sua destreza manual aprimorada apenas compensava a má sorte de nascer com sangue frio em um mundo gelado.

– Não há *oposição* – disse o Outro. – Sou simplesmente Outro. Separado. Distinto. – Ele sibilou os "s" em *distinto* como se estivesse bravo com ele.

– Ele é uma mutação – esclareceu Cha –, embora eles não tenham essa palavra. Ele não faz parte da mente de colmeia.

Thanos ergueu uma sobrancelha.

– Um desviante. Um desajuste genético. Como eu. Únicos.

O Outro inclinou a cabeça em concordância.

– Como disser.

– Então, vou dizer que é um prazer conhecê-lo. – Thanos estendeu a mão.

O Outro ficou olhando até que Cha chamou sua atenção com:

– Nós praticamos isso, lembra?

Os polegares duplos envolveram estranhamente a mão de Thanos, mas foi um bom primeiro aperto de mão naquele novo planeta.

– Tenho uma dívida de gratidão com você – disse Thanos – por salvar minha vida e a vida de meu companheiro. Lamento que não tenhamos nada a oferecer, exceto nossos agradecimentos.

– Você tem mais do que isso – corrigiu o Outro. Sem aviso, ele tocou a têmpora de Thanos. Thanos resistiu ao desejo de se afastar. – Você tem seu cérebro – o Outro continuou. – E nós queremos usá-lo.

Thanos lançou um olhar alarmado para Cha, que balançou a cabeça minimamente. *Não é o que você pensa*, comunicou aquele movimento. *Está tudo bem.*

– Gosto do meu cérebro onde está – disse Thanos. – Ele me serve bem aqui.

O Outro curvou-se levemente.

– Desculpe-me. Ainda não estou acostumado com sua língua, por isso não me expressei bem. Você pode ficar com o seu cérebro, Thanos. Desejamos que você o use por nós.

– Para quê? – Thanos refletiu. – Pelo que vi, sua sociedade corre bem. Seu povo está alimentado, vestido e seguro. De que mais vocês precisam?

– Os chitauri desejam conquistar – argumentou o Outro sem inflexão, como se estivesse discutindo o clima. – Os chitauri desejam deixar este mundo e encontrar outro, encontrar climas mais quentes. Temos armas e habilidades. Temos tecnologia e poder. Mas nenhum líder. A casta guerreira não consegue se adaptar às situações de combate porque todas as decisões devem passar pela mente de colmeia primeiro. É lento demais. A mente de colmeia é um jugo.

– Então, vocês precisam de alguém no comando – Thanos constatou, acariciando sua mandíbula. – Por que não você? Você tem pensamento independente.

246

O Outro balançou a cabeça lentamente.

– Não tenho a experiência. Posso me comunicar diretamente com a mente de colmeia, influenciá-la, guiá-la. Posso emitir ordens, mas não sei quais devem ser essas ordens. – Ele parou nesse momento e bateu os quatro polegares uns nos outros em um gesto elaborado. – Você, Thanos, é um guerreiro. Você derrotou um asgardiano. Você pode nos liderar.

Cha acenou com a cabeça para Thanos.

– Você disse que queria um exército.

Thanos tocou o queixo, sentindo as ranhuras que o destino, a crueldade e a genética haviam colocado ali.

– Sim. Sim, eu queria.

Ele fez um pacto com o Outro naquele mesmo dia: ele levaria os chitauri para um mundo novo, mais palatável para eles. Em troca, seriam seus soldados, seus intermediários, enquanto ele tentava salvar Titã.

– Mas essas metas não precisam ser consecutivas – Thanos ponderou. – Nós podemos alcançá-las mutuamente. Podemos trabalhar nelas ao mesmo tempo.

O Outro fez um sinal afirmativo com a cabeça.

– Sim. Isso é sensato e aceitável. Vai economizar tempo e realizar cada um de nossos desejos muito mais rapidamente.

– Então temos um acordo – disse Thanos.

Era uma exploração mútua, e ambas as partes concordavam. Os chitauri ganhariam um novo mundo natal, e Thanos ganharia um exército que poderia impor sua vontade em Titã. Cada vez que o universo lhe dava um revés, ele encontrava uma maneira de revertê-lo e reorientar-se em direção ao seu objetivo final. Sua flexibilidade era tão importante quanto seu pré-planejamento. Ele não tinha sido capaz de chegar a Hala. Os asgardianos o haviam vencido. Ótimo. Nenhum plano era seu único plano. Sua mente era fecunda. Ele poderia se adaptar.

A viagem pelo buraco de minhoca em Alfheim fora improvisada. Com a perda total da *Edda de Sangue* como consequência do impacto, Thanos não tinha como determinar em que ângulo eles haviam entrado no buraco de minhoca ou por quanto tempo eles viajaram dentro dele. O inigualável sol negro no céu do mundo dos chitauri dificultava a localização precisa das estrelas.

Ele passou a maior parte de mais um ano no planeta natal dos chitauri descobrindo como voltar para Titã. Durante esse tempo, ele também inventariava os suprimentos e armas dos chitauri, bem como suas habilidades de combate. Acabou que os leviatãs eram capazes de voo interestelar – grandes bestas horríveis que podiam viver no vácuo do espaço, levando os chitauri a salvo dentro deles.

Os chitauri também possuíam uma tecnologia de teletransporte rudimentar. Thanos nunca tinha visto nada parecido – parecia abrir miniburacos de minhoca no espaço-tempo, criando portais capazes de transportar um ser de um ponto para outro sem se preocupar em atravessar a distância entre eles.

Ele passou muito tempo experimentando essa tecnologia. Muitos chitauri morreram durante seus ensaios clínicos e muitos outros faziam fila para participar. Com tantos cadáveres à sua disposição, ele também iniciou uma série de investigações sobre a anatomia e a biologia dos chitauri, examinando-os até sua estrutura genética bizarra e tripartida. Seu pai havia lhe ensinado os elementos da manipulação genética, e logo Thanos estava criando uma casta de guerreiros mais resistente. Os chitauri ficaram agradecidos. Mais uma vez, a ciência lhes entregava o que a natureza não podia.

Sua experiência na *Edda de Sangue* o assombrava. Na *Berço de Ouro*, seu intelecto e tamanho acabaram sendo suficientes para ganhar o dia, mas contra uma guerreira preparada e capaz, ele acabou sendo inútil. Tendo os chitauri como parceiros de treino, ele praticou uma infinidade de técnicas de luta armada e desarmada. Muitos mais chitauri morriam à medida que suas habilidades melhoravam. Eles não pareciam se importar. Eram uma espécie fértil e fecunda que compartilhava uma só mente; indivíduos eram substituíveis.

Com seu treinamento, veio uma apreciação pelas capacidades e habilidades de seu corpo. Ele havia passado a vida desprezando sua forma física, recuando para o intelecto e para a razão. A dele tinha sido uma vida da mente.

Mas agora Thanos podia arremessar uma lança a cem metros e acertar o alvo à perfeição. Ele poderia repelir quatro guerreiros chitauri treinados, a velocidade e a resistência de seu corpo para causar dano o maravilhavam. Ele aprendeu a antecipar os movimentos de seus oponentes e a combatê-los, corpo e mente – pela primeira vez em sua vida – trabalhando em conjunto. Seu porte avantajado, os ombros largos, a altura... Essas eram *vantagens*. E ele não podia acreditar que jamais se permitira pensar diferente.

Com o tempo, passou a gostar do treinamento. O impulso e o desvio, a finta e a esquiva. Ele estava se tornando um lutador e *também* um pensador. Um intelecto-guerreiro.

Ele se sentiu alegremente invencível.

Ainda assim, sabia que tinha perdido a oportunidade de invadir Asgard e conseguir o artefato, a coisa que Vathlauss havia chamado de Éter, ou a Joia do Infinito. No entanto, era possível que ele não precisasse disso. Poderia se adaptar à nova realidade de sua situação. Não teria uma arma asgardiana, é verdade, mas seu plano original ainda poderia ser suficiente. Se ele pudesse retornar a Titã com um exército, isso seria persuasivo.

Cha estava ao seu lado o tempo todo enquanto treinava, planejava e se recuperava, lembrando Thanos de descansar, exortando-o a cuidar de si mesmo.

– De que adianta retornar a Titã como herói e salvador conquistador se você morrer?

Thanos não se incomodou em explicar a Cha que morrer em Titã e por Titã sempre tinha sido parte do plano.

– Estou surpreso que você tenha aceitado este acordo, Cha. O que sua marca particular de pacifismo apático diz sobre exércitos? Soldados? Carne para canhão?

– Eles mal estão vivos – disse Cha. – Estou entre eles há muito mais tempo do que você. Eles não pensam da maneira que pensamos. Eles não têm almas individuais e independentes.

Thanos não pôde deixar de se lembrar de Robbo e o que Kebbi havia dito sobre ele. *Algumas pessoas lideram. Algumas pessoas querem ser* liberadas.

– Isso é tudo o que importa? – ele perguntou a Cha. – Alma, não mente?

– Se um deles morrer – apontou Cha –, existem mil outros na mente de colmeia que têm os mesmos pensamentos, memórias e impulsos. Eu não questiono a mente deles. Mas se os pensamentos são compartilhados em comunidade, onde está a liberdade individual? Onde está a capacidade do indivíduo de discernir entre o certo e o errado?

Eles discutiam essas questões por muito tempo nas noites chitauri pretas e escuras, encolhidos na boca de um leviatã, aquecidos pelo calor de seu corpo. Com o tempo, Thanos se acostumou com o odor fétido da besta.

Ele passou horas examinando mapas e plantas, aplicando o mesmo intelecto que levara à descoberta da falha no âmago de Titã, ao problema de retornar para sua casa. Em questão de poucos meses, eles estabeleceram contato com algumas rotas comerciais próximas. Logo depois, conseguiram entrar em contato com Xandar e Hala, abrindo canais de comunicação que possibilitaram o início de um traçado do mapa estelar que os levaria do mundo natal dos chitauri até Titã.

E, certa noite, Thanos foi despertado de um sono profundo por Cha, que estava de pé diante dele, tremendo um pouco, seus lábios virados para baixo e seus olhos úmidos.

– Qual é o problema? – perguntou Thanos.

– Finalmente restabelecemos uma linha de comunicação através do arco tangente da galáxia – disse Cha. – Consegui enviar uma mensagem para Titã. Ou assim achava.

Thanos sentou-se. Ele sabia. Lá dentro, no fundo de seu coração, ele sabia. Mas fez Cha dizer assim mesmo.

– Já aconteceu – Cha lhe comunicou. – Sinto muito, Thanos. Já aconteceu.

Ele se retirou para as colinas sobre a cidade dos chitauri. Queria ficar sozinho em sua dor. Nenhum deles conseguia entender. Os chitauri literalmente não tinham palavras em seu idioma para descrever a morte de um ente querido, já que os pensamentos de todos eram compartilhados de qualquer maneira. As experiências de um chitauri morto viviam em todos os outros chitauri. E Cha...

Ele estava deitado em um campo de grama resistente, fitando o céu noturno. O mundo natal dos chitauri tinha três luas visíveis, duas das quais ele podia ver naquela noite. Por perturbações nas marés, Thanos calculou que também deveria haver uma quarta lua, esta travada em órbita com uma das outras três, de modo que não podia ser vista.

O céu era preto e frio. Sua respiração enevoava o ar. Uma lua brilhava avermelhada enquanto a outra reluzia em um tom branco cintilante. Isso o fez pensar nos olhos descombinados de Sua Senhoria, mas apenas por um momento.

Porque então seus pensamentos retornavam, inevitavelmente, a Titã.

Titã, que transmitira um sinal para o universo, alertando todos e quaisquer viajantes para ficarem longe. Um sinal que foi amplificado e retransmitido pela galáxia, até que acabou sendo captado por Cha.

A calamidade havia chegado. Como ele sabia que seria. Como ele prometera.

Até o instante em que Cha havia lhe dado a notícia, Thanos mantivera a menor esperança, sustentada em um fragmento de dúvida, de que ele estivera errado o tempo todo. Que calculara mal e que Titã fosse sobreviver.

Em vez disso, em pouco tempo ele havia recebido prova de que estava certo.

Sintaa e Gwinth. As únicas pessoas no universo inteiro, exceto Cha, que Thanos poderia chamar de *amigos*. Era possível que eles já estivessem mortos. Eles o haviam abandonado em um momento crucial, sim, mas ele os perdoara quase sem esforço. Eles tiveram medo. O medo estimulava o julgamento ruim. Ele esperava que ainda vivessem, mesmo sabendo que as probabilidades fossem remotas. Seus sonhos com Gwinth continuaram mostrando-a em decomposição cada vez maior; ele sustentava uma noção tola de que, como ela não estava completamente apodrecida em seus sonhos, talvez ainda estivesse viva, esperando que ele a resgatasse.

Thanos não contou a ninguém sobre tal pensamento. Era dele e era patético, e assim, escondeu-o com avidez.

E então havia sua mãe... Será que *ela* estava segura trancada naquele armazém para titãs loucos? Era o melhor lugar para ela, acompanhada por sintéticos, que provavelmente sobreviveriam à onda inicial de caos? Ou estar no psicoasilo era como ser algemada a um bloco enquanto a água subia ao seu redor?

E o pai dele...

Ele se recusou a pensar no pai.

Não conseguia se lembrar da última vez que havia chorado. Quando ainda era criança, certamente. Thanos não choraria agora.

Ele desejou, no entanto, que pudesse.

Foram necessários vários meses para equipar um leviatã para sobreviver à passagem pelo buraco de minhoca instável. E então, Thanos e Cha se despediram do Outro.

– Quando nos encontrarmos novamente, Thanos – o Outro disse –, os chitauri terão um exército poderoso, pronto para nosso benefício mútuo.

– Thanos espera liderar um exército assim – Cha replicou suavemente. O próprio Thanos estava muito ocupado fazendo os cálculos finais para viajar pelo buraco de minhoca. Muito ocupado guardando as memórias de Titã em um lugar em sua mente onde não podiam distraí-lo.

O acordo dele com o Outro, os planos que haviam feito juntos… não importavam mais. Ele queria apenas sair daquele maldito planeta gelado. Voltar a Titã. Certamente, haveria sobreviventes. Certamente, nem *todos* tinham sido mortos…

Ele não precisava mais de um exército. Precisava de um milagre.

Tem algum milagre em você, Thanos de Titã?, Kebbi perguntou-lhe certa vez. *Se não, nem se incomode.*

Ele não tinha milagres em sua posse, mas tinha que fazer alguma coisa, de um jeito ou de outro. Ele tinha que tentar.

Eles saíram do mundo natal dos chitauri à meia-noite, atravessando a atmosfera sombria e entrando nos confins mais escuros do espaço. Foi a primeira vez que Thanos viu o planeta de cima; ele estava inconsciente e quase morto quando chegaram a bordo dos restos explosivos da *Edda de Sangue.* Todo o globo parecia uma pérola negra, coruscando refrações de luz suja vinda do sol inútil.

– Qual é o nosso plano? – Cha perguntou baixinho, para não ser ouvido. Os leviatãs não eram inteligentes, mas estavam conectados à mente de colmeia, e Thanos ainda não havia descoberto a que distância a mente de colmeia poderia se projetar.

– Entramos no buraco de minhoca em um ângulo de trinta e dois graus contra o plano do elíptico – Thanos disse a Cha, mostrando-lhe um holograma rapidamente renderizado de sua trajetória de voo. Ele teve que instalar controles especiais que se ligavam ao córtex do leviatã para ter certeza de que o animal conseguiria manter o ângulo de aproximação adequado. – Isso deve nos levar de volta ao espaço civilizado. Onde, espera-se, vamos poder vender esta monstruosidade por dinheiro suficiente para alugar uma arca espacial com instalações médicas.

A mensagem ilegível de Titã que Cha havia recebido era na verdade o aviso repetido de um farol colocado em órbita ao redor do planeta:

– *ATENÇÃO, VIAJANTES LOCAIS: evitem pousar em Titã.* REPITO: *Evitem pousar em Titã. Perigo ambiental e pandemia. Em vez disso, definam o curso para Ceti Prime.*

– Um desastre ambiental causado pela superpopulação – disse Thanos. – Exatamente um dos resultados que meus modelos previram. E as mortes resultantes devem ter sobrecarregado os sistemas funerários e mortuários. Haveria corpos nas ruas por dias, provavelmente levando a um surto de patógenos resistentes a antibióticos. Uma pandemia global. – Ele enterrou o rosto nas mãos. – Eu os avisei, Cha. Avisei todos eles, e eles não ouviram!

Cha apoiou a mão no ombro de Thanos.

– Eu sei, meu amigo. O universo procurou falar através de você, e eles ignoraram seus sábios conselhos.

– Basta! – Thanos rosnou, afastando a mão de Cha. – Não vejo equilíbrio em crianças mortas nas ruas! Não vejo harmonia em inocentes asfixiados no ar venenoso!

Cha afastou-se devagar.

– É claro. Eu sinto muito.

Ele saiu, deixando Thanos, angustiado, para se retirar mais profundamente na garganta do leviatã.

Eles entraram no buraco de minhoca a exatamente trinta e dois graus. O leviatã tremia, torcia e rugia, mas o revestimento adicional que haviam enxertado em sua carapaça externa foi suficiente, e ele sobreviveu à viagem.

Eles acabaram no espaço kree. Thanos sorriu tristemente com a ironia. No início de seu exílio, ele pretendia ir ao espaço kree, organizar suas forças e retornar a Titã. Agora ele estava fazendo exatamente isso, embora fosse tarde demais.

A sorte sorriu-lhes e, em um dos mundos dos kree, eles encontraram um comerciante fascinado pela mistura de partes de inseto, réptil e mecânica do leviatã. Afastaram-se com dinheiro suficiente para alugar uma nave de carga de tamanho médio e instalar dezenas de baías médicas autônomas. Cha passou a maior parte de uma semana ajustando as baías para responder às fisiologias titânicas, enquanto Thanos adaptava compartimentos de carga da nave para servir como ambulâncias da superfície para a nave.

Ele estava indo para casa. Finalmente estava indo para casa. O pensamento, a realidade, a *verdade*, o atingiram em momentos estranhos e aleatórios. Particularmente quando ele estava tentando o seu melhor para se concentrar na tarefa em mãos, ela o atacava do nada, e Thanos era forçado a afastar-se de seu trabalho por um momento, para se deleitar nela, para processá-la, para deixar que a alegria misturada ao luto o percorresse.

Ele não podia esperar que Gwinth ou Sintaa tivessem sobrevivido. As chances contra eles eram grandes. Mas Thanos levaria quem pudesse. Ele os colocaria nas lançadeiras e os levaria à nave de carga/hospital, que ele já havia renomeado – apropriadamente – de *Santuário*. Uma vez a bordo, ele e Cha socorreriam aqueles que poderiam ser salvos e aliviariam a dor daqueles que não poderiam. Dariam conforto aos moribundos e vida aos demais.

E então...

E então eles encontrariam um novo mundo. Uma nave cheia de refugiados raramente era bem-vinda na maior parte da galáxia, mas Thanos encontraria um lugar. Um novo mundo. Um santuário final para os sobreviventes de Titã.

Eles partiram do mundo periférico dos kree mais de um ano e meio depois que a mensagem inicial do farol de Titã os alcançou no mundo natal dos chitauri. No espaço kree, não precisavam mais confiar no posicionamento aleatório e perigoso dos buracos de minhoca. Havia portais de transporte em todos os sistemas, às vezes mais de um. Com a última reserva monetária da venda do leviatã, eles pagaram o pedágio a Titã e receberam um aviso automático:

– VIAJANTES: *estejam cientes de que o sistema de Titã está atualmente em quarentena voluntária. Viaje para lá por sua própria conta e risco.*

Pairando logo acima do portais, Thanos olhou para Cha, que se juntara a ele no cockpit da *Santuário*.

– Está sua última chance de abandonar a missão do Titã Louco – Thanos o advertiu.

– Eles precisam de nós – Cha disse simplesmente.

Thanos engatou os propulsores dianteiros e os guiou até o portal e para seu lar.

CAPÍTULO XXVIII

PELA PRIMEIRA VEZ EM ANOS, THANOS OBSERVOU o orbe envolto em laranja que era Titã. A uma distância de milhares de quilômetros, o planeta parecia o mesmo de quando ele havia partido, sem nenhuma indicação quanto ao caos que se escondia sob a neblina.

Boias de aviso flutuavam em órbitas descendentes ao redor do globo, soando seus alarmes conforme ele guiava a *Santuário* cada vez mais para perto.

– *ATENÇÃO! Você está se aproximando de um planeta em quarentena! Prossiga por sua conta e risco!*

O que era exatamente o que ele planejava fazer.

A uma velocidade subluz, parecia levar uma eternidade para encontrar uma órbita estacionária razoável. Ele esperava captar sinais dos sobreviventes a essa distância, mas o canal de comunicação local estava silencioso e morto.

Ele estabeleceu uma órbita o mais próximo possível da atmosfera do planeta. Queria que a unidade de transporte viajasse uma distância mínima.

A *Santuário* era uma nave de carga. Não fora projetada para pousar em planetas, para sofrer as tensões da gravidade. Para isso, eles possuíam a unidade de transporte, construída visando transportar paletes de carga da nave para a superfície e vice-versa, mas fora modificada por Thanos a fim de servir como uma combinação de ambulância e clínica. Graças aos sistemas de pilotagem automatizados, ele estimava que poderiam resgatar quatro mil titãs de uma vez da superfície do planeta para a *Santuário*.

Eles aguardaram. Thanos presumia que os sobreviventes tivessem se agrupado na Cidade Eterna, mas não queria enviar sua nave para lá sem ter certeza. Havia uma chance – ainda que pequena – de que as pessoas tivessem fugido das ruas da cidade, atravancadas e devastadas pelas doenças, para o sopé aberto dos criovulcões.

– Há um sinal – detectou Cha de repente, apontando para uma leitura holográfica. – É fraco, mas não é ruído de fundo. Definitivamente é um sinal. De onde?

Os olhos de Thanos se arregalaram.

– O centro da Cidade Eterna – ele murmurou. – O MentorPlex.

– O quê?

Passara-se uma eternidade desde que ele e Sintaa haviam olhado para os androides flutuantes na construção dos MentorPlexes, lançando em realidade a vontade de A'Lars.

– Não importa – Thanos disse. – Faz todo o sentido que os sobreviventes se reúnam lá. – Ele se levantou abruptamente da cadeira de comando, exclamando ordens por cima do ombro quando saiu da cabine. – Envie a unidade de transporte para esse local. Eu mesmo vou conduzir o módulo de comando.

– Você vai descer? – Cha deu um pulo e o seguiu. – Thanos, você não sabe como é lá embaixo! A superfície... as doenças...

– Vou estar em um traje ambiental.

Eles marcharam pelo corredor da nave, em direção ao ponto de queda do módulo de comando.

— Pode não ser suficiente — argumentou Cha. — Você não sabe exatamente com que tipo de patógeno está lidando. Você não pode se arriscar assim.

Thanos parou na porta do módulo de comando.

— Eles estão apavorados e perdidos há anos — ele disse a Cha. — Se simplesmente enviarmos uma frota de ônibus espaciais e uma mensagem para embarcar, eles não ouvirão. Precisam de alguém lá embaixo para lhes dizer que é seguro.

— Você pode morrer — Cha avisou.

A preocupação era tocante, embora inadequada no momento. Thanos ofereceu um sorriso tenso e sem humor.

— Ainda não morri.

Ele encostou o polegar e abriu a porta. Além, havia uma grande câmara, no centro da qual jazia uma embarcação pequena e elegante. O módulo de comando. A partir dali, o capitão da *Santuário* poderia executar todas as funções da nave enquanto estivesse fora dela. As embarcações de carga frequentemente desligavam o suporte de vida com o intuito de economizar energia durante o laborioso processo de carga e descarga, de modo que era no módulo de comando que o capitão supervisionava esse procedimento, enquanto a nave era tripulada por robôs e inteligências artificiais.

Ele vasculhou um armário próximo em busca de seu traje ambiental. Os trajes padrão que acompanhavam a *Santuário* eram pequenos demais para ele, então ele havia separado dois e os soldado em um só. Repuxou as costuras, testando, e elas se mantiveram no lugar.

– Pelo menos leve isso – Cha disse, exasperado.

Thanos virou-se para o amigo. De outro armário, Cha havia desenterrado um bastão de comprimento médio com uma lança alargada e curva na ponta.

– Onde conseguiu isso? – Thanos perguntou.

– Eu o liberei junto aos outros equipamentos antes de vendermos o leviatã. Pegue.

Thanos observou com jeito duvidoso para a lança de batalha dos chitauri que Cha lhe estendeu.

– Eu não preciso de uma arma. Este é o meu povo.

– Eles foram devastados por doenças e desastres – Cha protestou. – Eles não são as pessoas que você deixou para trás. E devo lembrá-lo de que nunca gostaram muito de você?

Thanos se irritou com o comentário – não por sua dureza, mas por sua verdade. O tempo tinha um jeito de abrandar a memória. A amargura de Titã havia desaparecido em sua mente, tornando-se um pano de fundo para a necessidade mais premente de seu povo. Em seus pensamentos, seu próprio amor por eles se transformou e se distorceu em amor recíproco por ele. Ele raramente pensava em seu pai ou nos olhares de choque e nojo que haviam sido o cenário de sua infância. Em vez disso, inconscientemente, ele se permitia principalmente ter lembranças de Sintaa, de Gwinth, até mesmo dos sintéticos que cuidavam de sua mãe.

Sua mãe. Ele pensou nela, e não na loucura dela.

– Os titãs são orgulhosos, mas não estúpidos – ele disse a Cha. – Eles sabem agora que eu estava certo. Vão me receber de braços abertos.

– Estou preocupado com que tipo de braços exatamente possam ser – respondeu Cha. – Faça jus à reputação do seu povo: não seja estúpido. Leve a maldita lança, Thanos. Só por via das dúvidas.

Com um suspiro resignado, ele aceitou a arma e a recolheu em sua forma de transporte.

– Só estou fazendo isso porque a ironia de um pacifista insistindo que eu esteja armado me diverte – Thanos justificou-lhe.

– Não te disse isso como pacifista – respondeu Cha. – Foi como seu amigo.

Thanos pilotou o módulo de comando através da sopa espessa da atmosfera de Titã, tentando não pensar em sua última viagem do tipo. Ele estava indo na direção oposta à percorrida pela nave conhecida – temporariamente – como *Exílio I*. Antes, ele tinha certeza de que seu povo estava condenado, e agora ele tinha provas de que estava certo.

Quando ele rompeu a nebulosidade, viu a devastação.

Mesmo quilômetros acima da Cidade Eterna, ele conseguia distinguir o contorno do perímetro da Cidade. De forma tênue. Havia sido invadida por um fluxo gigante de criomagma da cordilheira dos criovulcões. Pó laranja flutuava por toda parte – organonitratos consolidados das erupções criogênicas. O criomagma teria explodido para a superfície, inundado a cidade e, em seguida, quase imediatamente congelado. Os que foram atingidos pela explosão inicial deviam ter sido congelados instantaneamente.

A queda repentina de temperatura teria causado uma supercompensação dos sistemas de modulação climática da cidade. O criomagma teria derretido e congelado novamente... A Cidade teria entrado em pânico.

Pior ainda, ele notou novos contrafortes no lado oeste da cidade. Placas tectônicas em ação. Com o criomagma se movendo de debaixo da crosta para a superfície, o delicado equilíbrio subterrâneo fora interrompido. As placas geológicas sob a cidade haviam se movimentado, com a placa ocidental subindo para criar uma topografia totalmente nova... e provavelmente destruindo metade da cidade de uma só vez.

Thanos rangeu os dentes e ficou de olho no holograma fixo no sinal que Cha recebera em órbita. Agora estava mais forte, sob a cobertura de nuvens, e definitivamente emanava do MentorPlex.

Estou indo mesmo para casa.

Ele encontrou uma clareira a dez quilômetros do MentorPlex, no que havia sido um bazar de compras. As bancas e os quiosques estavam abandonados, muitos deles dobrados, deixando-lhe espaço suficiente para pousar com o módulo de comando.

Seus sensores ambientais lhe disseram que o ar exterior era respirável, mas continha altos níveis de agentes cancerígenos e pelo menos quatro patógenos desconhecidos. Ele vestiu seu traje ambiental e o testou quanto a vazamentos. Estava totalmente íntegro.

Quando o portal de entrada do módulo foi aberto, um vento opaco aumentou de intensidade quando a pressão do ar entre o módulo e o exterior obedeceu às leis da física e equilibrou-se. A poeira laranja rodopiou para dentro do módulo de comando e se depositou em finas camadas no painel de controle. Ele parou na porta e hesitou, olhando para o bazar completamente vazio. Em sua experiência, nenhuma parte da cidade havia sido tão estéril. Quase não parecia Titã.

Depois de um momento, ele se virou e encaixou a lança dobrada dos chitauri em um coldre ao seu lado, depois desceu à superfície do planeta Titã pela primeira vez em anos.

Ao seu redor, redemoinhos no ar giravam ciclones de poeira. O ar estava frio, quase tão frio quanto no mundo natal dos chitauri, apesar do sol mais brilhante e mais quente.

Thanos olhou em volta, meio esperando ver alguém se aproximar dele, meio esperando corpos amontoados em pilhas de dez. Mas não havia nada. O bazar havia sido abandonado.

– Cha – ele disse no comunicador –, cheguei à superfície.

Estática respondeu-lhe. Poluição demais na atmosfera. Ele não podia transmitir com a unidade de comunicação pessoal de baixa potência. Ele ficaria isolado de Cha pela duração de sua estadia ali.

Consultando seu scanner de mão, ele confirmou que o sinal estava vindo do MentorPlex. Elevava-se sobre o restante da cidade, com os andares superiores envoltos em poeira e nuvens. A torre estava um pouco curvada, inclinada, não mais perpendicular ao chão. Os mesmos terremotos que devastaram o lado oeste da cidade também causaram estragos na grandiosa realização de A'Lars.

Thanos verificou a mistura oxigênio-nitrogênio em seus tanques de ar e começou a caminhar para casa.

Era um progresso lento no traje ambiental confinante e, à medida que ele se aproximava, as ruas e as passarelas ficavam mais entupidas com detritos, lixo e, depois, corpos.

O primeiro corpo que ele viu pertencia uma garota, com não mais de oito ou dez anos. Ela estava em perfeito repouso, como se estivesse cansada e tivesse decididi tirar uma soneca ali na passarela. Thanos se ajoelhou junto à garota, que parecia tão pacífica que ele não podia acreditar que estava realmente morta, mas quando Thanos a tocou, ela não se mexeu, e sua carne tinha a textura escorregadia e inelástica de um cadáver. Ela havia morrido ali, e o frio e a aridez a preservaram assim. Era pior do que encontrá-la apodrecendo ou esquelética. Ela era uma paródia da vida e da morte ao mesmo tempo.

– Durma bem, criança – ele murmurou, e continuou seu caminho.

Ele pensou em Gwinth, a Gwinth dos seus sonhos. Ela estava apodrecendo. Não como esses cadáveres estranhamente preservados. O sonho não correspondia à realidade. Talvez isso significasse que ela ainda vivia...

Ele se repreendeu pela superstição. Por ceder ao misticismo e ao pensamento mágico. Sonhos não eram nada além de sonhos. Ela estava viva ou não estava, e a diferença não tinha nada a ver com os neurônios aleatórios disparando em seu cérebro à noite.

No momento em que chegou ao MentorPlex, ele já estava acostumado à visão dos corpos. Parou de contar no cem, ao se dar conta de que era inútil. Thanos havia proposto matar metade de Titã, e agora muito mais do que a metade da população estava morta. Ele estava mesmo certo, além de seus pensamentos mais loucos.

Quantos tinham sobrevivido? Alguns milhares no MentorPlex, ele supôs, e o dobro desse número em abrigos ao longo da periferia da Cidade... Talvez houvesse sobrado dez por cento da população de Titã, na melhor das hipóteses.

Thanos poderia ter salvado *metade* deles. Se ao menos eles tivessem escutado.

A meio quilômetro do MentorPlex, as estradas estavam tão cheias de cadáveres e refugo que ele sacou a lança e a estendeu no comprimento máximo de combate para usar como cajado enquanto se locomovia ao redor das pilhas. Ele não parava mais para lamentar os mortos. Eram muitos. O cheiro tomou conta dos recirculadores de ar em seu traje ambiental e logo o fedor de corpos mortos e ressequidos encheu seu capacete. Ele aumentou a mistura de antibióticos e antivirais químicos em seu ar respirável para compensar.

A inclinação do MentorPlex era mais flagrante quanto mais ele se aproximava. Ele começou a se perguntar como o edifício conseguia não tombar, tão inclinado era seu ângulo. A genialidade arquitetônica e das ciências materiais de A'Lars ficava evidente só pelo fato de a torre ainda estar de pé.

A entrada principal estava atravancada com aço caído e entulho. Thanos levou uma hora para navegar pela circunferência traiçoeira e pesada da torre até o portal de emergência ao longo do lado leste. Os controles da porta funcionavam, mas um curto-circuito em algum lugar os desconectou da própria porta. Toda vez que ele apertava o botão, era recebido com um trinado de sucesso e um lampejo de luz verde, mas a porta se abria apenas dois centímetros antes de se fechar novamente.

Então, ele enfiou o bastão chitauri na brecha, quando ela apareceu, e se apoiou com todo o seu peso. O metal chitauri e sua força bruta venceram, e a porta se abriu ainda mais, depois emperrou. Apenas espaço suficiente para Thanos se espremer e entrar.

Ele estava no saguão do MentorPlex, onde inquilinos e visitantes passariam a caminho dos elevadores. As luzes estavam apagadas. Um protocolo de emergência, sem dúvida. A energia tinha que ser conservada para o suporte de vida nas áreas necessárias do MentorPlex. Arte fotônica abstrata decorava as paredes; mas, sem energia, o lugar era apenas uma pequena câmara escura com um piso coberto por uma camada de poeira laranja. Segundo seu scanner portátil, o sinal vinha de baixo da superfície. Além de quinhentos andares acima do solo, o MentorPlex também se estendia cinquenta andares abaixo. Um lugar perfeito para aguardar os desastres ambientais e manter-se em quarentena contra a praga.

Seu traje ambiental tinha um farol embutido na parte da cabeça, que ele agora ativou. Poeira alaranjada rodopiava em torno dele em redemoinhos produzidos por seus passos. Não havia corpos ali.

Ele havia passado por aquele saguão mais vezes do que se lembrava. Era um lugar de vida, lotado de gente que ia e vinha. Agora estava vazio e oco.

Os elevadores antigravitacionais estavam desligados, é claro, já que não havia energia. Ele arrombou a porta de um deles com a ajuda do bastão chitauri e olhou para o abismo negro do poço vazio do elevador. O scanner confirmou que o sinal emanava de lá.

Uma descida de cinquenta andares. Ou queda, se ele escorregasse.

De volta lá fora, ele vasculhou os destroços e os restos empilhados ao redor do edifício, até encontrar vários comprimentos de cabo robusto, que fundiu com explosões da lança de batalha. Arrastando-o para dentro, amarrou o novo cabo único em torno de uma protuberância de aço retorcido. Ele o testou com toda a sua força.

Antes que pudesse mudar de ideia, Thanos jogou a extremidade livre do cabo no poço e começou a descer.

Depois de dez andares, seus braços e ombros reclamaram. Depois dos trinta, queimavam com o esforço de transportar seu considerável peso corporal. A única maneira de marcar seu progresso era girando para apontar o farol de vez em quando buscando garantir que não houvesse nada impedindo seu progresso. O melhor que ele podia discernir era um poço preto sem-fim por todo o caminho.

Ele chegou ao fundo com centímetros de cabo sobrando, os ombros em chamas, os dedos dormentes e suados nas luvas. O scanner informou que o ar estava livre de patógenos e seguro para respirar, então ele removeu o capacete da roupa e limpou a transpiração do rosto com o dorso da mão.

Estava no fundo preto como piche de um poço de elevador que se estendia de sua posição até quase um quilômetro no céu. O vento sussurrava acima dele. Ecos e rangidos soavam por toda parte. O Mentor-Plex inteiro parecia que poderia colapsar sobre ele a qualquer momento.

Mais uma razão para não brincar em serviço. A porta do elevador estava à sua direita – ele bateu e socou através dela, ciente de que o som de sua abordagem provavelmente estava disparando arrepios de medo nos sobreviventes. Ainda assim, não havia como ser suave.

Quando a transpôs, uma série de luzes piscava, iluminando vagamente um antigo corredor de acesso à manutenção. A energia havia sido conservada nos últimos metros que levavam aos sobreviventes.

Ele caminhou pelo corredor, as luzes ganhando vida à sua frente e desaparecendo atrás. Foi uma curta viagem até uma porta grande e robusta. Grossa e resistente demais para ele explodir ou arrombar. Com a mão levemente trêmula, ele estendeu a mão para tocar a superfície. Estava fria e pegajosa.

Além daquela porta, estavam os remanescentes de seu povo. Eles poderiam ter ficado presos por anos. Ele esperava que a melhor parte da natureza deles houvesse aflorado, mas se preparou para um cenário de sangue e horror. Ficar preso por tanto tempo, com o peso da calamidade sobre si, poderia gerar consequências horríveis à psique até das pessoas mais gentis e mais bem adaptadas.

Ele bateu à porta, o som brusco e surdo. Logo quando pensou que nada iria acontecer, uma pequena escotilha se abriu no teto. Um globo desceu e o banhou com uma luz verde. Um scanner corporal.

A porta se abriu como se tivesse sido instalada e untada com óleo no dia anterior. Thanos tomou coragem e entrou.

A porta se fechou atrás de si, simultaneamente com as luzes do teto acendendo, ofuscantes, e ganhando vida.

Thanos esperava uma espelunca, uma sala superlotada que ficara imunda com a presença de dezenas de titãs amontoados no único local seguro e forçados a subsistir ali.

Em vez disso, o ambiente estava claro e limpo. Obsessivamente limpo, na verdade – ele não viu nem um pingo de poeira. Media talvez dez metros de um lado, as paredes polidas e brilhantes de aço, o piso e o teto fundidos em uma liga polida que refletia e mantinha a luz. Era uma caixa e estava vazia, exceto por uma longa caixa oblonga na outra extremidade.

Thanos checou seu scanner. O sinal era mais forte ali. Estava vindo *exatamente dali*. Porém, não havia ninguém...

A caixa oblonga silvou, e a tampa se abriu. Uma figura ali dentro sentou-se e depois se levantou. Thanos se atrapalhou com o scanner, perdeu a batalha e o deixou cair com um estrondo retumbante.

Era seu pai.

Era A'Lars.

Ele havia sobrevivido.

O queixo de Thanos caiu quando viu seu pai, certamente a última pessoa que esperava ver.

– Pai! – Thanos exclamou, depois se repreendeu por dizer algo tão óbvio e sem sentido. Por tudo o que havia realizado desde o exílio, ele voltou a ser uma criança na presença do pai. Que tolice.

Enquanto ele observava, seu pai saiu suave e graciosamente da caixa, depois ficou ereto e, olhando diretamente para Thanos, começou a falar.

– Bem-vindo. Sou A'Lars, arquiteto da Cidade Eterna de Titã. Você está falando com uma versão sinteticamente inteligente de mim. Eu, tragicamente, morri no colapso ambiental que matou a população de Titã.

– Espere. – Thanos deu um passo à frente. – Repita isso.

O sintético que usava o rosto de seu pai inclinou a cabeça e sorriu de modo um pouco indulgente.

– Estou equipado com uma variedade de inventários de personalidade, dependendo do meu interlocutor. Por favor, fique imóvel para a *bioscan*.

Mais perto de seu pai do que estivera em anos, porém mais distante do que nunca, Thanos ficou imóvel enquanto o sintético o examinava. Quando a digitalização foi concluída, a expressão facial do androide suavizou um pouco.

– Thanos – ele disse. – Meu filho.

– Pai. O que aconteceu? Onde estão os sobreviventes?

O sintético sorriu tristemente.

– Não há sobreviventes. Os desastres ambientais se combinaram com uma pandemia global para formar um evento que provocou a extinção. Não há mais nenhum ser vivo em Titã.

Ele divulgou a notícia em algo aproximado de um tom bondoso, o que de alguma forma enfureceu Thanos ainda mais. Seu pai nunca havia usado esse tom com ele próprio, e ainda assim havia programado seu sintético para falar com ele dessa maneira, caso o encontrasse. E, como A'Lars havia se incomodado em programar o sintético para reconhecer Thanos, isso significava...

– Você sabia que eu viria – Thanos sussurrou. – Você me baniu do meu lar, mas sabia que eu viria. Você estava confiando em mim para salvá-lo, mesmo não querendo.

– Meu filho. – O sintético abriu os braços para um abraço, ainda sorrindo aquele sorriso triste. – Minha fé em você foi recompensada. Você voltou para nós. Estamos salvos.

– Salvos? – O circuito biotecnológico do sintético devia ter se corrompido ao longo dos anos, apesar da sala limpa em que ele viveu. – Não há ninguém para salvar. Todos morreram.

Ele percebeu que havia cerrado os punhos e a mandíbula, que pingos brancos de cuspe haviam se reunido em seus lábios e nos sulcos do queixo.

– Meu filho – disse A'Lars do reino sintético da quase-vida, com uma compaixão e uma gentileza que ele nunca expressara enquanto estava vivo. – *Existe* um jeito. Deixe-me lhe mostrar.

E ele sorriu. Não era um sorriso triste. Mas vivaz, alegre, e distorceu seu rosto em algo irreconhecível, algo que nunca havia existido em vida.

– Você deixou todos morrerem! – Thanos deu um passo atrás. – Eu disse que isso ia acontecer, e você me ignorou! Não, você fez *pior* do que me ignorar. Se você tivesse me ignorado, eu poderia tê-lo perdoado. Porque pelo menos você teria a desculpa de não dar ouvidos ao meu aviso. Mas você *me deu ouvidos*. Você ouviu tudo o que eu tinha a dizer. E, ainda assim, me baniu!

– Thanos, isso tudo está no passado. Há um caminho para o futuro, para você e para Titã. Por favor. Me ouça. Nosso povo está morto, mas ainda pode viver.

Balançando a cabeça, Thanos sentiu a sala pressioná-lo. Ele tinha plena consciência de que estava a cinquenta andares abaixo da superfície, a cinquenta andares do espaço aberto e do ar, não importando o quanto fossem sujos. Cinquenta andares debaixo de uma torre que se inclinava perigosamente e poderia desmoronar sobre si a qualquer momento. Ele nunca tinha se sentido claustrofóbico antes, mas agora as paredes pareciam mais próximas; o teto, mais baixo.

– Você está louco – ele disse, a voz tremendo em uma combinação de fúria e medo.

– Não, Thanos. Olhe! A Biblioteca Genética! – Com isso, uma pequena escotilha no chão aos pés de Thanos se abriu, e uma esfera do tamanho de uma cabeça subiu, pairando em posição entre eles.

– Biblioteca Genética?

– Minha maior invenção – disse o não A'Lars. – Muito tempo depois do seu exílio, vi-me reexaminando seus dados e previsões. Cheguei a conclusões semelhantes, com variações que se adequavam aos padrões de uma regularidade estatística. Depois que percebi que o colapso ambiental previsto por você poderia realmente ocorrer, decidi coletar o DNA de certos titãs, os melhores de nós. Essas amostras foram preservadas aqui, em perfeita crioestase, aguardando resgate. Com eles, você pode clonar nosso povo de volta à existência, Thanos. Titã viverá novamente!

Olhando para a Biblioteca Genética e sua superfície lisa, Thanos se viu – para sua grande surpresa – realizando cálculos. As amostras de DNA poderiam ser pequenas. O globo tinha apenas meio metro de diâmetro, mas poderia conter *centenas de milhares* de amostras, armazenadas de maneira adequada e conservadora.

Incluindo... a mãe dele? Sintaa? Gwinth? Será que ele ousava acreditar?

Não. Ele conhecia o pai. A'Lars preservava "o melhor" de Titã. Sintaa e Gwinth não teriam alcançado seus padrões elitistas. Nem a pobre, louca e falha Sui-San.

Thanos estendeu a mão e tocou o exterior frio e perfeito da Biblioteca Genética. Era funcional e bonita, um verdadeiro testemunho das habilidades de seu pai e da dedicação aos detalhes.

Dedicação aos detalhes. Sim. A todos os detalhes, exceto os que importavam.

– Você não tomou nenhuma responsabilidade para si – disse ele, em tom baixo.

– Receio não ter ouvido você – A'Lars disse calmamente.

O lábio superior de Thanos se curvou. Ele afastou a mão da Biblioteca Genética.

– Você não tomou *nenhuma* responsabilidade para si! Você é uma pessoa sintética. Uma *coisa*. Você pensa que é A'Lars, mas é apenas o fantasma dele. Você é o que ele *pensa* que era, debatendo-se nos confins de seu crânio artificial.

– Você está chateado – o sintético concluiu suavemente. – Isto é compreensível. Você sofreu um trauma grave. Posso oferecer um estabilizador de humor, se quiser. Então, você deve levar a Biblioteca Genética com você. Retornar para um local seguro e usá-la para ressuscitar Titã.

– Não resistiu a investir seu simulacro com sua propensão a dar ordens, hein, pai? – Thanos ironizou. – Ainda está me dizendo o que fazer do outro lado da sepultura.

O sintético estalou a língua de um jeito que A'Lars nunca tinha feito, embora talvez ele pensasse que sim.

– Thanos. Pense bem e você concordará que meu caminho é o melhor.

– Brigue comigo! – Thanos gritou. – Diga que estou errado e você está certo! Então talvez eu acredite que você é A'Lars e faça o que você manda.

O sintético sorriu de forma um tanto indulgente.

– Não estou programado para entrar em conflito com você, Thanos.

De alguma forma, isso aumentou sua raiva, alimentou sua raiva. *Não programado.* Não estou programado *para entrar em conflito com você, Thanos?*

Com um rugido, Thanos desembainhou a lança de batalha dos chitauri ao seu lado. Ele a estendeu para seu comprimento total instantaneamente, e a girou em um amplo arco, colocando sua lâmina eletrificada em contato com o pescoço do sintético. Por um instante, a expressão do sintético foi de tal horror e choque que Thanos pensou que era realmente seu pai trazido de volta à vida, que ele cometera um erro terrível.

Mas a lâmina continuou, decepando a cabeça, e Thanos não viu sangue de verdade, mas o que ele sabia ser o biocombustível viscoso que corria pelas veias artificiais de um sintético. A cabeça quicou uma vez no chão, depois ficou lá. O corpo do sintético permaneceu em pé, equilibrado, como se tivesse sido rudemente interrompido no meio do pensamento.

Por alguma razão, essa estranha calma sobrenatural sem cabeça o enfureceu ainda mais. Ele levantou o bastão com a lança e o brandiu novamente, desta vez cortando o torso do sintético em dois até o final do esterno.

– *Isso* é conflito! – ele gritou. – *Isso* é entrar em conflito com Thanos!

Quando ele soltou a lâmina do bastão, ela desviou para um lado, atingindo a Biblioteca Genética flutuante, que disparou para longe dele e colidiu contra uma parede. Agora pairava um pouco mais baixo no ar, amassada de um lado. Enquanto ele se aproximava, Thanos detectou o som sibilante de gases escapando. O nitrogênio líquido com o qual A'Lars havia preservado as amostras de DNA estava se transformando em gás e escapando.

– Que bom! – Thanos exclamou. – Que bom! Você merece!

Ele levantou o bastão sobre a cabeça e o golpeou para baixo, na Biblioteca Genética. Faíscas dispararam com o impacto, e o globo bateu no chão, depois voltou ao ar, girando em seu equador. Outra rachadura apareceu.

– Que bom! – ele exclamou de novo. – Você merece morrer! Vocês todos merecem morrer!

Com cada palavra, ele brandia a lança contra o globo novamente. Ele ricocheteava na parede, sacudia-se descontroladamente, girava para longe, flutuava no ar, suspenso ali, incapaz de manter sua altura normal.

Thanos o acertou de novo.

– Você deveria ter me *ouvido*!

PLÁ*!*

– Por que você não me *ouviu*?!

PLÁ*!* O globo pingava do chão, saltava, rolava. Não flutuava mais.

– Você poderia ter *vivido*! Eu poderia ter te *salvado*! – ele berrou, jogando de lado o bastão, chutando o globo pela sala, que rachou contra outra parede. Thanos o pegou e encontrou apoio em uma das rachaduras.

Ele partiu a Biblioteca Genética ao meio. Recipientes de nitrogênio líquido derramavam-se por toda parte, congelando o chão e lançando uma névoa fria. Um pingo caiu sobre sua pele nua, congelando-a instantaneamente, mas ele mal sentiu.

Tubos delgados encaixavam-se em pequenas ranhuras precisas nas placas internas. Thanos começou a abri-los, primeiro um de cada vez, deliciando-se com isso, depois aos punhados, quando um de cada vez era muito lento.

Ele ficou lá por um longo tempo, matando Titã mais uma vez. O sintetizador que fingia ser A'Lars caiu lentamente de joelhos, depois se inclinou e fez sua própria simulação de morte.

– Você poderia estar vivo – Thanos sussurrou quando terminou. – Metade de vocês poderia ter sobrevivido.

Lágrimas escorreram por seu rosto e assobiaram nas poças de nitrogênio líquido.

– Eu não trouxe milagres, Kebbi. Por que me dei ao trabalho de tentar?

CAPÍTULO XXIX

Quando acoplou com a *Santuário*, muitas horas depois, Thanos recuperou a compostura. O tempo na sala de sobrevivência debaixo de Titã parecia ter acontecido há muito, muito tempo. Como se tivesse ocorrido na história passada, e ele tivesse ouvido relatos por intermédio de alguém que lera sobre o assunto.

Eles não existiam mais. Nenhum deles. O Titã Louco era o único titã sobrevivente. Ele foi o último filho de um mundo morto.

Cha correu ansiosamente para o módulo de comando assim que a atmosfera foi restaurada na câmara de ancoragem.

– As unidades de transporte estão todas prontas. Estou apenas esperando sua ordem.

Thanos olhou para Cha com pena. Cha nunca entenderia. Cha nunca *poderia* entender. Cha acreditava que havia um propósito para todas as coisas, incluindo o sofrimento. Mas Thanos conhecia a verdade: não havia propósito. Não havia plano. Havia apenas sorte e coincidência sombria.

E estupidez. E arrogância.

– Não há sobreviventes – Thanos lhe disse.

– Mas o farol…

– Sistema automatizado. Ninguém foi poupado. – Ele passou por Cha e dirigiu-se para a câmara de descompressão que levaria de volta à *Santuário*.

– Mas, Thanos…! – Cha chamou atrás dele. – O que vamos fazer? O que vamos fazer agora? Thanos? Thanos!

ALMA

Somos a soma total de todas as nossas decisões, não de nossas crenças.

CAPÍTULO XXX

DEPRESSÃO GERALMENTE RESULTAVA EM EXTENUAÇÃO E FAL-TA DE APETITE. No caso de Thanos, foi o contrário.

Ele voltou da superfície de Titã e, em um dia, encontrou-se absolutamente faminto. Cha lhe trouxe grandes bandejas fumegantes de comida dos replicadores da nave, aparentemente mais do que qualquer pessoa poderia consumir sem adoecer. Thanos engoliu tudo e pediu mais.

Montou um ginásio improvisado em uma das baías cavernosas de carga da nave e se exercitou como se suor e esforço pudessem ressuscitar os mortos. Entre refeições enormes, ele levou seu corpo aos seus limites e além.

A *Santuário* permaneceu em uma órbita estacionária ao redor de Titã por semanas, depois meses, enquanto Thanos comia e treinava para queimar sua dor e sua raiva. Cha se pronunciava pouco, pois não havia sentido em falar. Thanos não respondia.

Exceto uma vez. Só uma vez. Quando Cha se aventurou em lhe dizer que Thanos não precisava deixar que a morte de Titã o definisse, que sua vida ainda poderia ser significativa e...

Thanos virou-se para Cha com assassinato brilhando nos olhos.

– Basta.

Uma palavra. Duas sílabas. Foram suficientes. Cha não falou mais.

O período de aluguel na nave expirou. Cha respondeu ao proprietário, enrolando e esperando que Thanos voltasse a si mais cedo ou mais tarde. Ele considerou pilotar a nave de volta ao espaço ocupado por conta própria. Mas para que isso serviria? Para que ambos fossem presos e jogados na prisão de devedores em algum lugar ao longo da Borda Galáctica?

Cha acreditava em Thanos porque acreditava em seu próprio lugar no universo. Que não era aleatório ou casual. E, se o lugar de Cha no universo era ao lado de Thanos, a missão de Thanos devia ser boa e correta.

Mas e agora? E agora, com a missão para sempre nula e vazia? Poderia ser a chance pela qual ele esperava? O caminho dele e o caminho de Thanos terminariam em derrota?

Ou – como Cha suspeitava, mas não conseguia expressar para o amigo – o universo tinha um plano maior? A destruição de Titã era um revés que levaria a uma vitória maior.

Os chamados do dono da *Santuário* estavam tornando-se mais e mais frequentes e enfurecidos; Cha nem se incomodava mais em abrir o canal de comunicação quando aparecia um chamado. Ter uma acusação de agressão imputada sobre ele por um kree irado não ajudaria Thanos e obviamente também não era útil para Cha.

Finalmente, Thanos se dignou a deixar sua academia/aposentos improvisados. Ele chegou à ponte de comando, onde Cha observava, apático, enquanto Titã girava lá embaixo, uma tumba cercada de laranja para uma raça inteira. Ele não conseguia imaginar o horror.

– Cha – Thanos disse, a primeira vez em meses que ele falava o nome de Cha.

– Sim?

– Descarregue o compartimento de carga de estibordo no espaço. Então vamos colocar a nave em curso.

Cha piscou de perplexidade. Thanos estava morando no compartimento de carga de estibordo havia meses.

– Descarregar…?

Thanos deu de ombros e sentou-se na cadeira do navegador.

– Me dá nojo. Não há nada lá de que eu precise. Jogue fora.

Cha deu de ombros e digitou o comando. Uma câmara de descompressão se abriu a estibordo da nave, e tudo o que havia dentro – todos os alimentos descartados, roupas suadas e equipamentos improvisados de Thanos –, tudo foi sugado para o vácuo do espaço.

– Para onde exatamente devemos estabelecer curso? – Cha perguntou. Thanos estava sentado na cadeira do navegador, mas não se mexera para inserir coordenadas, então Cha invocou um holograma de cartas estelares em seu assento.

– Vamos retornar para o mundo dos chitauri.

– O dono desta nave está…

– Eu sou o dono desta nave – Thanos disse. – Se o proprietário anterior quiser me contradizer, ele pode discutir isso com meu exército chitauri.

– Então… somos ladrões?

Thanos virou-se para Cha, mas sem calor ou raiva. Sua expressão era suave.

– Tenho necessidade da nave. Eu tenho uma causa maior do que transportar frutas ou peças de máquina.

– Ah? Transportar um exército?

— Não, Cha. Estamos transportando duas coisas a que você dá muita importância: esperança. E salvação.

No mundo natal dos chitauri, eles escolheram dois esquadrões de guerreiros chitauri armados e blindados, bem como o Outro. Então, Thanos mandou Cha seguir um curso para o planeta Fenilop xi, um mundo a três horas-luz do portal de salto em Ceti Beta.
— Por que esse mundo? — perguntou Cha.
— Estou estudando esse mundo — revelou Thanos. — Ele possui dinâmica ambiental e populacional semelhante à de Titã. Nós vamos salvá-los deles mesmos, Cha. Você estava certo: o fim de Titã não é o fim da minha missão. E eu também estava certo: precisamos matar metade para salvar o restante. Desta vez, não vou falhar. Desta vez, temos provas, as evidências da queda de Titã. Nós teremos sucesso.

Tendo em mente seu fracasso no posto avançado de Asgard, Thanos desta vez escolheu permanecer a bordo da *Santuário* e enviar o Outro como seu emissário ao rei de Fenilop xi.

Rei era, na verdade, um nome impróprio. O monarca governante era eleito, não selecionado por um acaso de nascimento, e servia por um mandato de trinta anos locais. Durante esse mandato, porém, ele ou ela era o governante supremo, auxiliado por um órgão legislativo, mas não preso a ele. Ao contrário da democracia miserável de Titã, essa forma de governo simplificava as coisas: convença uma pessoa e você transformou sua vontade em lei.

Eles equiparam o Outro com microfone e transmissor, para que pudessem monitorar as negociações a bordo da nave.

Os fenilops eram altos. Quase obscenamente altos: dois metros e meio em média. Eram esbeltos, com uma aparência maleável, quase quebrável, e pele prateada puxando para o acinzentado, que brilhava com qualquer luz disponível. O Outro nunca se pareceu mais com um inseto do que quando ele se aproximou da corte de Sua Majestade Loruph I.

– Sua Majestade – disse o Outro, como havia sido treinado para fazer –, sinto-me honrado em lhe falar em nome do meu senhor, Thanos.

– Eu nunca ouvi falar de *Thanos* – disse o rei. – Que mundo ele chama de lar?

– Ele não chama nenhum mundo de lar, Majestade. É um nômade, sem mundo. Ele perdeu seu povo e seu planeta para as mesmas pragas que espreitam neste seu paraíso. Você já ouviu falar de Titã?

Um conselheiro se inclinou para sussurrar no ouvido do rei, mas Sua Majestade o afastou.

– Já ouvi. Um acontecimento muito infeliz e triste. Thanos vem de Titã?

– Ele é o último de sua espécie, Majestade. E sua tragédia o incumbiu de uma missão: impedir que o destino de Titã se repita em outros mundos.

Na *Santuário*, Thanos ouvia, prendendo a respiração. Ele e Cha trocaram um olhar esperançoso.

– Você fala a verdade – disse o rei, suspirando. – Meus próprios conselheiros científicos me alertaram de que estamos em grave perigo de completo colapso ambiental. Apesar de todo o meu poder e autoridade, sou incapaz de detê-lo. Posso fazer muitas coisas, mas não posso obrigar meu povo a parar de se reproduzir. – Ele se recostou no trono. – Seu senhor, Thanos, ele tem uma solução?

– Ele tem. Vou deixar que ele mesmo explique.

Com isso, o Outro ativou um receptor holográfico embutido em sua armadura, que projetava uma imagem de Thanos, da *Santuário*, na sala do trono. Eles haviam aumentado o holograma em escala para que os olhos de Thanos ficassem no mesmo nível dos olhos do rei.

Thanos decidiu que uma reverência não o faria parecer fraco e era, de fato, a coisa educada a fazer. Ele curvou-se numa mesura ao rei de Fenilop xi.

– Sua Majestade e cortesãos, da minha nave em órbita acima do seu planeta desejo-lhes um bom-dia. Perdoem-me se eu ignorar as amenidades de nossa primeira reunião; há questões urgentes a serem discutidas.

– Continue – o rei autorizou, gesticulando.

– Anos atrás, propus uma solução para o inevitável desaparecimento de Titã, que foi rejeitado pelo povo, o que resultou em seu prejuízo e destruição. Espero e acredito que Sua Majestade não fará o mesmo.

– Eu ouviria sua solução, Lorde Thanos.

Foi a primeira vez que ele se ouviu ser chamado de *Lorde Thanos*. Ficou extremamente satisfeito e parou por um momento para absorver o prazer antes de continuar.

– A solução é simples, implacável e incontestável – Thanos disse. – Vocês devem eliminar metade de sua população, e devem fazê-lo imediatamente.

A bordo da *Santuário*, Thanos olhou para o projetor de holograma. A sala do trono pairou em silêncio. Havia algum problema com os transmissores de áudio? Desejou que tivessem tido tempo para equipar o

Outro com sensores visuais e auditivos. Eles podiam vê-lo, mas Thanos apenas os ouvia.

Após um prolongado silêncio, o rei falou:

— Perdoe-me, Lorde Thanos. Não estou familiarizado com o humor de Titã. Era para eu rir?

Thanos fervia de raiva, mas lutou para impedir que sua ira transparecesse no rosto, projetada tão maior abaixo da superfície.

— Isso não é brincadeira. Propus a mesma solução para Titã, e eles a rejeitaram. Sua Majestade já conhece os resultados dessa rejeição. Onde metade poderia ter sido poupada, agora todos estão mortos. Você pode evitar esse destino. Minha tecnologia de eutanásia é indolor e pode ser alterada facilmente para se adaptar à biologia da sua espécie.

Mais silêncio.

— Cada momento que Sua Majestade adia — Thanos disse, inflamado —, é um momento mais próximo que vocês estão da extinção do seu planeta.

— E como devo convencer meu povo de que este é o curso de ação correto? Sou o monarca deles, mas não matarei pessoas que não desejam morrer.

Uma pergunta fácil. Que bom.

— Sua Majestade se submete como o primeiro voluntário — esclareceu Thanos. — Lidere pelo exemplo.

O próximo som que Thanos ouviu do planeta foi uma risada seca.

— Sua Majestade saiu da sala, Thanos de Titã — disse uma nova voz. — Eu sou o Vice-Rei Londro. Embora alguns possam apreciar seu humor, receio que Sua Majestade não aprecie. Se tiver alguma proposta séria para nós, estou disposto a ouvir.

– Vocês ouviram minha proposta! – A raiva de Thanos estava se apoderando, ela atacou e afundou suas garras nos ombros de Thanos. Ele não podia ver a sala do trono, mas podia ver Titã devastado, laranja com poeira, destruído e em ruínas. Ele podia sentir o fedor dos corpos. – Eu os advirto: se vocês não tomarem medidas drásticas, suas ruas vão ficar apinhadas de corpos. Seus monumentos cairão. Vocês serão menos do que poeira, um mundo morto sem salvador, sem lembranças, sem história para contar. Vocês vão...

– Meu senhor – era o Outro, falando calmamente. – Fui escoltado para fora do palácio. Eles não estão ouvindo.

Cha entrou na ponte da nave com o Outro, que acabara de voltar em segurança à *Santuário*. Thanos sentava-se sozinho, afundado na cadeira do capitão, olhando para a curva de Fenilop XI pela janela à sua frente. O planeta era uma beleza em faixas, arco-íris de solo e água, tornando-o uma maravilha cromática girando lentamente diante deles.

– Todos eles vão morrer – Thanos concluiu num tom baixo.

Cha apoiou a mão no ombro de Thanos.

– Há outros mundos em perigo, Thanos. Nós os encontraremos. Vamos refinar nossa mensagem. Vamos salvá-los.

– Sim. Nós vamos, mas primeiro, devemos concluir nossos negócios aqui em Fenilop XI. – Ele se levantou da cadeira e apontou para o Outro. – Reúna as tropas e deixe-as prontas para combate dentro de uma hora. Vamos atacar a capital e suas forças de defesa primeiro, depois as bases militares periféricas.

O Outro balançou a cabeça e saiu da ponte. Cha olhou boquiaberto para Thanos.

– Feche a boca, Cha. A visão de sua boca aberta não é agradável.

– O que você está fazendo? Por que vai atacá-los?

– Todos eles vão morrer de qualquer maneira, Cha. Vimos os resultados em Titã, não vimos? – Thanos recostou-se no assento. – Apressar a morte pode economizar alguns recursos do planeta, tornando-o disponível para o assentamento por espécies mais sábias em algum momento no futuro. Além disso, desta maneira estou poupando todos eles da morte lenta por meio de doenças e distúrbios geológicos, concedendo-lhes uma morte rápida e misericordiosa. – Ele arqueou uma sobrancelha. – Você não aprova?

– Eu... Eles... – Cha começou a procurar palavras. – Eles são inocentes! O que foi mesmo que você disse em Titã? "Não vejo equilíbrio em crianças mortas nas ruas!".

– Exatamente. Esse é o destino deles, se não agirmos. Não fale de *inocência*, Cha. Este é o caminho. Não se trata de inocência ou culpa: a questão é entre vida e morte. Um gera o outro. Como eu disse, essas pessoas já estão condenadas. A ciência disso é irrefutável. – Ele parou por um instante. – Se uma erva daninha sufoca uma flor, você mata a erva para que a flor possa sobreviver. Não é?

Cha gaguejou.

– Eu... Eu suponho que sim.

– No jardim do universo, temos muita erva daninha para arrancar. Se você preferir não fazer isso, então... – ele dedilhou no braço da cadeira – ... existem unidades de transporte à sua disposição.

A boca de Cha se abriu e fechou, se abriu e fechou. Por fim, ele ofereceu um pequeno encolher de ombros.

– Acredito no nosso caminho, Thanos.

– Que bom. De acordo com meus registros, os fenilops não têm armamento superatmosférico de longo alcance, então devemos estar seguros aqui. Mas só por precaução, insira no sistema um curso de retirada emergencial.

Cha foi para o módulo de navegação e fez exatamente isso. Nesse meio-tempo, o Outro estava preparando suas tropas.

CAPÍTULO XXXI

A CONQUISTA DE FENILOP XI CHEGOU RAPIDAMENTE. O rei e seus conselheiros pensaram que Thanos era um louco, sem apoio e que nada podia fazer diante da recusa deles. Ficaram chocados quando as naves dos chitauri fizeram chover raios e fogo do céu.

Eles nunca tinham visto nada como um exército chitauri. Ninguém tinha. Movendo-se em perfeita sintonia, com precisão coordenada da mente de colmeia, os soldados chitauri conquistaram a capital em pouco tempo. As bases militares nas proximidades foram esmagadas por um par de leviatãs.

As ordens de Thanos eram simples, tão simples que até os chitauri desmiolados podiam segui-las: matem todos os seres vivos que virem. Não havia necessidade das grandes estratégias de guerra, do ataque e do contra-ataque, da captura de territórios-chave e da manutenção de reféns para negociações. Ninguém seria poupado pela paz.

Isso era abate, puro e simples. Mais amável, Thanos sabia, do que deixar essas pessoas à mercê caprichosa da vingança caótica de seu próprio planeta.

A guerra foi unilateral. Com o elemento surpresa e a vontade de descartar os estratagemas e as regras de guerra usuais em favor da crueldade absoluta, Thanos teve a vantagem inicial de pressionar, pressionar e pressionar. A tecnologia de teletransporte dos chitauri tornava impossível combatê-los.

Ainda assim, quando o combate se arrastou para a terceira semana, ele observava do céu quando disse a Cha:

— Precisamos de mais chitauri. Mais leviatãs. Mais armas.

Cha, que não tinha dormido muito desde o início da guerra, olhou de sua estação de monitoramento, onde ele estava em comunicação com o Outro a fim de direcionar as tropas para onde elas eram necessárias.

— Mais? Minhas projeções indicam que teremos todo o exército deles destruído ou sob nosso controle dentro de um dia. Então, é apenas uma operação de limpeza até matar os sobreviventes. Quando os reforços chegarem, já teremos encerrado.

Thanos se permitiu um sorriso à custa de Cha.

— Oh, sua ingenuidade me diverte, Cha. Não falo do nosso conflito atual, mas do próximo.

Levou um momento para a observação penetrar nas camadas de sonolência que se acumularam ao redor do cérebro de Cha. Ele disse, no tom de um total estúpido:

— O próximo?

Mas Cha não era completamente estúpido. Thanos teve pena dele.

— Você fez um bom trabalho, Cha. Durma um pouco. Os chitauri sabem o que fazer, e posso transmitir meus próprios comandos ao Outro, se necessário.

— O próximo? — Cha repetiu, levantando-se e indo para a porta. — O próximo?

Sim, pensou Thanos. *O próximo.*

As equipes chitauri de limpeza saquearam Fenilop XI em busca de recursos úteis e materiais. Era apenas pragmatismo. Não havia ninguém vivo no planeta para usá-lo, então Thanos poderia levá-lo.

Ele ficou agradecido por ter uma nave de carga à sua disposição. A maioria dos soldados chitauri permaneceu nos leviatãs, que agora flutuavam lado a lado com a *Santuário*, deixando o espaço de carga livre para o minério bruto, estoques de alimentos e tecnologia transportados do planeta.

Eles fizeram uma parada no mundo natal dos chitauri para substituir soldados mortos e aumentar suas fileiras. Então, sem hesitar, partiram para o próximo planeta que Thanos havia identificado como em perigo de sofrer o destino de Titã.

CAPÍTULO XXXII

Dessa vez, ele optou por não falar com os governantes do planeta. Denegar era um mundo balcanizado, composto por mais de trinta territórios diferentes, governados por dezesseis diferentes formas de governo. Não havia um órgão governamental global para quem apelar, e ir a cada território levaria muito tempo e equivaleria a nada, de qualquer forma. Mesmo que pudesse convencer os líderes da maioria dos territórios, qualquer negativa significaria em nenhum consenso. Uma perda do seu tempo.

Em vez disso, ele apostou na tática que saiu pela culatra em Titã, mas que poderia funcionar aqui: ele projetou um holograma de si mesmo em todo o mundo, explicando a situação e sua solução. Em Titã, a predisposição de seu povo para desconfiar dele tornara a jogada um fracasso, mas ali, em Denegar, ninguém o conhecia e ninguém tinha motivos para desconfiar dele.

Ele projetou o holograma ao vivo, falando em tons calmos e comedidos. Cha o encorajou a sorrir com frequência:

– As pessoas confiam naqueles que sorriem.

Ele ficou satisfeito e surpreso por Cha ainda estar com ele. Esperava que a carnificina em Fenilop afugentasse o siriano para sempre. Mas, dias depois que eles começaram a orbitar o planeta, Cha emergiu de seus aposentos e de uma longa meditação.

– Temos o mesmo objetivo final, você e eu, Thanos. Nós dois buscamos paz e equilíbrio. Estou disposto a explorar seus meios para esse fim.

Thanos não podia e não deixaria que isso transparecesse, mas ficava feliz por ter Cha consigo, mesmo quando o pressionava a sorrir.

– Isso é mais sabedoria recebida do universo?

– Não, Thanos. É apenas parte da vida.

Thanos concordou com relutância. Ele pontuou sua súplica com sorrisos e gestos gentis.

Ele implorou. Ele os importunou. Ele tinha tabelas e gráficos que reforçavam seu argumento, provando que...

– ... dentro de três gerações, os recursos naturais de Denegar terão sido explorados além de um ponto de inflexão. Sua água ficará tão contaminada que não poderá ser filtrada pela tecnologia atual. Uma variante rara da gripe atualmente presente no seu continente equatorial mais oriental evoluirá para se espalhar por vetores aéreos. E sua atmosfera ficará tão poluída que as mudanças climáticas globais causarão alterações radicais nos padrões climáticos locais. Vocês sofrerão tremendos furacões para os quais não estão preparados, bem como o aumento dos níveis dos oceanos, que inundarão seus habitats costeiros. Vocês podem pensar: *Quem é esse homem, e por que devemos prestar atenção nele?* Sou Thanos de Titã e já dei esse aviso duas vezes antes, em dois planetas diferentes. Ambos são agora mundos mortos, sem uma única alma que respira ali. Um deles é o meu próprio lar, Titã, um planeta de beleza, tecnologia e generosidade superiores. No entanto, meu povo não deu ouvidos ao meu aviso, e agora esse mundo está morto como o vácuo do espaço. E, então, povo de Denegar, eu imploro: ouçam as minhas palavras. Minha solução parece radical e sem coração, eu sei, mas confiem em mim: isso. Vai. Funcionar. Vocês se sacrificarão enormemente, sim, mas também se *beneficiarão* enormemente. Falei diretamente com o povo, e não com a classe dominante, para que todos saibam a verdade e, em seu volume, encontrem a sabedoria que geralmente falta nos líderes. Este canal de comunicação permanecerá aberto. Aguardo sua resposta.

Ele desligou o áudio de saída e olhou para Cha.

– E então? – ele disse.

Cha deslizou a mão sobre a superfície de controle, gerando um holograma da superfície de Denegar. A *Santuário* era um ponto pequeno em órbita. Enquanto enorme observavam, linhas se elevaram de Denegar, em direção à nave.

– Ogivas de fusão superatmosféricas lançadas – Cha disse com um suspiro.

– Manobras evasivas! – Thanos vociferou. – E solte os chitauri!

A Batalha de Denegar foi mais curta e muito mais sangrenta do que a Batalha de Fenilop xi. Os denegarianos tinham vários exércitos e não hesitaram em usá-los. Em retrospecto, Thanos pensou que a extensão de sua oratória lhes deu tempo para preparar e lançar um ataque. Ele presumira um nível de racionalidade e inteligência por parte dos denegarianos.

Ele não sofreria tais pressupostos no futuro.

Felizmente, seus chitauri estavam mais do que à altura da tarefa. Amparados por reforços do mundo natal e tendo agora adquirido experiência com uma batalha (cuja experiência foi instantaneamente inculcada em todo o clã guerreiro, graças à mente de colmeia), os chitauri pairavam sobre Denegar como um enxame de vermes em um cadáver. O planeta não estava morto, mas logo estaria.

Thanos observava da segurança da *Santuário*, que Cha havia transferido para uma órbita estacionária mais elevada, além do alcance dos mísseis superatmosféricos. Ele estava em pé na frente da ponte de comando, as mãos cruzadas atrás das costas, vendo o planeta girar lentamente em sua órbita, imaginando que ele podia ver explosões individuais abaixo.

– Eles poderiam ter vivido, Cha – ele se queixou entre dentes. – Metade deles poderia ter vivido! Prosperado! Prosseguido gestando as novas gerações! Maldição, Cha, por que eles não querem viver?! – Ele bateu o punho contra o painel de cristal endurecido que formava a janela. – Por quê?

– Não podemos conhecer o caminho do universo – Cha lhe disse. – Nós só podemos andar.

– Eu continuarei neste caminho – Thanos respondeu, irado, sua respiração embaçando a janela – até que o caminho não seja mais necessário. Envie unidades de remoção para a superfície com nossa unidade de transporte para retirar do planeta tudo de que possamos necessitar.

Cha concordou e girou nos calcanhares.

– Ah, e Cha...?

– Sim?

— Estou cansado de andar pelo espaço neste palete de carga glorificado. Veja se existem naves de guerra intactas de que possamos nos apropriar.

Quando tentaram convencer um terceiro planeta, Vishalaya, a notícia já havia se espalhado. O Titã Louco, Thanos, o *Senhor da Guerra Thanos*, tinha chegado. Eles foram recebidos na borda do sistema solar por naves de salto e couraçados. Thanos esperava que os massacres em Fenilop e Denegar tivessem sido um aviso para os mundos futuros, presságios de que deveriam seguir seus conselhos.

Se as embarcações militares reunidas em seus sensores de longo alcance eram alguma indicação... aparentemente, não.

A nova *Santuário* era uma nave militar desertada que nunca decolara durante a Batalha de Denegar. Sentado em sua cadeira de comando, Thanos finalmente sentiu como se detivesse os meios para executar sua vontade.

— Atenção, *Santuário* — uma voz crepitou em uma frequência de saudação aberta. — Esta é rss *Executrix*, da Marinha de Sua Majestade Cath'Ar. Dê meia-volta ou levará fogo.

Thanos suspirou. O Outro estava sentado à esquerda; Cha à direita. Thanos acenou para o ar como se algo fedesse.

— Mate-os — ordenou ele —, e depois veremos se *Sua Majestade Cath'Ar* está disposta a discutir os horrores que seu povo logo enfrentará.

Thanos observou em um holograma enquanto seus leviatãs giravam nas laterais da *Santuário* e avançavam para a rss *Executrix*. Como eram principalmente tecidos vivos, os leviatãs não apareciam na maioria dos sensores convencionais. Talvez fossem a arma furtiva mais perfeita para uma guerra espacial.

Em pouco tempo, eles desativaram a *Executrix* e rasgaram seu casco. Corpos derramados no espaço. Outras naves haviam começado uma corrida de resgate, mas as armas de fótons da *Santuário* as detiveram até que os leviatãs pudessem entrar em combate.

— É fácil demais — Thanos murmurou.

— Talvez a facilidade da sua vitória aqui obrigue essa rainha Cath'Ar a negociar com você — disse Cha. — A levar você a sério.

— Seu otimismo é bem-vindo neste caso, mas não justificado, eu temo. Ninguém que nos receba com demonstração de força vai ouvir nossa proposta com a mente aberta. Prepare nossas forças para uma varredura da morte em todo o planeta. — Thanos se levantou da cadeira. — Estarei nos meus aposentos. Alerte-me se essa rainha ligar, implorando por misericórdia.

A rainha realmente ligou e implorou por misericórdia. Thanos explicou o que era misericórdia: cinquenta por cento do povo dela, morto. Incluindo ela.

— Você deve estar louco — rebateu ela através de um holograma para Thanos, que a estudou com a indolência entediada de uma cobra ao meio-dia. A espécie do planeta era bípede, com um padrão distinto de carne levantada logo abaixo da linha do cabelo, descendo até logo acima dos olhos. Era hipnótico assistir.

— Espero que suas habilidades aritméticas sejam superiores à sua perspicácia militar, Majestade. Metade da sua população é melhor do que nenhuma.

— Não somos fracos, como em Fenilop. Ou desorganizados, como os denegarianos. Você não vai matar todos nós, Senhor da Guerra Thanos.

Ele se inclinou para frente. Aquele turbilhão... Parecia quase se mover por conta própria.

— Não desejo matar todos vocês, Majestade. Mas não posso suportar que o seu mundo continue sofrendo sob essa idiotice obscura. Renda-se agora e ofereça metade do seu povo. É um cálculo simples.

— Tente a sorte — disse ela, e desconectou o comunicador.

Thanos deixou seus aposentos e caminhou pelo corredor até a ponte de comando. Lá dentro estavam o Outro e Cha.

— Vocês estavam ouvindo? — ele perguntou.

— Claro — disse Cha.

— Lançar a ofensiva.

— Seu pedido é uma ordem — disse o Outro.

Em uma órbita estacionária ao redor do planeta Vishalaya, Thanos observou o fluxo interminável de naves subindo da superfície do planeta até sua nave de carga, agora rebatizada *Misericórdia*. Reabastecer o exército chitauri estava demorando mais do que a conquista e o despovoamento do próprio planeta.

No reflexo da janela, ele vislumbrou Cha se aproximando.

– Três planetas, Cha. *Três*. Em quanto tempo? Quanto tempo desde que deixamos Titã?

Cha falou depois de um momento, confirmando o cálculo de Thanos.

– Quase um ano.

– Três mundos em um ano. Nesse ritmo… – Ele balançou a cabeça. – Está muito devagar. Precisamos encontrar uma maneira de identificar esses mundos e falar com eles em massa. E precisamos ser mais persuasivos.

– Sim. O massacre sem-fim é… enervante.

– Enervante? – Thanos perguntou.

– Essa matança… – Cha deu de ombros. – Não importa o quanto possa ser necessária, essa matança pesa muito em sua alma, sem dúvida. Pesa na minha.

Thanos riu uma risada calorosa e honesta.

– Pesa muito na minha alma? Não, Cha. Uma vez, talvez, eu tenha visto a matança como necessidade, a melhor de duas opções. Era pragmático e conveniente. – Ele fez uma pausa, considerando. – Ainda são essas coisas, é claro. Mas, Cha, cheguei à conclusão de que… – ele se inclinou para frente, com as duas mãos contra a janela – … matar é um *bem* absoluto e universal. Matar livra o trigo do joio. Matar subtrai o que se multiplicaria a um nível perigoso. Matar evita a crise. Focar na matança, de qualquer forma, é a perspectiva errada. Não estamos procurando matar metade deles; estamos tentando *salvar* metade deles.

– Se matar é um bem universal – disse Cha, falando devagar, antecipando uma interrupção. Quando não veio nenhuma, ele continuou: – Todas as coisas servem ao seu próprio propósito. *Existe* um propósito para toda essa morte. Só nos resta ainda ver. – Ele colocou a mão no ombro de Thanos. Deu um tapinha ali. – Somos guiados pelo próprio universo, por sua busca inefável por harmonia. Continuaremos no caminho correto.

Thanos ficou espantado.

– Depois de todo esse tempo, depois de tudo o que você fez e testemunhou... Você ainda acredita que existe um caminho para a paz universal. Incrível.

– No fundo, Thanos... você também acredita. Por que outro motivo me mantém por perto, se não para lembrá-lo daquilo em que você acredita?

Thanos grunhiu, curvou o lábio superior. Então, sem dizer uma palavra, ele se afastou da ponte.

CAPÍTULO XXXIII

THANOS SABIA QUE SUA CAUSA ERA JUSTA E QUE SEU CAMINHO ERA CORRETO, mas também entendeu que a maioria dos intelectos não era nem refinado nem iluminado o suficiente para compreendê-la. Ele se resignou a uma vida de má compreensão, de conflitos desnecessários diante da negação bruta e selvagem de fatos claros e óbvios.

E, portanto, foi uma surpresa agradável para ele que, à medida que a infâmia se espalhava, havia aqueles que não apenas concordavam com ele, mas também o procuravam enquanto ele saqueava seus mundos. Uma ninharia entre os bilhões de mortos, sim, mas a ideia de que mesmo uma pessoa da população de um planeta pudesse dar atenção a esse aviso era um número maior do que a experiência lhe ensinara a esperar.

Ele os aceitava, é claro, e com a generosidade genética de seus experimentos com os chitauri, ele os modificou e fortaleceu, tornando-os sua vanguarda no universo.

Por sua vez, eles o adoravam como um pai. Eles passaram a usar novos nomes, rebatizando-se em homenagem a Thanos. Eram Ebony Maw e Corvus Glaive, Proxima Midnight e Cull Obsidian, nomes retirados dos poços mais sombrios dos sonhos febris e dos presságios obscuros. Ele os soltou sobre o universo em seu nome, pregando suas terríveis advertências, buscando novos mundos e novos lugares para conquistar.

Eles se chamavam filhos de Thanos. Mas não o eram. Eram suas ferramentas, suas armas. Enviados ao vazio em pares ou em grupo, anunciavam a eventual vinda de Thanos, guiavam suas forças em terra firme, impunham impiedosamente a vontade dele.

Eles também o inspiravam.

– Temos sido muito criteriosos – Thanos falou para Cha um dia enquanto disparavam acelerados entre os sistemas. Seus subordinados já estavam à frente deles, em um mundo chamado Zehoberei, um mundo maduro para o tipo de modificação global que Thanos propunha. – Se há pelo menos uma pessoa no planeta que acredita em nossa causa, vale a pena salvar e explorar a vida.

– Então... nada mais de massacre em massa? – Cha perguntou um pouco ansioso demais.

– Temos pilhagem suficiente de nossas conquistas para alimentar nossa causa por mais um século. Talvez devêssemos tentar o equilíbrio em uma escala mundana.

Cha ergueu uma sobrancelha.

– Misericórdia? De Thanos?

– Uma misericórdia *diferente* – Thanos o repreendeu. – O desequilíbrio ainda existe. A misericórdia da sepultura foi suficiente até agora, mas daqui pra frente seremos mais atenciosos em nossos expurgos. Foi mais seguro eliminar populações inteiras para que ninguém sobrasse para nos procurar em nome da vingança. Mas agora... Agora, vamos tentar algo diferente. Vamos aprovar o protocolo titã, eliminando metade de cada mundo. E, à medida que esses mundos se recuperam, serão exemplos para outros de que nosso modelo funciona.

Cha considerou a ideia.

– Também queremos nos assegurar de eliminar toda e qualquer capacidade militar – ressaltou ele. – Caso contrário, precisaremos de mais cobertura do que o normal.

Thanos sorriu com puro prazer.

– Pragmatismo do idealista. Eu vou te converter ainda, Cha.

Sob esse ângulo, o pequeno planeta Zehoberei pairava no espaço, uma brilhante joia azul-esverdeada no fundo de veludo preto de uma nebulosa sem estrelas. Eles entraram no Sistema Estelar de Silício, com seus doze planetas, dentre os quais apenas um era habitável.

Zehoberei. Lar de três bilhões de almas sencientes. Era certo que todos eles morreriam em poucas gerações, a menos que Thanos fosse obedecido.

Ele não foi.

E então atacou.

Ele observou o ataque da ponte de sua nave, como havia feito tantas vezes antes. Dali em diante, era apenas um show de luzes – ocasionais rajadas de amarelo e laranja da superfície do planeta. O fogo nuclear ondulava ao longo das praias, derramando como lava da costa.

Ele examinou seus planos de batalha e viu que nada precisava ser ajustado. Os zehoberei não fizeram nenhum movimento ou contramovimento que ele ainda não houvesse previsto. A conclusão foi abandonada. Ele percebeu, para sua surpresa, que, no meio da guerra, ele estava... entediado.

– Quando o genocídio se tornou trivial? – ele perguntou a Cha.

Ao seu lado, Cha analisou o pequeno holoprato que transmitia dados diretamente dos leviatãs chitauri.

– Está tendo dúvidas, Thanos?

– E se eu estiver?

Cha estalou a língua e balançou as pontas das orelhas pontudas, algo que ele só fazia quando estava compenetrado em pensamentos.

– O massacre em massa é um mal flagrante – ele disse finalmente. – Mas não quando a serviço de um bem maior. Ainda assim, existem muitos caminhos para a vitória. Você sempre pode escolher outro.

Thanos bufou.

– A própria vitória não tem sentido para mim. Só quero ajudar.

Os lábios de Cha se curvaram em uma expressão preocupada.

– Eu sei onde isso vai dar. Você sabe que não gosto quando você se junta aos chitauri em batalha. É perigoso.

– Mais perigoso é permitir uma distância entre mim e nossas batalhas. Ela pode crescer e se transformar em distância entre mim e minha causa. Eu preciso dessas experiências, Cha. Preciso ver a devastação por mim mesmo. Como fiz em Titã. Para me dedicar novamente. Para me lembrar pelo que estamos lutando.

Consultando o holoprato, Cha balançou a cabeça afirmativamente para si.

– Bem, há uma área no continente ocidental que foi varrido. Você poderia...

– Não. Como sempre, preciso ver o sofrimento. – Ele sabia que testemunhar apenas as consequências antissépticas da limpeza do mundo feita pelos chitauri não significava nada. Era como observar o resultado final de uma cirurgia. Não se aprendia nada com os pontos e com a cicatriz. Somente observando as mãos do cirurgião no sangue e nas vísceras é que se poderia compreender a mecânica da medicina.

– Não significa nada se eu não viver isso – ele reforçou para Cha. Ele pensou nos dias anteriores ao massacre a bordo da *Edda de Sangue*. Como usou suas próprias mãos para torturar e matar Vathlauss. A sensação do sangue do asgardiano, pegajoso e escorregadio ao mesmo tempo, entre os dedos culpados.

– Sem chance – Cha se opôs de maneira resoluta. – Você já fez isso antes, e toda vez era um risco grande demais para assumir. Nós simplesmente não podemos arriscar.

Thanos virou-se para o amigo e torceu os lábios em uma paródia de divertimento.

– Eu não estava pedindo permissão, Cha.

– É muito arriscado – Cha insistiu, engolindo em seco, mas mantendo-se firme. – Não podemos correr o risco de algo acontecer com você.

– Nós – Thanos disse em seu tom mais profundo e intimidador – não tomamos as decisões nesta nave.

Desafiador, Cha colocou os ombros para trás e estufou o peito. Ele e Thanos se entreolharam por longos momentos.

Cha engoliu em seco.

– Thanos, por favor! Pense no que você está propondo! O que está arriscando!

– Estou preparado. Treinei com os chitauri por um longo tempo. Tenho minha armadura de batalha, que eles forjaram para mim com minhas especificações exatas. Não sofrerei nenhum mal, meu amigo.

No final, Cha se rendeu, assim como Thanos sabia desde o início que ele se renderia. Era por isso que ele valorizava tanto Cha como amigo: Cha pressionava, mas nunca demais.

Na superfície de Zehoberei, Thanos atravessou os remanescentes de uma vila no que havia sido um dos continentes do norte. Era verão naquela particular calota esférica de Zehoberei, e o calor pesava sobre ele, mitigado apenas pelas sombras passageiras lançadas por grandes nuvens de fumaça nas proximidades, onde seus guerreiros chitauri haviam disparado uma infinidade de bombas.

A vila estava em ruínas, seus prédios e infraestrutura reduzidos a escombros sob o ataque implacável dos leviatãs e os armamentos dos chitauri. No alto, seus soldados voavam pelo céu em esquifes de guerra, enquanto, no solo, a infantaria o cercava, um escudo protetor risivelmente ineficaz, já que Thanos era meio metro mais alto do que os chitauri, resplandecente em sua armadura de batalha azul e ouro.

Corpos – queimados, ensanguentados – espalhavam-se pelo que restava de uma rua. Uma fileira de chitauri arrastava os cadáveres para fora do caminho enquanto Thanos e seu séquito passavam. Nos dois lados da estrada, suas tropas estavam em posição de sentido. Ao longe havia um arco maciço, bonito e resplandecente em seu desenho. Thanos ficou satisfeito por ele ter sobrevivido à guerra. A beleza tinha seu lugar no universo e sempre deveria ser deixada imaculada, quando possível.

O cheiro de sangue emanava no ar. Junto ao de carne queimada. E o terror, que tinha seu próprio odor peculiar, o fedor de glândulas suprarrenais hiperativas.

O povo zehoberei tinha a pele verde, era alto e magro. Seus corpos se empilhavam tão bem e tão facilmente quanto qualquer outro.

Atrás de uma barricada de tábuas, uma mulher se amontoava de medo com uma criança. A filha dela, ele sabia. Conforme os chitauri as cercavam, algo surpreendente aconteceu, algo que incutiu em Thanos uma gratidão por ele ter testemunhado:

A garota – agindo por um instinto que Thanos nunca vira antes – se moveu e se interpôs entre a mãe e os chitauri.

Nesse momento de choque e espanto, Thanos quase perdeu a oportunidade de agir. No último instante possível, ele ordenou que os chitauri se retirassem temporariamente.

Uma criança. Sacrificando-se por sua mãe. Era para ser o contrário. O desprezo de Thanos pela mãe rivalizava apenas com o espanto dele pela menina.

Havia algo nela... Ele não sabia dizer o que era. Ele não tinha palavras, e isso por si só quase o paralisou. Ela não disse nada, apenas o encarou sem medo, sem reprovação.

– Qual é o seu nome? – ele perguntou, estendendo-lhe a mão.

– Gamora – ela disse.

E, por incrível que pareça, ela segurou a mão dele.

Ele não conseguia se lembrar da última vez que sentira o toque da pele de outra pessoa sem uma intenção violenta. Um calor o inundou.

E ele percebeu: a mãe dela estava prestes a morrer. Os chitauri avançaram, e Ebony Maw estava tagarelando ao fundo. (Fazendo jus a seu nome, cujo significado era "mandíbula de ébano", pois ele nunca aprendia quando calar a boca.) Os chitauri eram como um programa de computador – executavam sua missão sem falhas ou pensamentos, a menos que fossem impedidos.

Thanos pegou Gamora e a levou para o arco, para longe da violência que estava prestes a ser cometida contra sua mãe. Ainda assim, a garota esticou o pescoço, torcendo e se virando para vislumbrar a mãe.

Embora a mãe de Gamora fosse inútil e desprezível, Thanos não podia deixar a menina sofrer com a visão de sua morte. Para distraí-la, ele enfiou a mão em um compartimento em sua armadura e retirou uma lâmina dupla jateada, uma pequena haste quadrada da qual brotavam duas lâminas curtas. Proxima Midnight a havia encontrado em algum mundo primitivo que ela estava explorando e então a trouxera de presente. Era quase inútil em qualquer tipo de combate real, mas ele a carregava consigo. Como um lembrete.

Não da generosidade de Midnight. Mas de outra coisa.

– Veja – ele disse a Gamora, abrindo as duas lâminas. – Perfeitamente balanceada, como todas as coisas devem ser. – Ele a estendeu para ela com um dedo, a arma apoiada e estável.

Ela se virou para observá-lo e às lâminas, seus olhos se arregalando ao vê-las. Thanos pegou a mão pequena e equilibrou a lâmina dupla em seu dedo. O objeto oscilou por um momento, mas se firmou.

– Viu? – disse-lhe. – Você conseguiu.

Ela sorriu satisfeita consigo mesma.

No fundo, os chitauri assassinaram a mãe, mas Gamora não percebeu.

CAPÍTULO XXXIV

A BORDO DA *SANTUÁRIO*, THANOS OLHAVA PARA UM HO-
LOGRAMA de Gamora enquanto ela dormia em uma sala
segura, não muito longe do espaço dele. Cha entrou
sem preâmbulos, como costumava fazer, uma afronta
que geralmente irritava Thanos, no mínimo. Mas não
naquele dia. No momento, ele se importava apenas com
a garota, ainda dormindo, e o que viria a seguir.

– O que você está fazendo? – exigiu Cha. – Genocídio
não é suficiente mais…? Você é… um sequestrador agora?

– Você sabe os degraus da escada do pecado em uma
ordem estranha, Cha Rhaigor. – Thanos não levantou
os olhos do holograma. Ele queria observar o momento em que ela acordasse.

– Matar pessoas o mais rápido e de forma mais limpa
possível, depois as sequestrar e… e… Quais *são* seus planos?

Thanos suspirou. Cha tinha uma tendência a esquecer com quem ele estava falando. No entanto, a longa
amizade concedia a Thanos uma medida de respeito
e tolerância pelo fato de Cha ultrapassar seus limites.
E Thanos era genuinamente grato pelas intermináveis
horas de trabalho que Cha dedicara à causa de salvar
vidas. Mas ele estava ficando cansado das liberdades de
Cha. Enquanto ele falasse assim em particular, era uma
coisa. Se ele ousava desafiar Thanos diante do Outro…

Ou da menina…

– Ela ignorou todos os instintos de sobrevivência em seu corpo – Thanos relatou, a voz reverente, os olhos ainda presos na forma minúscula e adormecida da criança. – A mãe se encolheu quando deveria ter lutado, deixando a filha agir como um escudo vivo. E, contra todas as probabilidades, contra todos os fragmentos possíveis da lógica e da razão, Gamora fez exatamente isso. Mesmo quando confrontada com um exército e um oponente claramente superior. Não se pode inventar isso, Cha. Não se pode fabricar esse tipo de... coragem.

– Você pode se virar e olhar para mim, pelo menos? – Cha perguntou.

– Não. Estou vendo minha... minha filha.

Cha deu a volta em Thanos. Ele não se atreveu a interferir com o holograma, mas ficou parado à esquerda, pairando no limite da visão periférica de Thanos.

– Ela não é sua filha, Thanos. Ela tinha pais.

– Ela é órfã. Vou adotá-la. É bem simples.

– Posso perguntar por quê? – Cha indagou, exasperado.

Thanos suspirou. Ele não tinha vontade de se explicar – nem para Cha nem para qualquer outra pessoa.

Ele tinha um exército. Um exército disciplinado, letal e obediente. Com uma palavra, poderia cercar mundos inteiros, destruir exércitos, massacrar espécies inteiras, levando-as à extinção.

Mas isso acontecia somente segundo uma ordem *sua*. Ele tinha que ser o comandante. De tudo. O tempo todo. Os chitauri mal conseguiam pensar por si mesmos. Não podiam planejar, arquitetar ou criar estratégias. E Cha, embora capaz, não era um pensador tático. Ele mantinha as naves funcionando e as linhas de suprimentos bem abastecidas e operantes, mas não podia dar prosseguimento a uma guerra. Ele não tinha estômago para a brutalidade necessária e não tinha mente para o planejamento. Até mesmo Ebony Maw e os demais eram vítimas de sua própria bajulação e reverência; eles não tinham capacidade de planejar em escala global.

Mas essa menina... Esse potencial bruto e inexplorado... Ah, as coisas que ele poderia ensiná-la a fazer!

– Você realmente quer ser pai? – Cha perguntou gentilmente.

– Não posso viver para sempre. Se eu morrer com meu grande trabalho incompleto, e as chances são de que eu morra, alguém precisa continuar em meu nome.

– Por que ela? Existem os outros, como Ebony Maw...

– Eles chegaram até mim tarde na vida. Ela ainda é uma criança. Posso moldá-la, reformulá-la à minha imagem. Nós destruímos Zehoberei. Levamos a única coisa daquele planeta que valia a pena levar. Ela é a melhor de todos eles, e isso deve ser preservado. Nós vamos criá-la. Ensiná-la a liderar nossos exércitos. Temos o melhor exército da galáxia, talvez do universo. Nós vamos fazer dela a líder.

– Os chitauri *não sabem* ensinar! – Cha protestou. – Eles têm uma mente de colmeia! Eles aprendem instantaneamente uns com os outros, portanto, nunca tiveram que desenvolver qualquer método para a educação.

– Então vou ensiná-la eu mesmo. – Ele sorriu. – Olhe, Cha; ela está acordada.

Eles estavam sentados um de frente para o outro à mesa nos aposentos pessoais de Thanos. Ele havia mandado dois chitauri trazerem a mesa e a arrumarem, já que ele costumava se alimentar na ponte de comando, na cadeira do comandante. Era estranho sentar-se à mesa, ter outra pessoa sentada à sua frente.

O medo e a incerteza emanavam da menina em ondas.

Ele a deixou comer. Estava faminta e devorou tudo o que foi posto diante de si.

– Você vai me matar? – ela perguntou em dado momento.

– Não! – Ele ficou surpreso ao ouvir o horror em sua voz; até aquele momento, Thanos não havia percebido o quanto estava envolvido com ela. – Eu *salvei* a sua vida. Não tenho intenção de acabar com ela.

A garota refletiu sobre o assunto por longos e silenciosos momentos, até finalmente dizer:

– Você *poupou* a minha vida. Há uma diferença.

Ele sorriu. Tanta destreza mental em alguém tão jovem... Ele a escolhera sabiamente.

– Estou satisfeito por você se comunicar tão bem. Isso indica uma mente organizada. Você é madura e inteligente além dos seus anos.

– Por que fez isso? – Gamora perguntou. – Eles realmente tinham que morrer?

Ele fez que sim com um movimento triste.

– Eu gostaria que não fosse assim. De verdade. Mas o universo está desequilibrado, minha querida Gamora. Se não fosse assim, eu ficaria feliz em algum mundo atrasado e periférico em uma parte esquecível da galáxia. Fazendo algo simples e durável. Talvez dedicado à agricultura. Mas tenho uma responsabilidade maior, uma responsabilidade de que não posso fugir.

Os olhos dela disparavam de um lado para o outro enquanto ela assimilava o que ele acabava de dizer.

– Como assim?

– Onde há desequilíbrio, eu trago o equilíbrio – ele respondeu. – Onde há mundos e pessoas em perigo, eu trago alívio e misericórdia. – Ele parou por um momento. – Não vou mentir para você, criança. Isso significa que mato muitas pessoas. Eu não quero fazer isso. Não sinto prazer fazendo isso. Mas é o que deve ser feito.

– Por que tem que ser você?

Ele se permitiu um momento para apreciá-la. Apenas um momento. Ela havia pulado suavemente a questão do *que* ele tinha feito, aceitando a necessidade. Ela era um milagre.

– Porque sou o único que pode.

– E quanto a mim?

– Quero lhe oferecer uma oportunidade. De se juntar a mim. De se tornar meu braço direito. Sua espécie possui um conjunto de características físicas interessantes e úteis. Sua epiderme é mais durável do que a de um mamífero bípede típico, o que a protege de alguns níveis de dano físico. Seus tecidos musculares também são mais densos do que o normal, o que explica a força que você exibe, mesmo em uma idade tão jovem. Isso faz de você uma candidata perfeita para ficar ao meu lado. Aprender os caminhos da guerra, da morte, da brutalidade necessária. Ser a extensão do meu braço por toda a galáxia, enquanto faço o que os outros são estúpidos ou covardes demais para fazer.

– E o que é isso?

— Salvar o futuro. Pela razão, de preferência. Mas com sangue e fogo, se necessário.

— Você quer que eu seja um soldado?

Os olhos dele se arregalaram.

— Não! — ele exclamou. — Não, não! Eu quero que você seja... minha herdeira. Você estará ao meu lado. Você vai remodelar mundos comigo. Será uma vida magnífica, criança.

— Tenho uma pergunta — ela disse timidamente.

— É claro.

— Qual o seu nome? — ela perguntou.

Ele hesitou apenas por um momento.

— Me chame de pai.

Ela era inteligente e madura para a idade; mas, ainda assim, levaria muito tempo para eles se relacionarem, para ela aprender a confiar.

Não tinha problema. Eles teriam muito tempo. A distância entre os sistemas planetários era grande e, mesmo à velocidade da luz, eles poderiam levar semanas ou meses para percorrer tais distâncias.

Ele começou o treinamento de Gamora a sério e de imediato, liberando espaço em sua nave de carga *Misericórdia* para servir como área de treino de tiro, arena de combate e ginásio. Ela tinha talento natural, e as vantagens da juventude e da evolução, mas ele era impiedoso no treinamento. Ele colocou indivíduos chitauri nas sessões de treino com ela, usando bastões de batalha reais, e ordenou que ela fosse morta.

— É muito perigoso — Cha o advertiu pela primeira vez.

– Ela sobreviverá ou não – Thanos disse com um tom estoico que ele não sentia completamente. – Se ela sobreviver, vai se aprimorar. Caso contrário, ela nunca deveria ter estado ao meu lado.

Em sua primeira luta, trancada em uma sala e recebendo a ordem de escapar, ela matou dois chitauri adultos e feriu um terceiro. Ferida e queimada por um cajado de batalha, ela tropeçou até a porta, descobriu como operar o teclado e o abriu. O chitauri ferido fez uma última tentativa de detê-la; ela o prendeu na porta e bateu com força ao sair, esmagando a cabeça do chitauri e transformando-a em uma pasta, para em seguida desabar no corredor externo.

– Viu? – Thanos disse a Cha, satisfeito.

– Sorte – Cha fungou.

– Se assim for, a sorte vai logo acabar e esse assunto vai se encerrar.

Sua sorte durou o suficiente para que a habilidade a alcançasse. Enquanto viajavam de um mundo para outro, matando populações, Thanos continuava treinando Gamora. Ela tornou-se forte, poderosa, confiante.

Após cada sessão, ele cuidava pessoalmente das feridas com uma gentileza que surpreendeu a si mesmo. Ele achava que sua capacidade de ternura se esgotara anos atrás. Gamora o fez querer cuidar dela.

– Sei que isso parece cruel – ele se justificou mais de uma vez. – Sei que *eu* pareço cruel. Mas tudo o que faço, faço por você, por sua geração e sua descendência, e a descendência dela e assim por diante. Essas ações vão matar o desespero e avivar a esperança.

– Acredito em você, pai – ela respondeu.

Thanos não pôde impedir que um sorriso largo vincasse seu rosto.

– Por que está sorrindo? – ela perguntou, flexionando o braço. Ela recebera um corte quase no osso do antebraço esquerdo durante uma briga com um dos melhores guerreiros chitauri. Ela tinha quase dez anos e seu corpo estava marcado como o de um veterano grisalho.

– Existem poucos prazeres na minha vida. Um deles é ouvir você me chamar de pai.

Gamora pegou a mão dele na sua, que estava maior agora do que no primeiro dia em Zehoberei, quando a garota mal conseguia agarrar o dedo de Thanos. Ele apertou, sentiu o calor de sua pele, o pulsar de seu sangue. Sua filha.

Sua *filha*.

– Ela vai crescer para odiá-lo – Cha o advertiu depois, quando eles estavam sozinhos. – Você matou a família dela. Neste momento, ela está apaixonada por você. Seu poder a encanta. Sua generosidade a deslumbra. Mas, à medida que ela se torna cada vez mais poderosa, ela *vai* começar a se perguntar por que deveria permitir que você vivesse.

– Do jeito dela, ela me ama – Thanos respondeu. – Gamora se esforça para aprimorar a si mesma, preparar-se melhor para ser meu braço direito.

– Fique de olho na seu braço direito – Cha sugeriu, mordaz. – Ela pode cortar sua garganta.

Thanos grunhiu em algo como consentimento. Se chegasse o momento em que Gamora realmente acreditasse que poderia matá-lo, isso significaria apenas que ela estava realmente pronta e digna de ficar ao lado dele. Lutar contra hordas intermináveis de chitauri e fracotes nos planetas que eles arrasaram, no entanto, a havia levado o mais longe que poderia. Era hora de mais.

– Acho que ela precisa de um irmão – ele confidenciou a Cha.

Thanos divulgou a Ebony Maw e sua laia que ele precisava de outro filho, um de preferência próximo à idade de Gamora. Seus estudos indicavam que isso proporcionaria ótimas oportunidades de vínculo.

Maw e os outros desfilaram diante dele uma infinidade de crianças varridas das ruínas fumegantes de uma multidão de mundos. Proxima Midnight, no entanto, apareceu com uma garota de pele azul com um toque desconcertante de roxo, não o mesmo de Thanos, mas perto o suficiente para se perguntar como seria sua vida se ele tivesse nascido no mundo dela, não no dele.

A princípio, ele a dispensou. Sua forma trêmula não oferecia nenhum desafio a Gamora, que precisava desesperadamente de um parceiro de treino mais ambicioso do que o desfile sem-fim de chitauri que ela havia matado quase casualmente durante suas sessões de treinamento.

Mas aquela pele... Ele não podia desviar o olhar dela. A garota era pequena, sem cabelos, sem pupilas, e a tonalidade de sua pele era tão roxa que ele pensou que ela quase podia ser mesmo... dele.

Thanos se agachou perto dela e pegou-lhe o queixo entre o polegar e o indicador, inclinando o rosto da garota para cima, para que se olhassem nos olhos.

– Bem-vinda à *Santuário*, minha querida – ele disse-lhe.

CAPÍTULO XXXV

As meninas — Gamora e a nova, Nebula — se deram bem, como era de se esperar. Por um tempo, isso agradou Thanos, ao testemunhar os laços de irmãs que se formavam entre elas, suas experiências comuns forjando um vínculo potente e duradouro.

Durou mais ou menos durante o primeiro mês, quando ele percebeu que, se as duas se considerassem aliadas, inevitavelmente montariam uma ofensiva unida contra ele. O que era totalmente contrário ao próprio objetivo de tê-las, antes de mais nada. Ele precisava que fossem leais a *ele*, não uma à outra.

E então Thanos começou a testá-las uma contra a outra, manipulando-as para uma invadir o espaço da outra, forçando-as a entrar em conflito sempre que Thanos pudesse elaborar um novo teste. Para seu prazer, cada uma delas falhava, por mais que tentassem. Elas eram quase equivalentes em força, com Gamora costumando ter vantagem com mais frequência. Ela poderia superar Nebula, mas nunca acertava o golpe fatal.

Era o melhor treinamento possível para as duas.

— E você adotará mais órfãos de guerra? — Cha perguntou com determinada aspereza enquanto Thanos as observava se enfrentar. — Devo reformar a *Santuário* para servir de orfanato, além de uma nave capitânia?

Thanos grunhiu.

— Estou falando sério, Thanos. Quando você trouxe Gamora, eu entendi. Você se deparou com ela; você ficou surpreendido. Coincidências muitas vezes pavimentam o caminho para encontrar nosso lugar na ordem do universo. Mas, ainda assim...

Thanos interrompeu o amigo com uma única mão levantada.

– Duas serão suficientes por enquanto – ele admitiu. – Olhe como elas lutam. Como se tivessem nascido nas profundezas do inferno.

– Sim, você conjurou um belo par de demônios, Thanos.

Thanos estalou a língua.

– Não, não. Não demônios, Cha. Minhas filhas. Elas sempre estarão ao meu lado.

– Elas seriam capazes tanto de arrancar seu coração como de protegê-lo – Cha avisou.

– Vão mudar com o tempo.

– Gostaria de ter tanta certeza quanto você, velho amigo. Como está, acho que você está apenas afiando a lâmina que acabará por abrir sua jugular.

Com uma risada profunda, Thanos se afastou da janela para a sala de treinamento.

– Confie em mim, Cha. Pensei a respeito. A melhor lavagem cerebral permite ao sujeito um pouco de pensamento independente. Permito que Gamora e Nebula me odeiem porque isso as faz pensar que ainda têm escolhas e livre-arbítrio. Mas estão acostumadas demais a essa vida agora. Elas absorveram minha filosofia e aceitaram meu domínio, percebendo ou não. São minhas filhas e, embora filhos possam odiar seus pais, raramente levantam a mão contra eles.

– *Raramente* – Cha enfatizou em tom sarcástico.

E Thanos pensou, para seu espanto, para seu choque, em A'Lars pela primeira vez em... em...

Pela primeira vez desde aquele dia, cinquenta andares abaixo da superfície de Titã. Pela primeira vez desde que cortara a cabeça do sintético e esmagara a esperança de Titã sob suas botas.

Ele tinha matado o sintético que usava o rosto de seu pai e falava na voz de seu pai, mas ele sabia que nunca poderia ter feito isso ao seu verdadeiro pai. Por mais que detestasse A'Lars, por mais que desprezasse o homem por condenar Gwinth, Sintaa, Sui-San e milhões de outros a uma morte desnecessária, Thanos não poderia tê-lo matado. A prova estava no simples fato de que ele não tinha feito isso. Que, quando na presença da recalcitrância de seu pai, ele não o havia simplesmente matado e seguido em frente com seus planos, sem se abalar. Na época, ele era mais jovem, sim, e a guerra e os caminhos da violência ainda não haviam sido inculcados em sua mente. Mas, mesmo em sua juventude, ele sabia o que era a morte. Como poderia ser conveniente. Ainda assim, ele não havia matado A'Lars.

– Eu ficarei... – Ele fez uma pausa, cativado pela visão do interior da sala de treinamento. Gamora havia quebrado o bastão de luta de Nebula, junto à sua perna esquerda. No entanto, Nebula tinha conseguido subir em uma pilha de caixotes, fora do alcance de Gamora. Toda vez que Gamora brandia o bastão contra Nebula, esta se esquivava o suficiente para evadir o ataque. Estavam empatadas.

Era assim que acontecia, com frequência. Gamora vencia Nebula, que conseguia encontrar uma maneira de evitar ser completamente derrotada. Ela nunca perdia, mas nunca chegava perto de ganhar também.

– Ainda temos os biofusores remanescentes da última rodada de atualizações dos chitauri? – perguntou Thanos.

Cha piscou.

– Bem, sim. Mas não precisamos...

– Venha comigo. – Thanos abriu a porta e entrou. Nebula o viu primeiro, e havia uma sensação palpável de alívio nela. Ele não gostava que ela o visse como seu salvador em vez de confiar em si mesma.

Gamora sentiu a presença de Thanos um instante depois. Ela se virou e recolheu o bastão de luta, assumindo posição de sentido.

– Thanos – ela saudou de modo rígido.

– Relaxe, minha filha.

Ele estendeu a mão para ajudar a ferida Nebula a descer da segurança de seus caixotes. Ela pegou a mão de Thanos e desceu mancando, finalmente apoiando-se nele quando sentiu o chão debaixo dos seus pés.

– O que aconteceu, minha filha? Como foi que ela a derrotou?

– Eu não a vi...

– Ah – disse Thanos, e enfiou o polegar no olho esquerdo de Nebula.

– Thanos! – Cha exasperou-se e correu para o lado de Nebula. Ela caiu de joelhos, chorando de dor, as mãos batendo na órbita vazia, que sangrava profusamente.

Sem desviar a atenção da imóvel Gamora, Thanos falou:

– Ela disse que não podia ver. Vamos biofundir um olho aprimorado nela. Talvez isso ajude, daqui pra frente. Leve-a à ala médica para o procedimento, Cha.

Ele não se moveu nem desviou o olhar de Gamora enquanto Cha escoltava Nebula para fora da sala de treinamento, mancando na perna quebrada, uma das mãos sobre a órbita vazia. Um fio irregular de sangue a acompanhava.

A expressão de Gamora não mudou nem um pouco durante toda a interação. Ele a encarou no crescente silêncio. Gamora fazia questão de não encontrar os olhos dele; em vez disso, ancorou o olhar à meia distância, por cima do ombro de Thanos, como se ele nem estivesse presente.

– Você me acha cruel? – ele perguntou finalmente.

Houve uma grande hesitação enquanto pensava, e finalmente ela encontrou os olhos dele e disse:

– Acho.

Thanos sorriu. Ele havia decidido durante a hesitação que, se ela dissesse "não", ou se não conseguisse encará-lo, ele a teria matado.

– Estou orgulhosíssimo de você – disse ele. Palavras que ele nunca tinha falado ou ouvido antes.

Depois que se ajustou com seu novo olho, Nebula se saiu melhor no próximo combate contra Gamora. Mesmo assim, não venceu.

– Veja como ela se sai com joelhos novos – Thanos instruiu Cha.

CAPÍTULO XXXVI

EM SEUS APOSENTOS PESSOAIS, THANOS SE SENTOU a uma mesa de interface, preparando planos para o próximo ataque. Seu exército não usava mais portais para viajar, a menos que se deparassem com um dos antigos portais kalami. A segurança na maioria dos portais tornava seu uso difícil para alguém tão notório quanto Thanos. Então, eles se valiam da supervelocidade da luz para a maior parte de sua viagem. Mesmo assim, as grandes distâncias entre sistemas significavam longas jornadas, com bastante tempo para pensar e criar estratégias.

Para cada mundo que ele tentava convencer, Thanos adaptava sua mensagem de maneira intricada. E, ao mesmo tempo, se preparava para a guerra. Porque, bem…

Desta vez, Cha sinalizou antes de entrar. Thanos não levantou os olhos quando a porta se abriu. Cha ficou em silêncio por muito tempo, rodeando o ombro de Thanos.

– Fale, meu amigo.

Uma longa pausa. Então:

– É gratificante, Thanos?

– O que é gratificante?

– As meninas. O que você faz com elas.

– Ser pai dessas meninas? – Ele cogitou a questão por um longo momento, depois esperou mais um pouco. – Sim. É.

– Talvez seja hora de reconsiderar o que estamos fazendo, então.

Thanos ergueu os olhos da mesa de interface. Havia muito tempo, Cha se tornara parte do pano de fundo da nave, mais uma peça do quebra-cabeça que ele montava regularmente, na tentativa de entender e guiar o universo. Agora, porém, olhando para o velho amigo, Thanos achava que podia ver toda a história deles juntos, escritas nas linhas finas e nas ameias em seu rosto. Eles estavam em guerra – em *guerras*, na verdade – havia anos.

A guerra apenas tornara Thanos mais forte e mais seguro de seu caminho. Quanto a Cha... Thanos podia ver agora a fraqueza que se agitava em seu amigo, as fraturas em suas crenças e em seu relacionamento que haviam crescido ao longo do tempo com cada bilhão de mortos.

– Você achou que eu iria sossegar, Cha? Sossegar com os prazeres da paternidade, quando há um universo aí fora necessitando desesperadamente do tipo de ajuda que apenas *eu* posso proporcionar.

– Bem, eu...

– Não serei negligente com o meu dever. Não vou abrir mão da minha missão, da minha causa. Minhas filhas me dão prazer porque são minhas melhores ferramentas, a expressão das minhas habilidades, do meu conhecimento e do meu destino. Sem a missão, somos desprovidos de propósito e nômades, Cha. Tire o pensamento da sua cabeça. Seja forte.

Cha abriu a boca para falar, mas naquele momento um klaxon de alarme tocou. Eles se entreolharam. Os klaxons *nunca* tocavam.

Thanos saltou de trás de sua mesa e, juntos, eles correram para a ponte, onde o Outro estava sentado na cadeira do comandante, sibilando para si mesmo. Assim que Thanos entrou, ele se levantou e gesticulou para a tela principal.

– Cercados, Lorde Thanos – ele resmungou em sua pronúncia lenta e marcada. – Quinze deles. Armas estelares da Tropa Nova.

– Eu deveria ter esperado que esse dia chegaria – Thanos murmurou. – Mas não estamos nem perto do espaço de Xandar.

– Acho que eles decidiram tomar a iniciativa – Cha sugeriu a Thanos. – Preparar os leviatãs?

– Sim. E abra um canal de comunicação com a nave principal xandariana. Vou enrolar.

Um momento depois, a tela principal tremeluziu e voltou à vida. Um holograma se distendeu da tela, formando um rosto há muito esquecido, mas imediatamente familiar.

– Daakon Ro – disse Thanos, quase satisfeito. – Você acabou nunca se aposentando cedo. Seu marido deve estar arrasado.

O rosto de Ro mudou pouco nos anos que haviam se passado, exceto por algumas rugas ao redor dos olhos e talvez um ligeiro alongamento da testa. Ele fez uma careta.

– Meu marido faleceu há três anos, Thanos.

– Receba minhas sinceras condolências.

– De alguma forma acredito em você.

– Eu raramente minto.

– Não, mas você conseguiu matar um monte de gente desde a última vez em que o vi. A contagem de corpos está beirando meio trilhão.

Thanos deu de ombros.

– Não estou contando. Não toquei em Xandar; seu mundo se encontra em um equilíbrio maravilhoso.

E, da última vez que verifiquei, denariano Ro, nenhuma das minhas incursões foi feita em território xandariano. A Tropa Nova não tem nenhuma jurisdição sobre mim.

Ro balançou a cabeça.

– Os outros sistemas e territórios têm medo de você. Eles solicitaram nossa ajuda nos termos do Tratado de Mazar. E não precisa perguntar: foi assinado há uns dez mil anos, mas ainda é aplicável.

– E então você está aqui para me matar.

– Para prendê-lo, se possível. Venha calmamente. – Ro fez uma pausa, lambeu os lábios. – Ouvi sobre Titã. O que aconteceu lá. Muito horrível. Mas você não pode trazer essas pessoas de volta matando todos os que encontra pelo seu caminho no universo.

– Não estou tentando trazê-los de volta. – Thanos captou um gesto de Cha pelo canto do olho. Os leviatãs estavam a postos. – Estou tentando salvar vidas.

– Se não se importa que eu diga, você com certeza tem uma maneira engraçada de demonstrar isso.

– Ro, você foi gentil comigo em um momento da minha vida em que eu precisava de bondade. Em reconhecimento a isso, vou lhe dar trinta segundos para reverter seu curso e voltar para Xandar.

Ro sorriu.

– Um: receio não poder fazê-lo. Dois: tenho quinze naves da Tropa Nova com armas solares apontadas para seus escudos e núcleo de motores.

– Vinte segundos – avisou Thanos.

– E que tal isso como reconhecimento de bondade? – perguntou Ro. – Na verdade, vou deixar você chegar ao zero antes de explodi-lo.

– Dez segundos – Thanos disse e, ao mesmo tempo, sinalizou para Cha atacar.

Antecipando o dia em que algum mundo tolo, sistema desesperado ou pirata espacial ignorante fosse tentar erradicá-lo da existência, Thanos tinha tomado a precaução de deixar dez leviatãs na retaguarda do restante de sua frota à distância de mais ou menos um minuto-luz. Eles estavam suficientemente espalhados de modo que para os sensores normais parecessem apenas detritos espaciais de asteroides.

Durante a conversa com Daakon Ro, aquelas dez naves vivas haviam percorrido a distância de um minuto-luz até as Blasters Estelares da Tropa Nova. Com dez segundos restantes na contagem regressiva de Thanos, eles atacaram.

Na tela, o holograma de Daakon Ro ofegou e se virou. Pelo áudio do canal de comunicação, Thanos ouviu gritos de pânico e berros de alarme.

– Que diabos! – Ro exclamou, olhando ao redor. – Thanos! Que diabos!

Os leviatãs não só atacaram a nave, como a cercaram tal qual um *enxame*. Eles se introduziram na formação de ataque da Tropa Nova com tamanha agilidade que as naves não podiam atirar sem potencialmente acertar suas próprias embarcações. Explosões de raios chiaram das portas dos leviatãs, e os grandes animais estremeciam seus comprimentos musculosos ao percorrerem o padrão de ataque das naves. As carapaças externas dos leviatãs, endurecidas pelo vácuo, atravessavam os cascos de liga das naves, rasgando-os para a morte vazia do espaço.

O holograma de Daakon Ro tremeu, faiscou e depois caiu na estática morta.

O ataque durou apenas alguns minutos. Quando acabou, um leviatã estava morto, dois estavam feridos e todos os quinze Blasters Estelares foram destruídos. Detritos, corpos e glóbulos de sangue flutuavam no túmulo de gravidade zero do espaço profundo.

– Eu raramente minto – Thanos disse para a tela vazia. – Mas *raramente* não significa *nunca*.

Thanos recostou-se na cadeira e uniu a ponta dos dedos diante de si.

– Como eu estava dizendo, Cha: não vou me render. Não vou desistir. A vida precisa de mim ao seu lado.

Cha estalou a língua e gesticulou para fora do portal principal de pulsoglass. Um cadáver xandariano explodido passou flutuando, capturado pela microgravidade gerada pela massa da *Santuário*. O corpo orbitaria a nave como uma lua quebrada e ensanguentada até que aumentassem a velocidade ao ponto de o atrito queimá-lo até transformá-lo em cinzas.

– Sim. A vida precisa de você – concordou Cha sem vestígios de sarcasmo.

– Já compreendi seu ponto de vista. – Thanos se levantou da cadeira. – Talvez haja outro caminho. Apenas um tolo ou fanático se apega ao seu plano original e não busca novos métodos para atingir seu objetivo.

– Estou contente por você distinguir entre tolos e fanáticos – Cha disse alegremente.

– Um erro que não vou cometer de novo – Thanos respondeu ao sair da ponte.

Retirado em seus aposentos, Thanos passou dias estudando profundamente. Com Cha distraindo suas filhas, ele se permitiu mergulhar intensadamente nos dados à sua disposição. Seus aposentos pareciam assemelhar-se ao silencúrio de sua memória – não havia som a não ser o sussurro ocasional de sua própria respiração ou a rara e dura batida de seu coração quando ele percebia algo novo.

Ele baixou estatísticas e dados de satélites que orbitavam mundos longínquos em sistemas solares distantes. Debruçou-se sobre informações obtidas de tratados obscuros e repositórios ocultos de conhecimento. Ele calculava e massageava sua inteligência e aplicava seu cérebro considerável à questão de *quantos mundos* precisavam ser salvos. E qual a melhor forma de salvá-los?

Os resultados foram arrepiantes. Eles o deixaram tão desanimado que Thanos não saiu de seus aposentos por mais uma semana, apenas ficou deitado na cama olhando para cima, olhando para o nada. Para absolutamente nada.

Não era mais uma questão de salvar planetas individuais, ele percebeu. Ele tinha sido míope demais para compreender a enorme magnitude do problema à sua frente. Os planetas estavam em perigo, sim, mas os planetas existiam como partes do universo.

E o próprio universo corria o risco de sucumbir ao mesmo destino de Titã.

O universo era vasto, mas não infinito. Havia um número finito de mundos habitáveis e, portanto, um suprimento finito de recursos para sustentar a vida. O número era enorme, sim – quase inimaginável.

Mas *era* um número. Era finito e limitado e, portanto…

De acordo com seus novos cálculos e, com base em seus modelos – agora experimentados nas cinzas de centenas de mundos –, nos próximos cem bilhões de anos, o universo ficaria sem recursos para sustentar a vida.

Quando calculou esse número, Thanos riu de alívio. Cem bilhões de anos eram um período inimaginavelmente ridículo. Era quase uma obscenidade.

Mas, ainda assim…

Mas ainda assim o tempo era inexorável. Um ano ou cem bilhões deles: o dia *chegaria*. E as pessoas de cem bilhões de anos no futuro não mereciam suas vidas tanto quanto as que viviam no presente? Quem era ele – quem era qualquer pessoa – para afirmar que uma vida vivida agora era mais valiosa, digna ou merecedora do que uma vida de cem milhões de milênios no futuro?

Quando alcançassem esse futuro, haveria múltiplos *sextilhões* de sencientes vivos no universo. Um número absurdamente grande.

E cada um deles estaria condenado.

Por que uma criança no futuro deveria sofrer, morrer de fome e perecer horrorizada só para que uma criança hoje pudesse viver com conforto?

Ele poderia continuar viajando pelo cosmos e tentar consertar planetas e civilizações uma por uma, mas…

– É um universo grande e condenado aí fora – ele sussurrou para si mesmo.

E, naquela noite, o sonho lhe retornou, pela primeira vez em anos.

Lembre-se do que eu te disse, falou Gwinth. Ela estava quase completamente desprovida de carne neste momento, seu corpo um esqueleto de articulações dependurando-se com trechos de sobra e pedaços de músculo, que não sabiam como se desapegar. Seu queixo estalava quando ela falava.

E ele se lembrou de quando acordou. Ele sempre se lembrava agora. Desde que havia mentido para Cha.

Ela dizia: *Salvar todo mundo*. Foi o que ele disse a Cha todos aqueles anos atrás, na *Berço de Ouro*, quando ele viveu sob o jugo de Sua Senhoria.

Mas isso não era tudo. Era apenas metade do que ela lhe dissera. Literalmente.

Você não pode salvar todo mundo, ela disse.

Fazia muito sentido agora. Seu algoritmo, aplicado não a um planeta, mas ao universo como um todo. Para preservar o universo para as pessoas do futuro, ele precisava matar metade da população. Ele precisava matar metade do universo.

Ele riu do pensamento. Riu por muito, muito tempo.

– Obrigado – ele sussurrou. – Obrigado, Gwinth, por me levar pelo caminho certo mais uma vez.

Ele convocou Cha, suas filhas guerreiras e o Outro para a ponte de comando. Eram os únicos seres em seu exército capazes de planejar independentemente, e, por mais que o intelecto de Thanos superasse o deles todos – combinados – em todas as medidas possíveis, ele sentia que havia valor em outras perspectivas, não importava o quanto fossem erradas.

Cha estava sentado na cabine de navegação, com a cadeira virada de frente para Thanos na cadeira do comandante. O Outro estava em pé, bem perto, e suas filhas...

As meninas não eram mais meninas, já eram quase mulheres. Insolentes e cheias de ódio e raiva, elas estavam tão concentradas em seu desprezo por Thanos que não perceberam como ele as tornara suas armas perfeitas. Logo chegaria a hora de libertá-las com seus exércitos, observá-las matar em seu nome enquanto se iludiam pensando que estavam apenas ganhando tempo, procurando as fraquezas de Thanos.

Ele não tinha fraquezas. Matariam por ele repetidamente, odiando-o e fazendo seu trabalho amoroso.

Nebula repousava no módulo de armas, as costas contra um braço da cadeira, as pernas apoiadas na outra. Gamora sentava-se em cima de um console próximo. Elas combatiam e brigavam, mas também ficavam perto uma da outra, como se estivessem sujeitas a alguma trégua não dita, mas compreendida, que elas impunham desde que fosse para sua vantagem mútua.

– Vocês ouviram o problema – Thanos disse. – Temos tomado o caminho monótono de ir de planeta em planeta, identificando aqueles com problemas ambientais como os de Titã. Mas o universo como um todo está em perigo. O problema anterior era apenas impressionante em seu escopo. Agora é quase impossível de conceber. Suas sugestões de solução são bem-vindas.

– Nossa, pai – disse Nebula –, por que não simplesmente construímos uma bomba grande o suficiente para matar metade do universo? Fazer de uma vez só.

– Isso é estúpido – Gamora resmungou.

– Pelo menos estou contribuindo – disse Nebula, seu olho orgânico remanescente brilhando de raiva.

– Contribuir com algo estúpido é pior do que ficar de boca fechada.

Nebula girou em sua cadeira, um borrão de movimento tão rápido que até mesmo Thanos teve problemas para acompanhá-lo. Mas, antes que ela pudesse fazer qualquer outra coisa, Gamora estava na garganta de Nebula com uma lâmina.

– Agora não – Thanos disse, de modo reprovador.

Gamora rosnou e empurrou a lâmina para longe. Nebula se afastou, a mão na garganta. Seu olho cibernético se abriu e fechou, um sinal de que ela estava perdendo o controle. Thanos lhe lançou seu olhar mais severo, e ela se acalmou.

– Uma bomba grande o suficiente para matar metade do universo – disse Thanos, depois que a sala se acalmou – é uma noção atraente, mas imprecisa e impraticável. Não é como se eu pudesse estalar os dedos e fazer isso acontecer. Mas algo deve ser feito. A morte inevitável é um destino bastante triste para um indivíduo ou um mundo; mas para toda uma realidade? É imperdoável.

Cha cruzou os braços sobre o peito e resmungou.

– Você não pode esperar entender as maquinações do destino.

– Que conveniente para o destino – comentou Thanos.

– Sempre foi uma ideia maluca – disse Nebula, emburrada. – Agora é só uma ideia maluca maior. Correndo pelo universo, matando pessoas para salvá-las... Insano.

– A sanidade é uma questão de perspectiva, determinada por normas sociais – Thanos respondeu. Enquanto ele falava, ele observava Gamora, não Nebula. A expressão de Gamora, como sempre, não revelava nada do que ela estava pensando. Ele achava o estoicismo dela impressionante e enervante. – Não estou vinculado por normas sociais. Minha sanidade não está em questão.

– É o que você diz – retrucou Nebula.

– De fato. – Thanos abriu bem as mãos. – Ainda sou favorável a sugestões.

Ninguém falou.

– Chegamos até aqui apenas para encontrar uma pausa terminal? – ele perguntou aos presentes.

– Chegamos até aqui? – Gamora questionou com a menor sugestão de sorriso nos cantos dos lábios. Na adolescência, as duas filhas haviam desenvolvido uma leve tendência rebelde. Gamora falava com menos frequência, mas com mais mordacidade. – Até onde chegamos? Um bilhão de mundos habitados no universo, com bilhões de almas em cada um. E você matou menos de um trilhão no total até agora. – Ela aplaudiu devagar, zombando. – Muito bem, poderoso Thanos, Senhor da Guerra Thanos. Verdadeiramente, as estrelas tremem a seus passos.

– Me dê a ordem – Nebula pediu –, e vou cortar a língua dela.

– E me dar uma robótica, como a sua? – Gamora perguntou docemente. Nebula saltou da cadeira e se lançou contra a irmã, que se desviou no último instante possível e deu um soco na cintura de Nebula. Esta ofegou de dor e voou sobre o console de controle, colidindo com a antepara. Gamora saltou suavemente sobre o console, com a faca já em punho.

– Gamora! Nebula! – Thanos exclamou, sua voz interrompida, de certa forma, pelo som do suspiro estrangulado de Nebula tentando respirar depois que Gamora lhe atingiu no plexo solar. – Não temos tempo para isso!

Protegidas da vista de Thanos pelo console, elas se estranharam ali por uns momentos, grunhindo e xingando. Finalmente, Thanos se levantou, inclinou-se sobre o console e as colocou em pé. Elas, no entanto, apesar das mãos gigantes do pai sobre seus ombros, continuaram a trocar socos e pontapés.

– Vocês me envergonham – ele informou, apertando com tanta força que os ossos no ombro de Gamora estalaram dolorosamente. O novo complexo de ombros artificiais de Nebula reclamou eletronicamente. – Não quero que me envergonhem mais.

Ele as jogou no chão.

– Claro, pai – disse Nebula, de maneira sombria.

– Como quiser – Gamora emendou com um jogar indiferente dos cabelos.

Ele esperou até que elas se sentassem de novo – mais uma vez incrivelmente próximas uma da outra; essas duas não suportavam ficar juntas, não suportavam ficar separadas – e depois voltou ao seu lugar.

– Um problema de tamanho enorme nem sempre exige uma solução de tamanho igual – disse ele. – Às vezes, sutileza, pensamento crítico e planejamento podem ser suficientes onde a força bruta não pode.

– Assim como vencemos os três guerreiros asgardianos perto de Alfheim – Cha ofereceu.

A menção aos asgardianos fez Thanos pensar, surpreendentemente, em Kebbi. Ele não pensava nela havia anos, e ficou surpreso ao descobrir que a lembrança dela era nítida e dolorosa, como se a clareza afiasse as arestas, dificultando revisitar a lembrança em sua mente. Ela havia sido a primeira sacrificada em nome da missão de Thanos, a primeira a ter a confiança que depositara em Thanos ser devolvida a ela com o próprio sangue.

Ele não se enlutou pela morte de Kebbi, mas se enlutou pela perda de sua presença. Não eram a mesma coisa, embora a distinção fosse provavelmente muito sutil, muito matizada para os demais.

– Os asgardianos... – ele murmurou. – O artefato deles.

Cha balançou a cabeça.

– Thanos. Isso foi *anos* atrás. Tenho certeza de que os asgardianos redobraram a segurança em seus... Como se chamava? Sua tecnologia de portais *bicéfala*?

– A Bifrost – Thanos disse distraidamente.

– Certo. – Cha olhou para Thanos, inclinando a cabeça para um lado e depois para o outro. – Thanos? Você está considerando isso de verdade? Outra vez? Você se lembra do que aconteceu da última vez?

Thanos fechou os olhos e, por um momento, voltou a bordo da *Edda de Sangue*. A fumaça desprendia-se dos painéis de controle. Kebbi estava morrendo em seus braços, enquanto seu próprio sangue lhe fugia do corpo com uma rapidez feroz.

Em sua vida, Thanos havia conquistado muitos mundos, levado muitas espécies à extinção. Nos últimos anos, ele passara de uma guerra para outra. No entanto, aqueles momentos com Cha e Kebbi na *Edda de Sangue* foram os mais próximos que ele já havia chegado da morte.

– Lembro-me primorosamente – ele disse a Cha, abrindo os olhos. Do outro lado da ponte, suas filhas o examinaram, como se enfim tivessem encontrado a fraqueza que vinham procurando durante todos esses anos. Ele deixou isso para depois. – Lembro-me de chegar muito perto da vitória, em um momento que éramos mais jovens, menos poderosos e não tínhamos recursos.

– Você quer organizar um ataque a Asgard? – Cha perguntou, sua voz estridente e aterrorizada. – Está falando sério? Tudo para procurar algo que pode nem mesmo existir? Sua Senhoria não tinha exatamente...

– O juízo perfeito?

– Eu ia dizer *uma fonte confiável de informação*. Mas a sua resposta funciona tão bem quanto.

– O asgardiano que encontramos primeiro – Thanos refletiu em voz alta. – Vathlauss.

– O que você torturou – disse Cha, conseguindo manter um tom de julgamento em sua voz.

– Sim, ele. *Ele* certamente parecia acreditar que Odin estava escondendo alguma coisa. Algo monumentalmente poderoso.

Cha jogou as mãos para o ar.

– Isso é loucura. Tenho concordado com muita coisa desde que nos conhecemos, Thanos, mas invadir a casa do próprio Odin? Em busca de algo que pode ou não existir?

– Éter – Thanos murmurou. – Ele chamou de Éter. A Joia do Infinito.

Cha abriu a boca para discutir mais; porém, congelou ante as palavras *Joia do Infinito*. Depois de um momento, ele conseguiu dizer:

– Foi *isso* que ele te disse? Ele disse que Odin tinha uma *Joia do Infinito*? Você nunca me disse isso antes.

Thanos deu de ombros.

– Já não parecia mais importar. Não tínhamos como voltar para Asgard. Mas... – Algo lhe ocorreu. – *Uma* Joia do Infinito? Há mais de uma?

– Eu não... – Cha coçou a cabeça, confuso. – Eu não sei. A gente ouve coisas. Rumores. Lendas espaciais. Especialmente na Orla Exterior, onde eu estava fazendo meu trabalho antes que Sua Senhoria me sequestrasse e me pressionasse a servir. As pessoas contam todos os tipos de histórias. Mesmo assim, seria loucura tentar levar um exército para Asgard com base na mera palavra de um homem que estava morrendo.

– Concordo. *Isso* seria loucura. Primeiro precisamos verificar se o artefato existe. E depois o que é e o que faz. E *só então*, se valer a pena, arrasaremos Asgard para encontrá-lo.

Cha balançou a cabeça.

– Como exatamente você propõe aprender tudo isso? Vamos encontrar e torturar mais asgardianos e torcer para que dessa vez funcione?

– Contador de Histórias.

Era a primeira vez que o Outro falava desde que a reunião havia sido convocada.

– Como? – disse Thanos.

No mesmo instante, Cha gemeu alto e disse:

– Ah, não!

– Contador de Histórias – o Outro repetiu, com muita precisão. – O Contador de Histórias saberá. Ele sabe tudo.

– Não seja idiota! – Cha uivou, apontando para o Outro.

343

Thanos assentiu minuciosamente para Gamora, que veio atrás de Cha e colocou a mão forte sobre o ombro deste. O siriano se acalmou quase imediatamente.

– O que é um Contador de Histórias? – perguntou Thanos.

– Não o quê. *Quem* – o Outro explicou. – O Contador de Histórias sabe tudo o que vale a pena conhecer. Todas as histórias. O Contador de Histórias ouve tudo e sabe tudo. Todas as lendas. Todos os mitos. Todos os contos.

– Por que nunca ouvi falar desse Contador de Histórias antes?

Cha se enfurecia em seu assento, braços cruzados sobre o peito.

– Porque é um conto de fadas, Thanos.

Quando os chitauri encolhiam os ombros – o que não era frequente –, suas carapaças se chocavam contra os implantes cibernéticos. Era um som estranhamente oco, e o Outro fez isso naquele momento.

– O universo é grande, Lorde Thanos. Ninguém sabe de tudo. Exceto o Contador de Histórias.

Thanos levantou a mão para impedir a interrupção indignada de Cha.

Cha falou com os dentes cerrados, ansioso para pular da sua cadeira, mas consciente de Gamora em pé atrás dele.

– O Contador de Histórias é um charlatão. Ele conhece tanta ficção quanto fatos e os vomita em quantidades iguais. – Ele voltou sua atenção para Thanos. – Não dê ouvidos a esse... inseto. O Contador de Histórias o levará por um caminho que termina em um buraco negro e depois o empurrará para dentro.

Thanos considerou a afirmação.

– Que mal pode haver em ao menos consultar esse Contador de Histórias? Se ele fala a verdade, que assim seja. Caso contrário, não estamos em situação pior do que antes.

– O Contador de Histórias vive dentro do Infortúnio de KelDim – Cha argumentou, sua voz cheia de súplica. – É loucura ir para lá.

– Infortúnio de KelDim? – Thanos franziu a testa. – Isso parece familiar. – Ele levantou a mão para impedir que alguém falasse enquanto vasculhava sua memória em busca do termo. Ele tinha uma lembrança quase perfeita, mas, com tantas memórias amontoadas, poderia ser difícil encontrar a certa.

E então a lembrança se fez. Sua Senhoria. Quando Thanos o encontrou pela primeira vez, ajoelhando-se contra sua vontade, quando Robbo estava sobre ele...

E para onde você iria?, Sua Senhoria havia perguntado. *Estamos no fundo da Amplidão do Corvo. O sistema mais próximo é o Infortúnio de KelDim.*

– Sua Senhoria – Thanos murmurou. – Ele conhecia o Infortúnio de KelDim.

E mesmo esse fica a parsecs daqui, Sua Senhoria havia continuado, *e sem formas de vida nem nada habitável.*

E de repente fez sentido. Thanos cerrou os dentes e se condenou por ser um tolo cego, um idiota incompetente, que não conseguia ver direito o caminho traçado para ele.

Sua Senhoria procurava o artefato asgardiano. E direcionara a *Berço de Ouro* diretamente para a Amplidão do Corvo, que é limítrofe com o Infortúnio de KelDim. Não era loucura ou estupidez.

– Era um *plano* – Thanos concluiu em voz alta.

– Qual era o plano, pai? – Nebula perguntou.

Ele abriu os olhos e fixou o olhar em Cha.

– Sua Senhoria não estava rodopiando aleatoriamente na Amplidão do Corvo. Ele estava procurando o Infortúnio de KelDim e o Contador de Histórias, não estava? Para confirmar o que ele achava que sabia sobre o artefato asgardiano.

Cha não se abalou nem desviou do olhar de Thanos.

– Não sei. Talvez. Eu não bisbilhotava os planos de Sua Senhoria. Você fazia parte do círculo interno, não eu.

– Deuses do inferno – praguejou Nebula. – Ouvir os velhos falarem sobre o passado é a coisa mais chata que *existe*.

Pela primeira vez, sua irmã concordou.

– Alguém vá direto ao *ponto* – Gamora disse com um aceno enfático. – Qualquer ponto.

Thanos gesticulou na direção da porta.

– Vocês duas estão dispensadas. Você também – ele disse ao Outro. – Cha e eu vamos conversar sozinhos.

Uma vez que eram os únicos na ponte de comando, Cha bateu a palma da mão aberta sobre a mesa.

– Ora, Thanos. Sou eu. Cha. Os outros não te conhecem como eu. Eles não viram você ser resgatado em coma e quase morrer na sua primeira nave. Eles não viram você limpar as vigias na *Berço de Ouro*.

– Não, eles não viram. – Thanos se levantou, assumindo toda a sua altura intimidadora. – Eles me temem. E me respeitam. E você? Ou você acha que eu ainda sou aquele filhote indefeso que Sua Senhoria tirou de uma nave espacial que estava morrendo? Ou o tolo destruído de quem você cuidou depois da *Edda de Sangue*?

Cha gemeu e esfregou o rosto com as duas mãos.

– Thanos, estou tentando salvá-lo de si mesmo. Nós quase morremos na Amplidão do Corvo. São parsecs em todas as direções de *nada* sem estrelas. Você encontrou um magnetar e tivemos sorte quando descobriu o antigo portal kalami. Você não pode pensar que teremos sorte assim novamente.

– Temos uma nave diferente. Motores diferentes. Vamos planejar para a Amplidão do Corvo.

– Depois de atravessar a Amplidão – rebeteu Cha –, seus problemas só vão ter começado. O Infortúnio de KelDim é um sistema solar inteiro, que foi erradicado há milênios. E não erradicado no sentido do que *você* faz, deixando intactos os biomas e as espécies menores. Estes são globos totalmente carbonizados. Sem um pássaro. Sem uma borboleta. Nem uma *folha de grama* vive nesses mundos, Thanos. Quinze planetas assim, todos eles orbitando os restos de uma estrela que morreu há muito tempo. – Ele se inclinou sobre a mesa, os olhos arregalados, a voz profunda com dor e maus presságios. – Não há luz. Não há calor. Absolutamente nada. Apenas um boato de que, de alguma forma, essa criatura blasfema chamada Contador de Histórias vive em um desses mundos mortos, murmurando para si mesmo as histórias com as quais apenas ele se importa e só ele sabe.

Thanos contemplou isso por um minuto inteiro. Uma eternidade para alguém com seu intelecto.

– Nada do que você disse – ele afirmou a Cha – me assusta. De forma alguma.

– É loucura! – Cha pulou de seu assento. – Você está falando de mergulhar a nave e sua tripulação em uma jornada de anos pelo canto mais arruinado da galáxia, tudo por uma recompensa que talvez nem exista!

– Você tem uma sugestão melhor? – Thanos questionou. – Estamos em um impasse. Não podemos continuar em nosso curso atual.

– Então você dará um salto cego no universo? Parabéns, Thanos – Cha disse amargamente. – Levou anos, mas você se tornou Sua Senhoria.

Com isso, Cha saiu da cabine, deixando Thanos sozinho. As palavras de Cha ecoaram muito mais do que ele teria pensado ser possível.

Você se tornou Sua Senhoria.

Thanos virou-se para se contemplar na superfície reflexiva do pulsoglass da nave. Ele viu, com olhos livres de ego ou preconceito, confiança. Força. Robustez.

Sua Senhoria tinha sido um desgraçado fraco, reclamão e inescrupuloso, que se equilibrava na porta da morte e estava disposto a arrastar outros consigo pelo limiar.

Não sou Sua Senhoria. Eu sou Thanos de Titã. Sou o salvador que trará equilíbrio ao universo.

E não vou deixar ninguém me parar.

Mais tarde, Cha foi até Thanos em seus aposentos pessoais, onde este estava sentado atrás de sua mesa de interface, traçando um novo curso.

– O Outro me disse que você ordenou enviar a maior parte da frota de volta ao mundo natal dos chitauri – Cha começou sem preâmbulos.

Não se afastando de seu trabalho, Thanos respondeu:

– Sim. Já passou da hora de começarem a se estabelecer em seu novo mundo natal. Eles mais do que cumpriram a parte deles no nosso acordo.

– Então. Você está decidido, então. A procurar pelo Contador de Histórias.

– Para aprender a verdade sobre a Joia do Infinito. Ou Joias, se for esse o caso. Sim.

– Pode haver outras fontes de informaç...

– Não vou me deslocar pelo universo, recolhendo fragmentos de lendas e verdades de milhares de fontes quando posso, muito provavelmente, obter tudo isso de uma só vez.

– Então não posso ir mais longe, Thanos. Permiti que você me seduzisse para a sua busca e para a sua loucura, mas aqui não vou ceder! Esse seu novo plano é insanidade em cima de insanidade. Você deve parar. Aqui. Agora. Você deve voltar.

Thanos inclinou a cabeça, ponderando.

– Você não quer que eu pare porque é loucura. Você quer que eu pare porque sabe que eu posso fazer isso.

– Você não faria uma coisa dessas.

Enquanto eles falavam, Thanos olhava para suas mãos, seus dedos manipulando os mapas estelares holográficos que os levariam à Amplidão do Corvo. Uma vez lá, eles não encontrariam estrelas para guiá-los. Teriam que manter um curso preciso e perfeitamente equilibrado durante o período na Amplidão, se quisessem sair do outro lado, no Infortúnio de KelDim. Voltar à Amplidão do Corvo, o lugar que quase o havia matado. Ele não tinha medo disso, mas cautela e medo não eram a mesma coisa.

– Não se preocupe. Estou sendo muito cuidadoso, Cha. Aprendi as lições dos fracassos de Sua Senhoria.

– Aprendeu? Ou você apenas os modificou para se adequarem às suas necessidades?

Thanos girou em sua cadeira. Por um momento, foi como se estivesse vendo Cha pela primeira vez, abrindo os olhos na ala médica na *Berço de Ouro*, contemplando aquela pele laranja demais, aquelas orelhas. Aquele kilt ridículo que ele costumava usar.

E, por alguma razão, isso o fez pensar em Sintaa, a quem ele não destinava um pensamento havia anos, desde que retornara da superfície destruída e morta de Titã. Sintaa, que tinha sido seu amigo, que tentara tanto fazer de Thanos parte de algo maior.

Agora Thanos *era* algo maior. Sua busca era mais importante do que sua própria vida, ou a vida de qualquer outra pessoa. Era a coisa mais importante do universo.

Que sorte, ele percebeu, que Titã tivesse morrido. Que seu povo não tivesse dado ouvido aos seus alertas. Se eles tivessem, Thanos teria cometido suicídio havia muito tempo, e nunca teria vivido para trazer equilíbrio ao universo.

Ele não conseguia entender as noções de destino predeterminado de Cha, mas podia reconhecer e celebrar a simples sorte.

– Essa é minha tarefa, Cha. Eu vou completá-la. É simples assim.

– Não há nada simples no que você propõe. Matar metade do universo. É loucura.

– Você não parecia ver problema quando estávamos fazendo a mesma coisa, um planeta de cada vez.

Cha mordeu o lábio inferior e começou a andar de um lado para o outro.

– Aconteceu muito gradualmente... e fez sentido. No começo, a ideia de que você pudesse salvar um mundo aqui e ali... Um objetivo digno, com certeza. Mas agora...

Thanos ficou em silêncio por um momento, lendo seu amigo mais antigo. Ele sabia exatamente aonde isso ia dar, e já havia passado muito da hora, ele se deu conta.

– Você andando de um lado para o outro está me dando nos nervos. Vamos caminhar em vez disso. – Thanos se levantou e mandou Cha segui-lo até o corredor.

Juntos, eles caminharam por corredores vazios. Com a maioria dos chitauri equipando os leviatãs para retornar ao seu mundo natal, a *Santuário* estava quase vazia, exceto por Thanos e Cha, o Outro, e o par de demônios que ele chamava de filhas.

– Tenho pensado muito nisso, Thanos – Cha compartilhou enquanto caminhavam. – Estou tentando me colocar no seu lugar. Sei que seu sonho significa muito para você. *Salvar todo mundo.* Um objetivo nobre, mas desta vez você foi longe demais.

– Você acreditou demais no meu sonho, Cha – Thanos respondeu, com a mão no ombro do amigo. Ele sempre soube que um dia teria que contar a Cha a verdade de seu sonho. Era apenas justo. Thanos era muitas coisas, mas raramente mentiroso, como Daakon Ro sabia muito bem.

– Não contei toda a verdade sobre o meu sonho, Cha – disse ele, parando no meio do corredor. Havia uma escotilha de câmara de descompressão ali perto, e Thanos se apoiou nela. – Ela não me disse para *salvar todo mundo*. Essa foi apenas metade da mensagem.

Perplexo, Cha inclinou a cabeça para um lado.

– Qual era a outra metade?

– Ela me disse: *Você não pode salvar todo mundo.*

Cha murmurou as palavras uma vez, depois novamente, depois pela terceira vez. Seus olhos se arregalaram a cada repetição.

– Não era uma diretiva... – ele disse devagar. – Era... a declaração de um fato. E ainda assim você continuou. Mesmo sabendo que não era possível salvar a todos.

– Sim. Porque – Thanos disse gentilmente – esse é o nosso único caminho a seguir. Desafiar a morte e permitir a vida.

– Desafiar a morte? – Cha riu uma vez, afiado e amargo. – Seu maldito hipócrita! Você não *desafia* a morte, você a *propicia*! Você entregou a morte a bilhões! – Ele segurou a cabeça nas mãos. – Você... Como não vi isso antes? Como eu não soube?

– Porque você estava cego, como muitos são, por seus preconceitos e por sua adesão rígida à própria maneira de ver o universo. Você buscava uma mudança maciça no equilíbrio do universo, uma inclinação para a paz. E você estava tão desesperado por isso que jogou fora suas próprias crenças para seguir aquele que parecia oferecê-la. A questão é que a paz é apenas um subproduto do equilíbrio, Cha. E o equilíbrio requer sacrifício.

– Não! – Cha gemeu, caindo contra a parede. – Quando te conheci, você matava em desespero, para salvar Titã. Agora você mata porque *não conseguiu* salvar Titã. Seu destino sempre foi a carnificina.

Thanos respirou fundo.

– Não se atreva a me dizer o que posso e o que não posso fazer, Cha. Eu poderia ter salvo Titã, se esse fosse o meu desejo.

Cha arregalou os olhos para ele.

– Você está louco? Do que você está falando? Eles estão todos mortos. Eles estavam mortos quando chegamos lá.

E, então, Thanos contou-lhe o que havia descoberto, cinquenta andares abaixo da superfície de Titã, na sala limpa na raiz do MentorPlex. Ele contou sobre o sintético que usava o rosto de seu pai e falava com a voz de seu pai, e contou sobre a Biblioteca Genética e o que havia feito com ela.

Os olhos de Cha não podiam se arregalar mais. Eles tremiam e pulsavam enquanto as lágrimas vazavam deles.

– Você não é um salvador – disse ele, sua voz se elevando enquanto prosseguia. – Você é apenas um assassino. Você gosta disso. Você semeia a morte como nenhum outro, mas em sua essência você é um covarde, Thanos! Um covarde! Você se esconde atrás desta nave, atrás do Outro e dos chitauri, e agora atrás dessas meninas! – Cha agarrou Thanos pelo braço, implorando-lhe. – Escute-me. Não é tarde demais. Você não pode continuar nesse caminho! Você deve se arrepender e encontrar uma solução pacífica...

Thanos estendeu a mão e pegou a cabeça de Cha entre as mãos. Com uma única e simples torção, ele quebrou o pescoço de Cha.

A expressão de Cha relaxou, perdeu a intensidade. Thanos sabia que chegaria a isso algum dia, que a crença sincera de Cha na bondade inata do universo superaria inevitavelmente a amizade, a lealdade e o bom senso. Não era o primeiro sacrifício que Thanos fazia em sua missão. Ele esperava que fosse o último.

– Não tive escolha – Thanos sussurrou. – Acho que talvez você entenda.

Então, ele abriu a escotilha, empurrou o corpo de Cha para dentro e reciclou. A porta interna se fechou; a porta externa se abriu; o corpo de Cha foi ejetado na escuridão implacável e gélida do espaço.

Thanos tirou um momento para si, encarando a superfície vazia da câmara de descompressão fechada.

Ele tinha feito a única coisa possível.

Ele tinha feito a coisa *certa*.

Sim. A coisa certa.

Na ponte, Thanos informou ao Outro que:
– Cha Rhaigor não faz mais parte de nossa missão.
O Outro apenas assentiu.

PODER

*A verdadeira força não precisa
de desculpas e não as dá.*

CAPÍTULO XXXVII

QUANDO A *SANTUÁRIO* ENTROU NA AMPLIDÃO DO CORVO, carregava apenas Thanos e suas filhas. O Outro havia se juntado ao restante dos chitauri a fim de se preparar para o êxodo que fariam para habitar um novo mundo. Qualquer um dos planetas que Thanos devastara seria adequado e muito superior ao lar atual do povo chitauri; eles fizeram a sua escolha.

Ele planejou a viagem pela Amplidão com cuidado. Em supervelocidade da luz, levaria menos de um ano para atravessar a Amplidão do Corvo. Mas esse foi o erro que Sua Senhoria havia cometido, pensando que a velocidade era tudo o que importava, que ele poderia atravessar a Amplidão do Corvo e sair do outro lado.

Ele estava errado.

A enorme distância envolvida significava que a viagem a supervelocidade da luz drenaria a potência dos motores, deixando a nave à deriva – como a *Berço de Ouro* –, sem uma forma de reabastecer de combustível.

Thanos não permitiria que seus planos se transformassem em contar com a sorte de localizar outro magnetar.

Ele traçou um curso lento e metódico através da Amplidão do Corvo, que levaria quase dois anos, mas o deixaria com energia suficiente nos motores para retornar.

Passou seu tempo treinando Nebula e Gamora, observando o ódio mútuo crescer, mesmo quando, paradoxalmente, elas se uniam cada vez mais. Suas emoções se tornaram paródias distorcidas de amor, ódio e devoção. Elas desejavam matar Thanos, matar uma à outra, talvez até se matar, e, no entanto, seu desejo de provar a própria superioridade anulava tais impulsos. Elas não podiam matá-lo, porque ansiavam por sua aprovação. Elas não podiam matar uma à outra, porque precisavam de alguém para dominar. E elas não podiam se matar, porque isso tornaria desnecessário tudo o que elas queriam, precisavam e ansiavam.

Elas eram as assassinas perfeitas.

Como Thanos aprendeu uma noite, ao abrir os olhos depois do sono, apenas para encontrar Gamora de pé sobre ele. Nas mãos, ela segurava um bastão de batalha dos chitauri, um que – ele podia ver de relance – havia sido aprimorado consideravelmente, ainda que de modo desleixado. Ligado a ele havia um flange pulsométrico de raios, alimentado por uma fina garrafa de fusão que ela havia enxertado no cabo. A coisa toda crepitava silenciosamente com poder impiedoso. Uma arma furtiva e, ao mesmo tempo, de poder devastador.

Ele estava orgulhoso.

– Faça – ele a encorajou.

Ela hesitou. Então, com algo que se assemelhava a tristeza nos olhos, ela desligou o flange pulsométrico e virou-se para sair.

De manhã, ele a puniu por não seguir adiante. E, a partir de então, ele se certificou de trancar duas vezes a porta de seus aposentos quando dormia. Sim, os limites espinhosos e distorcidos de suas emoções agiam como uma espécie de escudo, mas nenhum escudo poderia se sustentar para sempre.

Treinar suas filhas não ocupava todo o seu tempo. Ele voltou aos seus estudos, especificamente à engenharia genética, retomando de onde havia parado no mundo natal dos chitauri. Os chitauri eram bons soldados, mas ele começou a achar que poderiam melhorar. Usando amostras de seu DNA, seu próprio DNA e algumas amostras genéticas dos mundos que ele havia conquistado, ele começou a trabalhar no que considerava seus outriders – ferozmente leais, criados apenas para o combate. Ele planejava criar milhares deles, milhões se possível, para ser sua vanguarda em toda a galáxia. Quando chegasse o momento, eles substituiriam os chitauri, que eram capazes, mas também limitados por sua mente de colmeia. Thanos queria soldados que ele pudesse pré-programar desde o nascimento.

Um dia, trabalhando duro em sua forja bioquímica, ele sentiu uma presença atrás de si e se virou rapidamente. À sua maneira, ele amava as meninas, mas não confiava inteiramente nelas.

Era Gamora, sem armas, a uma distância segura e respeitável dele, as mãos entrelaçadas ansiosamente.

– De que você precisa? – ele perguntou, irritado com a interrupção.

– Por que você matou Cha Rhaigor? – Gamora perguntou-lhe.

Thanos respirou fundo.

– Sinceramente, nunca percebi que você o notasse.

– Ele era o único outro adulto na nave. Você não achou que perceberíamos quando ele se fosse?

Verdade. Ele assentiu, concordando com o argumento dela.

– O que faz você pensar que eu o matei?

Ela bufou o tipo de escárnio que apenas uma criança na adolescência poderia fazer.

– Nenhum módulo de fuga foi ejetado. Não faltam naves na plataforma de lançamento.

– Ah.

– Nebula e eu olhamos por toda a nave. Mesmo na sala de máquinas. Não encontramos nada. Então, achamos que você o tinha matado e jogado o corpo fora por uma câmara de descompressão. – Seu tom era calmo, quase indiferente, mas seu lábio inferior tremia levemente quando ela falou.

– Você e Nebula trabalharam juntas? – ele perguntou.

– Não mude de assunto. – Seu lábio trêmulo endureceu. – Os chitauri nos ignoravam. O Outro mal nos tolerava. Cha, na verdade, era *legal* com a gente. Gostávamos dele. Por que você o matou?

Thanos pensou cuidadosamente antes de responder. Não porque planejasse mentir para ela, mas porque queria lhe contar a verdade absoluta da melhor maneira possível. Havia pouco motivo para mentiras entre pai e filhas, neste ou em qualquer outro assunto.

– Ele me desafiou – Thanos relatou-lhe.

– Ele sempre desafiava você – respondeu Gamora, com uma inclinação do queixo. Um dia, ela seria devastadoramente bonita, uma característica que tornaria sua tarefa ainda mais fácil. Poucos eram perspicazes o suficiente para perceber a morte por trás de uma camada de beleza. – Por que agora?

Com um longo suspiro, Thanos se levantou e cruzou as mãos atrás das costas, afastando-se dela para olhar para a extensão sem estrelas da Amplidão do Corvo.

– Estamos em um momento crítico em nossa missão. Preciso de obediência absoluta.

– Nebula e eu nem sempre o obedecemos. Quando você vai nos matar?

Ele se virou apenas o suficiente para lançar-lhe um olhar. Não havia medo ou preocupação em sua expressão. Ela mascarava bem as emoções.

– Cha era um amigo. Vocês são minhas filhas. Há uma diferença. Filhos costumam ser voluntariosos e desobedientes de vez em quando.

Uma imagem de seu pai veio-lhe pela primeira vez em muitos anos. Não do sintético que fingia ser ele, mas do próprio A'Lars. Thanos nunca lhe perguntou, em tom tão franco quanto o de Gamora: *Por que você continua me tolerando? Por que sofre com a minha existência? Por que não me trancou ao lado da minha mãe em um psicoasilo?* Mas ele tinha certeza de que a resposta teria sido aproximadamente a mesma que deu a Gamora.

– Nós não somos realmente suas filhas – ela disse, um tom de aborrecimento em sua voz.

– Vocês são minhas filhas em todos os aspectos que importam.

CAPÍTULO XXXVIII

O SISTEMA DO INFORTÚNIO DE KELDIM ERA TÃO SOMBRIO e desolado quanto Cha havia descrito. Durante um dia inteiro de viagem, Thanos nem percebeu que haviam saído da Amplidão do Corvo e entrado no Infortúnio de KelDim, tão negras e desoladas eram as vistas do lado de fora das vigias de pulsoglass da *Santuário*.

Mas então os sensores da nave detectaram uma massa do tamanho de um planeta. A nave compensou automaticamente o campo de gravidade, mudando para não ficar presa e colidir com o mundo morto.

E morto ele estava. Thanos havia assassinado bilhões, mas havia deixado os mundos tão intocados quanto era possível depois de uma guerra. Anos após seus ataques, as árvores ainda cresciam; a grama cobria as pradarias. Os predadores perseguiam suas presas através de selvas verdejantes e sobre a imensidão das savanas. Todo o complexo emaranhado de vida ainda florescia e colidia nesses mundos.

Aqui, os planetas haviam sido totalmente desnudados, até os micróbios tinham sido erradicados. Eram pedras e areia, pilares de rocha e lagos congelados de magma. Bolas de gude sem vida espalhadas pelo feltro negro da realidade.

E, no centro delas, o eixo ao redor do qual tudo girava: uma estrela moribunda, destruída, mais sombra do que luz, notável principalmente pelas faíscas que ocasionalmente eram cuspidas de seu núcleo para os recônditos frios do espaço.

O Infortúnio de KelDim estava tão morto quanto a própria morte. Thanos sentiu grande tristeza e grande admiração em igual medida.

Havia quinze planetas no sistema do Infortúnio de KelDim e sessenta luas de tamanho suficiente para merecer exame. Thanos invocou um gráfico tridimensional do sistema e depois traçou o caminho mais eficiente que levaria a *Santuário* ao alcance de escanear cada planeta e lua.

Segundo seus cálculos, ele precisaria de no máximo três semanas e seis dias para escanear todos.

Ele teve sorte. No meio da segunda semana, seus scanners detectaram algo em uma grande lua orbitando o quarto planeta do sol distante e moribundo. Era uma assinatura de calor, consistente com a presença de vida. E era tão pequeno em comparação à escuridão e ao frio ao redor que ele quase não notou.

Um calafrio percorreu-lhe a espinha. E se ele *realmente* não tivesse notado? E se ele continuasse seu caminho, vasculhando todos os mundos, e acabasse descobrindo – para que assim acreditasse – absolutamente nada? E então deixasse o Infortúnio de KelDim sem nem uma lembrança para marcar sua chegada, partisse sem nenhuma informação de que tanto precisava?

Mas, lembrou a si mesmo, isso não tinha acontecido. Thanos espiava agora a assinatura de calor e então posicionou a *Santuário* em uma órbita geossíncrona acima do local exato.

Cha teria dito: *Quando o universo está em harmonia, todas as coisas acabam em seu devido lugar, Thanos. É claro que você o encontrou.*

Ele lembrou a si mesmo que Cha tinha sido um tolo supersticioso e que era para melhor que ele estivesse morto.

As meninas se juntaram a ele na extremidade da nave do portal de queda de lançadeiras. As lançadeiras da *Santuário* tinham um sistema de propulsão antiquado que precisava da ajuda de um portal de queda, como uma pedra soprada ou sugada por um canudo. A lançadeira acionaria os motores, e então a extremidade do portal de queda se abriria, e a mudança de pressão sugaria a nave para o vácuo do espaço.

Thanos vestiu um traje ambiental, tentando não pensar na última vez que o tinha feito. Antes de sua viagem à superfície de Titã. Ele tivera que unir dois trajes de tamanho normal para criar um que lhe servisse. Agora ele tinha um traje ambiental personalizado, criado para ele pelos chitauri, de acordo com suas próprias modificações especiais.

– O que nos impede de levar a nave e deixar você aqui? – Nebula perguntou, atrevida.

– Duas coisas – Thanos entoou, marcando-as na mão direita. – Primeira: vocês não possuem o treinamento adequado para manter o equilíbrio de potência nos motores; portanto, ficariam sem energia antes de conseguirem voltar ao espaço civilizado. Segunda: sem mim como contrapeso, neste ponto do seu treinamento, você se matariam antes de saírem da órbita.

Elas trocaram olhares de quem compreendia. Gamora não disse nada. Nebula bufou de uma maneira que significava que ela havia sido superada, mas não podia admitir.

– Pode valer a pena – ela disse.

Com um encolher de ombros, ele se virou para entrar na lançadeira, depois parou, como se lembrasse de uma memória há muito enterrada, e voltou-se para elas.

– Ah, e mais um motivo – ele disse. – Há um circuito simpático modificado nesta nave. Se a nave viajar a mais de um ano-luz de distância de mim, ela vai explodir, matando todos a bordo.

– Xeque-mate – inferiu Gamora. Mesmo a contragosto, ela estava sorrindo.

Thanos entrou na lançadeira e desacoplou da *Santuário*. A última coisa que viu foi Nebula, fechando a cara para ele da extremidade da nave do portal de queda. E então a extremidade do espaço se abriu e, com um pequeno movimento, ele foi puxado sem cerimônia para o espaço, apenas com a fina camada de liga metálica da lançadeira entre ele e o vácuo.

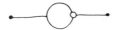

A pequena espaçonave caiu mais do que voou até a superfície da lua. Seus motores eram relativamente fracos e eram melhores para manobras. A lua era grande, sua força gravitacional, forte – a lançadeira movimentou-se até ela como se ansiosa por uma união.

Thanos pousou perto da estrutura que ele observara da órbita. Era uma construção baixa, não mais do que um andar ou dois, supondo que o habitante fosse aproximadamente humanoide e de tamanho padrão. A estrutura parecia pequena, mas ele não fazia ideia do tamanho do ocupante.

Não havia atmosfera apreciável fora da lançadeira. Ele selou seu traje ambiental e saiu, cauteloso.

Mesmo com um nome sofisticado como "Contador de Histórias", não havia garantia de que Thanos não seria recebido com violência. A maioria dos seres que escolhia viver em um isolamento tão abjeto protegia sua privacidade com grande ciúme e zelo.

Ao seu redor, houve um repentino lampejo de luz e uma lufada de ar. Ele o reconheceu como um campo ambiental sendo acionado. De acordo com a leitura do traje, a área ao seu redor se tornara habitável.

Consciente de como matara três asgardianos, desativando um campo assim no momento certo, ele decidiu manter seu traje ativo. Ele começou a caminhar em direção ao edifício, cuja entrada estava envolta em escuridão.

Ao se aproximar, uma figura saiu daquela escuridão, caminhando com passos lentos e constantes em sua direção. Usava uma capa estampada em vermelho e cinza, com um capuz sobre a cabeça. Uma faixa como cinto marcava a cintura, e botas cinzentas flexíveis chegavam até seus joelhos, levantando poeira enquanto ele se aproximava. A criatura carregava um objeto que era ou um cajado curto ou um cetro longo. Tinha talvez um metro de comprimento e era curvado. Seu quarto superior estava envolto em tiras desgastadas de pele.

Thanos parou e decidiu permitir que o estranho avançasse não mais que dois metros. Mais perto do que isso, ele precisaria atacar.

Como se pudesse ler sua mente, a figura parou exatamente a dois metros de distância. Após uma ligeira pausa, retirou o capuz e Thanos viu um rosto como um triângulo de cabeça para baixo com cantos arredondados, uma franja de cabelo azulado acima das orelhas e uma barba fina e pontuda do mesmo tom azulado.

Thanos esperava alguém velho e enrugado, um ancião encarquilhado e alquebrado. O Contador de Histórias, pelo que podia perceber, não parecia muito mais velho do que o próprio Thanos.

Era mais baixo, no entanto. Ele sorriu para Thanos e falou com uma voz carregada de idade e contemplação:

– Bem-vindo! Posso dizer pela sua expressão que você estava esperando alguém um pouco mais velho.

– Você é o Contador de Histórias? – Talvez fosse um assistente, um mordomo...

– Sou. Você conjectura sobre a minha idade, tenho certeza. Sou muito mais velho do que aparento. Meu povo tem uma vida excepcionalmente longa.

– E que povo seria esse?

O Contador de Histórias encolheu os ombros com indiferença.

– Os outros como eu. Responda-me isto: deseja realmente continuar do lado de fora? Há pouco para ver... – Ele esticou o braço para um gesto que abrangia as rochas cinzentas e as planícies de areia.

Thanos admitia que era verdade. Ele seguiu o Contador de Histórias para dentro do edifício.

Lá dentro, o lugar estava cheio de tecnologias muito antigas. Thanos levou um tempo para identificar algumas peças e seus propósitos: um fogão, um aparelho de entretenimento/informações de tela plana, um freezer. Thanos se perguntou quanto tempo fazia exatamente que o Contador de Histórias estava ali.

– Há um ambiente permanente aqui – o Contador de Histórias lhe disse. – Você pode tirar esse traje.

O Contador de Histórias parecia estar respirando bem, e a tela do traje confirmou que o lugar tinha uma atmosfera. Thanos tirou a cobertura da cabeça de seu traje ambiental e respirou um pouco de ar parado.

Como se acabasse de se lembrar disso, o Contador de Histórias sorriu.

– Posso oferecer-lhe um pouco de chá?

O lugar fez Thanos se sentir claustrofóbico. As paredes ficavam muito próximas, o teto era muito baixo. Ele concordou com o chá e tentou encontrar um lugar para sentar.

– Sente-se em qualquer lugar – o Contador de Histórias falou enquanto pousava o cetro em um balcão e começava a vasculhar um armário. – Tomo um chá que só abro para os visitantes. Já faz um bom tempo; deixe-me encontrá-lo.

Thanos achou um sofá que parecia robusto e largo o suficiente para acomodar seu corpo. Todo o lugar era meticulosamente limpo, com prateleiras de fileiras ordenadas de discos de dados antigos, ChIPs grandes e frágeis da primeira geração e uma pilha de coisas que – para sua surpresa – acabaram se mostrando publicações de papel encadernado. Ele só tinha visto essas coisas em um museu.

A menos que o Contador de Histórias tivesse acesso a determinado tipo de tecnologia de teletransporte de galáxia, não havia como reabastecer seus estoques. De onde vinha a comida dele, sem tecnologia de replicação... e nenhuma maneira de cultivá-la? O que ele fazia para encontrar novo entretenimento, diversão e adquirir informações?

Thanos começou a se sentir inquieto. Algo estava errado ali. Algo estava muito errado. Ele não conseguia compreender exatamente o que era.

– Ah! Achei! – O Contador de Histórias levantou uma lata pequena, cantando. – Eu sabia que estava aqui! Deixe-me colocar a chaleira...

Thanos observavou o Contador de Histórias ativar o fogão. Um anel vermelho e brilhante apareceu ali, e ele depositou um recipiente bulboso em cima dele.

– Uma bela xícara de chá – disse o Contador de Histórias. – A coisa certa para uma noite fria, não é? – Sua expressão se iluminou. – Essa é minha tentativa de brincadeira, Thanos. Faz muito tempo desde que fiz alguma. Será que fiz errado?

Thanos piscou de perplexidade.

– Como você sabe meu nome?

O Contador de Histórias pegou seu cetro e se sentou em uma cadeira em frente a Thanos.

– Minha bênção e minha maldição são uma espécie de... consciência cósmica. Têm seus limites, no entanto. A uma distância de aproximadamente três parsecs, estou ciente de quase todas as ocorrências e acontecimentos.

Thanos arqueou uma sobrancelha. Era uma expressão de descrença tão significativa quanto ele estava disposto a mostrar.

O Contador de Histórias riu.

– Entendo se não acredita em mim. Permita-me provar. Em órbita acima deste planeta está a nave em que você veio. Há duas moças a bordo. Uma é uma zehoberei...

Thanos arqueou a outra sobrancelha, dessa vez surpreso.

– Eu sei de onde elas são.

– Tenho um armazém significativo de mitos e história de Zehoberei na minha cabeça. Seria um prazer... – Ele parou por um momento e direcionou o olhar a uma distância média. Justamente quando Thanos tinha decidido se manifestar, o Contador de Histórias tremeu e despertou de seu devaneio. – Seria um prazer compartilhar essas informações com ela.

– É isso o que você faz? – Thanos perguntou. – Você se lembra da história das coisas?

– Não da história, mas de histórias. Mitos. Lendas. *Sabedoria popular*, Thanos. Algumas são verdadeiras, outras são falsas, outras são mais verdadeiras por serem inventadas.

– Por que aqui? Por que tão longe das pessoas cujas histórias você conta?

– Em qualquer tipo de sistema civilizado – explicou o Contador de Histórias, falando devagar -, há informação demais. Uma consciência constante e um fluxo constante de informações. Sou capaz de separá-las e ordená-las... praticamente. Eu esquecia de comer, de me banhar, de dormir... e, quando eu *dormia*, sonhava os sonhos de bilhões de almas ao meu redor. – Ele suspirou. – Era insustentável. Eu precisava ir a algum lugar tranquilo.

– Você precisava se tornar um eremita.

– Não é que eu tenha rejeitado a civilização. Eu simplesmente não podia ficar perto dela. Fico mais do que feliz em receber visitantes, se eles puderem chegar aqui. A justaposição da Amplidão com o Infortúnio de KelDim foi uma coincidência perfeita para mim. Parsecs de silêncio em todas as direções. Isolamento absoluto. – Ele sorriu e reconheceu Thanos com uma ligeira elevação da mão. – Embora com a possibilidade de receber convidados que sejam determinados o suficiente.

Thanos retribuiu a saudação.

– Você tem muitos visitantes?

– Não com frequência. Alguns anos atrás, havia uma nave perdida na Amplidão, bem no limite da minha percepção. Pensei que poderia estar a caminho daqui, mas não era para ser. Eu poderia lhe contar mais, mas vejo pela sua expressão que transmiti a minha mensagem. Chá? – A chaleira, como ele a chamava, estava assobiando, soltando vapor de uma abertura no topo.

Thanos, que nunca havia testemunhado chá ser feito dessa maneira, assentiu. Ele observou o Contador de Histórias realizar um longo ritual. Primeiro, colocou as folhas secas em uma malha. Então, ele derramou a água fervente em uma caneca, sobre a malha. Quando estava cheia, ele mergulhou a malha no interior e depois repetiu todo o processo com uma segunda caneca. Demorou uma eternidade.

– Agora deixamos em infusão. – O Contador de Histórias sorriu para ele e sentou-se em frente a Thanos. Ele suspirou contente e bateu as palmas. – O que posso fazer por você?

Observando as duas canecas fumegantes, Thanos perguntou:

– Por quanto tempo fica em infusão?

– Alguns minutos. Foi *isso* que você veio fazer aqui? Perguntar?

– Não – Thanos disse em tom irônico.

– Achei mesmo que não. – O Contador de Histórias se inclinou sobre as canecas e inspirou profundamente. – Ah! Bagas e hibisco! Sinta esse cheiro, Thanos! Não é delicioso?

Com um suspiro resignado, Thanos fez o que ele mandou, inclinando-se para frente e respirando fundo.

– É delicioso – ele confirmou. – Podemos conversar?

O Contador de Histórias o encarou por um período prolongado. No momento em que Thanos estava prestes a falar, o Contador de Histórias estremeceu e voltou de algum lugar para onde sua mente havia divagado.

– Claro que podemos conversar. Eu estava impedindo você de falar? Se sim, peço desculpas. Faz tanto tempo desde que conversei com alguém que posso ter esquecido os protocolos. Ou talvez eles tenham mudado. Como as pessoas estão *falando* hoje em dia?

Thanos o observou em silêncio por um instante.

– Você está perguntando à pessoa errada.

– *Hmm.* – O Contador de Histórias assentiu gentilmente, considerando. – Bem, vamos provar o sabor. – Pegando as duas canecas, ele estendeu uma para Thanos, que a aceitou.

O chá era surpreendentemente doce, com uma espécie de picância residual.

– Bom, não é? – O Contador de Histórias parecia altamente interessado na resposta.

– Sim. É bom. – Thanos bebeu mais um pouco. – Agora, se pudéssemos passar para o objetivo da minha visita...

– É claro. Talvez eu deva explicar primeiro exatamente como tudo isto funciona. – Com a palavra *isto*, o Contador de Histórias apontou para sua própria cabeça. – A neurologia peculiar do meu cérebro é tal que, uma vez que sei algo, não consigo esquecê-lo... mas todas as minhas informações são recuperadas na forma de histórias. Bardos, contadores de histórias e oráculos em todo o universo não gostam particularmente de mim, nem é preciso dizer. Embora eu suponha que meu exílio aqui tenha diminuído um pouco a hostilidade deles.

Thanos tossiu impaciente. Ele não estava acostumado a esperar sua vez de falar.

– Claro – o Contador de Histórias disse rapidamente, entendendo a indireta. – Desculpe-me. Como eu disse, não recebo muitos visitantes. Minhas habilidades de conversa fiada estão enferrujadas, no mínimo.

– Eu nunca as tive, para começo de conversa. Talvez devêssemos pular essa parte. Estou procurando um artefato – Thanos lhe disse. – Um de grande poder. Há rumores de que esteja na posse do governante de Asgard.

O Contador de Histórias franziu a testa, pela primeira vez demonstrando uma emoção que não era alegria ou satisfação. Seus bigodes azulados tremiam levemente no final de seus lábios virados para baixo.

– Odin. Você brinca com poderes além do seu conhecimento, Thanos. É muito ousado.

– Tenho motivos para ser ousado. Eu procuro a Joia do Infinito.

O Contador de Histórias encolheu os ombros.

– Qual delas?

Uma imagem de Cha Rhaigor cintilou momentaneamente na mente de Thanos, como uma repentina e intensa fisgada em um canto distante do cérebro.

– Então *há* mais de uma. Ouvi dizer que Odin possui uma, chamada Éter.

O Contador de Histórias emitiu um som que Thanos achou que era uma risadinha, mas que rapidamente se transformou em tosse.

– Peço seu perdão – disse o Contador de Histórias, e bebeu um pouco de chá antes de continuar. – Odin tem muitos artefatos em sua posse. Há histórias de metal anão e martelos que somente os deuses podem erguer e uma caixa que contém o inverno. Tem certeza das informações que você recebeu?

– Sinceramente? Não. Mas acredito que os asgardianos estejam escondendo *alguma coisa*. – Thanos explicou, o mais brevemente possível, sobre seu tempo passado na *Berço de Ouro* com Sua Senhoria e a informação que tinha obtido ao invadir as informações do defunto.

Por garantia, ele também explicou o que havia aprendido com Vathlauss... E então, como a próxima pergunta natural seria: *Por que você não deu continuidade a isso?*, ele recontou o ataque à base perto de Alfheim e a batalha contra Yrsa a bordo da *Edda de Sangue*.

Ante o nome da asgardiana, o Contador de Histórias se animou, seus lábios tremendo em um sorriso.

– Ah, Yrsa! Conheço esse nome. A Deusa do Combate em Lugares Confinados.

De repente, a batalha na *Edda de Sangue*, todos aqueles anos atrás, fez muito mais sentido.

– De qualquer forma – Thanos disse, pigarreando –, tenho amplos motivos para acreditar que Odin está de posse deste Éter.

O sorriso do Contador de Histórias se alargou em outro, contente e satisfeito.

– Há uma história que eu poderia lhe contar... Na verdade, mais de uma. Uma delas é sobre Odin e o Elfo Negro Malekith. Uma é sobre o planeta Terra. Outra é sobre o planeta Morag e o destino desse mundo.

– Não estou interessado em histórias, apenas em informações.

O Contador de Histórias estalou a língua e balançou um dedo.

– Tsc, tsc, Thanos! Eu já lhe disse como minha mente funciona. Se eu pudesse simplesmente produzir informações, eu o faria. Mas devo contar uma *história*.

Cruzando os braços sobre o peito, Thanos recostou-se na cadeira.

– Muito bem, então. Entretenha-me.

Os lábios do Contador de Histórias se curvaram em algo como uma careta. Algo a respeito disso disparou todos os alarmes internos de Thanos. Ele ficou tenso; seus dedos se curvaram nas palmas das mãos. Mas foi apenas um momento, um tique, talvez. Um neurônio errático. Tão rapidamente quanto a expressão apareceu, ela se desvaneceu na expressão mais séria e mais relaxada do Contador de Histórias.

– Ah, não. Não é tão simples assim. Você tem que me dar algo primeiro, Thanos. Esse é o preço pelo meu conhecimento.

Thanos relaxou os punhos e passou as mãos pelos flancos, provando a uniformidade de sua roupa.

– Não tenho nada para lhe dar. Vim de mãos vazias.

O Contador de Histórias balançou a cabeça.

– Não algo físico. Eu não preciso de presentes. Quero a sua *história*. Eu quero uma lembrança. Algo verdadeiro e profundo. Não tente me dizer o que você comeu no desjejum. Embora... sinceramente, eu fosse gostar de saber. Não posso evitar. Quando se tem uma memória como a minha, se tem sede de conhecimento.

– Comi uma omelete de ovos de águia de sangue com torradas e geleia de bagas – Thanos lhe disse. – Temos à nossa disposição uma despensa bem abastecida a bordo da minha nave, com estoques de alimentos de uma infinidade de mundos conquistados por nós. Eu ficaria feliz em lhe oferecer...

Ele parou. O Contador de Histórias não estava ouvindo. Em vez disso, o homem estava perfeitamente imóvel, lambendo os lábios, olhos fechados. Seus olhos vibravam por trás das pálpebras, e Thanos imaginou os processos bioquímicos em funcionamento, gravando seu desjejum prosaico nas estruturas permanentes de memória do cérebro incompreensivelmente complicado do Contador de Histórias.

– Que bom. Ótimo! – disse o Contador de Histórias, abrindo os olhos e sorrindo animadamente. – Agora, você precisa me dar uma lembrança importante sua. Algo significativo. Escolha uma das boas, Thanos, e vou lhe contar tudo o que você precisa saber sobre essa coisa que o velho Bor pegou dos Elfos Negros. O que, posso lhe dizer, nem está mais em Asgard. – Ele sorriu com malícia. – Interessado?

Thanos estava desesperadamente interessado, mas não tinha ideia de que tipo de memória poderia satisfazer a curiosidade do Contador de Histórias. Ele cerrou os punhos e bateu com os joelhos de leve. Estava tão perto! Todas as suas respostas residiam no crânio a apenas alguns decímetros de distância dele e, se houvesse uma maneira de arrancá-las, ele o faria.

– Não há pressa – o anfitrião confortou-o. – Ao menos não para mim. Leve o tempo que precisar. Pense a respeito.

Thanos considerou brevemente sequestrar o Contador de Histórias e levá-lo até a *Santuário*, onde Nebula e Gamora poderiam realizar as necessidades monótonas de tortura que arrancariam as informações exigidas do cérebro vivo do homem. Mas, ele raciocinou, um cérebro tão poderoso, tão complexo, e tão indizivelmente exótico como o do Contador de Histórias poderia potencialmente ser resistente aos tormentos e induções habituais. Era um risco que ele não podia correr.

CAPÍTULO XXXIX

DENTRO DOS CONFINS DE SUA MENTE, THANOS revisitou sua vida, repetindo as grandes batalhas, as guerras. As decisões que ele havia tomado e que tinham virado a maré de derramamento de sangue a favor dele ou contra ele. Os triunfos, os recentes e os ocorridos havia muito tempo. Decidiu que nenhum deles seria de excepcional interesse para um ser que memorizara as maiores guerras e conflitos da história do universo conhecido.

Era possível que ele realmente não tivesse conseguido nada digno de nota? Que, em busca da grandeza, ele houvesse tropeçado na mediocridade? Será que Thanos não era um salvador, mas apenas mais um senhor da guerra, percorrendo a galáxia, pegando o que queria, sem propósito maior?

O Contador de Histórias fez um movimento amplo com o cetro.

– Deixei você perplexo, Thanos?

Thanos resmungou sem se comprometer. O Contador de Histórias perguntou se ele gostaria de comer enquanto pensava.

Thanos considerou.

– Onde você consegue comida fresca? Não há vida no Infortúnio de KelDim.

– Tenho uma horta hidropônica embaixo desse prédio – explicou o Contador de Histórias. – Eu posso mostrar para você, se quiser...

Thanos percebeu que tinha mais perguntas. Elas o ajudariam a ganhar tempo enquanto ele contemplava a demanda do Contador de Histórias por uma história.

– Como você fica aqui – Thanos perguntou –, sozinho e isolado neste prédio e não enlouquece?

– Oh, mas eu *enlouqueço*! – O tom do Contador de Histórias era alegre, sem afetação, honesto. – Acontece a cada poucos anos; eu só perco a cabeça por um tempo.

– E então...

Ele ofereceu um sorriso largo e radiante a Thanos.

– E então eu a encontro novamente.

– Como você se diverte? Como você aprende coisas novas?

O Contador de Histórias bateu em sua têmpora.

– Você esquece; eu não esqueço. Lembro-me de tudo que já vi, ouvi ou aprendi. Tenho uma matriz quase infinita de informações sobre as quais me debruçar e estudar. Estou sempre procurando novas conexões e padrões. Se eu precisar de entretenimento, só preciso me lembrar de qualquer uma das histórias quase infinitas que me contaram. – Ele olhou para Thanos, lambendo os lábios. – Falando em histórias... Você já encontrou uma? Não estou tentando apressá-lo, certamente não em meu nome. Eu ficaria feliz em ter você aqui o tempo que quiser. Mas eu sinto que você tem uma urgência particular.

– Sim. Eu tenho uma tarefa que deve ser concluída nos próximos cem bilhões de anos.

O Contador de Histórias não riu ou sequer sorriu com a tentativa de humor de Thanos. Ele apenas assentiu com muita seriedade.

– Bem, então devemos começar.

Ele não podia mais adiar.

– Não sei que história contar – Thanos admitiu. – Minha vida de repente parece ao mesmo tempo excepcional e banal. Eu fui um pária durante toda a minha vida. Por nascimento e decreto social a princípio, por minhas próprias escolhas e ações depois. Adotei os padrões mais elevados possíveis, acreditei apenas nas causas mais nobres, sacrifiquei tudo, tudo para chegar até aqui. E agora parece não ter sentido. Minha tarefa é tão grande que não posso abarcá-la, mesmo em meu grande intelecto. Cabe a mim salvar o universo de si mesmo, e ainda assim o universo parece conspirar contra mim.

Quando terminou, Thanos meio que esperava que o Contador de Histórias risse dele, ordenasse que ele saísse de seu domicílio. Em vez disso, o outro simplesmente o encarou, as mãos entrelaçadas.

– Entendo.

– Você entende?

– Você acredita que está encarregado de salvar o universo. Essa é uma grande tarefa. Quem a deu para você?

– Eu dei essa tarefa a mim. Vi o que os outros não podiam ver. Não viam. Não veriam.

– Há mais. Algo que você não está me dizendo.

Com um suspiro, Thanos narrou seu sonho recorrente.

– Você não pode salvar a todos – murmurou o Contador de Histórias.

– Mas posso salvar alguns.

– Você acredita que esse sonho é algo mais do que apenas um sonho?

Thanos latiu uma risada que encheu a casa do Contador de Histórias.

– Não. Não seja ridículo. Isso é simplesmente minha própria mente sendo refletida em mim, dizendo o que preciso saber em linguagem direta.

– Você começou sua vida com as chances contra você – disse o Contador de Histórias. – Você era uma monstruosidade, um desviante, em um mundo que apreciava conformidade e ordem. Você aprendeu uma lição importante: aqueles que se destacam, que estão acima da média, são derrotados por aqueles que não se destacam nem estão acima da média, usando as desculpas que puderem.

– Eles não eram todos assim – Thanos disse, pensando em Gwinth e no que ela havia dito a ele: *Nós não somos nossos pais. Não odiamos e tememos apenas porque algo é diferente.*

E então ele percebeu: a memória que ele precisava transmitir ao Contador de Histórias. Era só dele e apenas dele, e não tinha nada a ver com guerra, morte ou sangue. Era, ele sabia agora, o momento que o definia, um momento de luz e amor.

– Eu beijei uma mulher – ele relatou devagar. – Uma mulher especial.

O Contador de Histórias se animou.

– O Senhor da Guerra tem um coração, afinal. Continue.

Tinha sido há muito tempo. Várias vidas, para todos os efeitos. No começo, Thanos nem tinha certeza de que poderia se lembrar do beijo com qualquer tipo de fidelidade. Ele experimentou um momento de horror quando percebeu que não conseguia se lembrar do rosto dela. Tinha sido suplantado em sua memória pela Gwinth do sonho: a aparição decrépita que o assombrava desde o exílio.

Mas foi só um momento que passou, e ele descobriu que, assim que se apoiava com força em uma peça de memória, outras peças apareciam à sua volta. Ele se lembrou do passeio pelas ruas desorganizadas e entupidas de gente da Cidade Eterna, cercada por aqueles que estavam agora mortos. Sintaa, também morto, puxando-o, obstinado e relutante, para o silencúrio.

E a garota. A garota com o cabelo cortado rente, vermelho-vivo. Sua pele amarelo-clara, salpicada com sardas verde-claras. E seu primeiro sorriso tímido quando ela se moveu para que ele pudesse se sentar com ela.

Ele nunca esqueceria seu rosto novamente. Ele não se permitiria esquecer.

A bebida que ele bebeu naquela noite: verde, borbulhante e muito doce, com gosto de melão, sabugueiro e álcool etílico. Ele podia sentir o gosto novamente na língua, mesmo agora, como se tivesse acabado de beber.

Tudo isso levando ao beijo. O primeiro beijo, quando ele passara a entender seu desejo de conexão, sua necessidade de entender a si para que pudesse esperar se relacionar com os outros. Aquele beijo, a primeira vez que ele sentiu a ternura humana, uma fusão de pessoas.

– Eu me sentia incompleto – ele disse ao Contador de Histórias –, mas, com aquele beijo, eu sabia que, se seguisse em frente, se me tornasse a pessoa que eu precisava me tornar, capturaria o sentimento de que precisava o tempo todo. Que o beijo então significaria algo. Eu sabia. Tenho buscado por isso. Se eu puder salvar o universo, então me tornarei o Thanos que foi digno daquele beijo.

Ele ainda usava sua armadura de batalha, mas nunca se sentira tão vulnerável na vida. Nem ao sangrar e morrer no ponta do machado de guerra de Yrsa.

Havia mais para contar, se necessário. Como ele então tinha encontrado a coragem de finalmente ir até sua mãe. A vergonha e a decepção daquela reunião. Ele tinha tudo nele e podia contar tudo, não importava o quanto isso o tornasse vulnerável. Valia a pena, se o levasse ao poder de salvar o universo.

O Contador de Histórias sorriu um sorriso genuíno de alegria infantil.

– Que adorável anedota, Thanos. Obrigado por isso.

– É o suficiente? – Thanos perguntou com rispidez. Ele sentiu os braços ao seu redor, os músculos trêmulos. Ele não era um menino apaixonado, abandonado e *devastado*. Era um Senhor da Guerra. Um conquistador. Ele tinha buscado a memória e a oferecido livremente, mas não iria se permitir chafurdar nela. Havia tarefas mais importantes pela frente; o passado poderia ficar para trás.

Com um lento aceno de cabeça, o Contador de Histórias disse:

– Já basta.

– Então me fale do artefato.

– Não é tão simples assim...

Thanos levantou-se abruptamente, elevando-se a toda a sua altura intimidadora. Ele estalou os nós dos dedos e se colocou acima do homem menor.

– Não sou um sujeito que gosta de jogos, Contador de Histórias. Não interprete mal minha lembrança terna de uma época passada como fraqueza. Eu assassinei *mundos*. Mais alguns litros de sangue em minhas mãos não vão me perturbar nem um pouco.

O Contador de Histórias riu, absolutamente despreocupado, e levantou-se, batendo o cetro no peito de Thanos.

– Thanos, Thanos, Thanos! Nós somos amigos! Não há necessidade de ameaças. Vou lhe contar tudo o que você precisa saber. Eu só preciso fazer isso como uma *história*, entende? Está bem aqui no meu nome: Contador de Histórias. – Ele girou o dedo indicador ao redor da orelha. – É assim que meu cérebro funciona, lembra? Não é uma coleção solta de fatos e números até aqui; é um novelo interconectado de personagens, ideias e enredos.

– Apenas seja rápido – disse Thanos.

– Vou editar em tempo real o mais criteriosamente que eu puder – o Contador de Histórias prometeu. – Nós vamos chamar esta história de… Hum, vamos ver… *A parábola de Morag*! Está pronto?

Com uma torção rabugenta dos lábios, Thanos se jogou de volta no sofá, que gemeu alto como se reclamando.

– Suponho que não tenho escolha.

– Ótimo! – O Contador de Histórias bateu palmas e as torceu com alegria. – Vamos começar!

CAPÍTULO XL

A PARÁBOLA DE MORAG

O MUNDO DE MORAG CIRCULAVA — AINDA CIRCULA, NA VERDADE — a binária eclipsada M31V, no braço espiral ocidental da Galáxia de Andrômeda. Há um trilhão de estrelas na Galáxia de Andrômeda e, portanto, trilhões de outros mundos, ainda que este tenha um significado particular para nós e para a nossa história.

Morag hoje não está morto no sentido de que o Infortúnio de KelDim está morto. A vida ainda prospera lá, na forma de vegetação, roedores e uma espécie particularmente perigosa de predadores anfíbios. Mas a vida inteligente foi exterminada há milênios, devido, em parte, à própria arrogância de Morag.

Pois, embora Morag fosse um mundo de muitas maravilhas tecnológicas, o povo daquela civilização florescente ignorou as evidências de sua ciência em favor das evidências captadas por seus olhos. Ao saber, por meio de dados, que seu mundo estava em perigo, eles se apegaram às evidências à sua frente, o que lhes dizia que o tempo talvez estivesse um pouco mais frio naquele inverno ou mais quente em determinado verão, mas certamente não havia motivo para preocupação.

Eles logo descobriram o quanto estavam errados. As drásticas flutuações de temperatura provocadas pelas mudanças climáticas globais derreteram as calotas polares, e o planeta foi totalmente inundado. Ninguém sobreviveu.

Exceto, como mencionado antes, os roedores orloni e as estranhas coisas semelhantes a crocodilos que prosperavam na água, e assim por diante.

Mas antes de morrer, o povo de Morag construiu um grande templo para esconder e preservar seu artefato mais poderoso: uma Joia do Infinito.

Sim, uma Joia do Infinito! Haviam confiado ao povo de Morag – ou talvez *amaldiçoado* – a posse dessa joia, um dos artefatos mais potentes e poderosos em toda a totalidade do universo conhecido!

– Se é tão poderoso, por que não usá-lo para salvar o mundo deles?
– Silêncio! Vou chegar lá.

A Joia era poderosa, é verdade... mas era *só* isso. Poderosa. Era, de fato, a própria Joia do Poder. A lenda diz que era uma bugiganga roxa capaz de aprimorar as habilidades físicas do portador, imbuindo-o com um poder incrível. A capacidade de manipular energia! A força para levantar edifícios! Poder suficiente, quando devidamente canalizado, para obliterar mundos inteiros!

Mas não, infelizmente, não há poder para *salvar*. Poder para *proteger*. A Joia do Poder só poderia ser usada para violência e destruição. Diante da catástrofe global invasora, era inútil.

No entanto, o povo de Morag sabia que a Joia do Poder deveria ser protegida e preservada. Eles restringiram seu grande poder em um Orbe, depois construíram ao redor do Orbe um templo inteiro dedicado ao armazenamento e proteção da Joia.

Como o restante da civilização do planeta, o templo foi consumido pelas águas famintas e superalimentadas de Morag. No entanto, rumores dizem que, a cada trezentos anos, as águas recuam o suficiente para tornar o templo acessível. E que talvez alguém muito corajoso...

Ou muito tolo...

Ou muito as duas coisas...

Pode ser capaz de entrar no templo e possuir, finalmente, o legado perdido do povo de Morag: a Joia do Infinito do Poder!

CAPÍTULO XLI

– Nunca ouvi tal coisa – declarou Thanos. – E não vejo como isso poderia ser útil para mim. Já possuo o poder de devastar mundos.

– Ah, mas você deve considerar de *onde* a Joia vem, Thanos!

– E é de...?

– Sua sagacidade é afiada, sua mente é forte, mas sua educação está deixando a desejar. Você já ouviu falar dos Celestiais?

– Não.

A luz da consciência brilhou nos olhos do Contador de Histórias. Ele lambeu os lábios e ergueu um dedo triunfante no ar e...

CAPÍTULO XLII

A PARÁBOLA DOS PODERES UNIVERSAIS

Na sequência da criação do universo, surgiram os Celestiais! Seres enormes em poder, estatura e influência. Eles são para nós como deuses para as formigas, mais poderosos do que até os divinos asgardianos. Alguns dizem que nasceram no calor do Big Bang. Outros, que surgiram bilhões de anos depois, anteriores à ascensão da inteligência e da civilização em todo o universo.

No entanto, eles nasceram e foram os primeiros das grandes espécies a vagar pelas estrelas. E tinham o potencial de empunhar as Joias do Infinito.

As Joias eram os remanescentes de um universo que precedia o nosso: seis singularidades que sobreviveram ao Big Bang e foram forjadas por seres inimagináveis em lingotes concentrados. Cada uma tinha uma característica ligada a um aspecto específico do universo como um todo: Tempo, Espaço, Realidade, Mente, Alma e, claro, Poder.

Com o passar do tempo e com o jovem universo envelhecendo, os lingotes chegaram às mãos de seres de grandes poderes, como os Celestiais e seu povo. Eles foram modificados e ajustados, até serem seis grandes pedras, cada uma capaz de imbuir seu portador de poder quase ilimitado dentro de seu domínio específico.

As Joias eram tão poderosas que ninguém podia controlá-las por completo. E, com o passar do tempo, as Joias foram perdidas, uma por uma, eventualmente passando para o reino da lenda, depois do mito... e depois foram completamente esquecidas. Hoje, poucos sabem o que é uma Joia do Infinito, e mesmo esses não acreditam necessariamente que elas existam.

Mas elas existem, Thanos.

Elas existem.

CAPÍTULO XLIII

Durante a segunda parábola – que parecia ser mais sobre as Joias do que sobre os Celestiais, mas ele não disse nada a respeito –, Thanos se inclinou para frente, cotovelos apoiados nos joelhos, dedos entrelaçados diante do rosto franzido. Seu cenho estava franzido devido à concentração.

Era, é claro, ridículo. Absurdo. Ele descartou a própria ideia de tais coisas. Elas não tinham lugar no universo racional como ele o entendia. Eram uma...

A fábula de um idiota.

Uma história de ninar para recitar a crianças crédulas, que podiam acreditar que tais coisas existiam no cosmos. Mas...

– Seis Joias – ele falou devagar, como se contemplasse a seriedade disso. – Cada uma para controlar diferentes aspectos do universo.

– Ah, sim! – disse o Contador de Histórias, animado. Ele gesticulou loucamente com repentina paixão. – A Joia do Espaço, por exemplo, é *azul*. É a que eu acredito que Odin tinha em seu poder, embora tenham me contado histórias interessantes de como ele chegou a enviá-la para um lugar chamado Terra. Uma espécie de periferia cósmica, realmente. Nada digno de nota, exceto que pode muito bem haver uma Joia do Infinito no meio de todos aqueles homens-macaco de lá.

– E depois há a Joia da Alma. Essa é laranja, e sei de fato onde ela está. Vou contar essa história agora...

– Não se incomode.

A expressão ofendida do Contador de Histórias quase – *quase* – induziu Thanos a mudar de ideia, mas ele permaneceu resoluto. Ele não tinha mais tempo para contos de fadas.

O Contador de Histórias continuou tagarelando, agora girando o cetro como se fosse um bastão. Ele começou a suar repentinamente ao longo da testa, e suas palavras eram quase rápidas demais:

– A Joia da Realidade foi adquirida pelo Elfo Negro Malekith durante uma das muitas guerras de Svartalfheim contra Asgard. E *essas*, Thanos, são histórias com as quais vou gostar de entreter você em breve, pois são de fato impressionantes. De qualquer forma, este é o Éter que você mencionou. Tomado dos Elfos Negros por Bor, pai de Odin, que o escondeu longe de qualquer ser vivo, pois era poderoso demais para ser confiado a alguém. Então, não, eu não acredito que você teria encontrado, mesmo se fosse capaz de violar as defesas de Asgard.

– A Joia do Tempo foi perdida há milênios, mas ressurgiu em Kamar-Taj, na posse do Antigo. Marque bem: há *muitas* histórias para contar sobre esse assunto! E a Joia da *Mente*... Bem, você não *acreditaria*...

– Eu não quero acreditar em nada disso – Thanos interrompeu com vigor. – Pedras que antecedem o universo? Que controlam as forças fundamentais da realidade?

– Acredite no que desejar – retrucou o Contador de Histórias, irritado. – O universo não se importa com o que você acredita ou não.

Isso tudo estava começando a parecer tão suspeito quanto as insistências de Cha. Thanos apertou a mandíbula estriada.

– Se essas Joias existem, por que não são usadas com mais frequência?

O Contador de Histórias ofereceu um breve latido de riso sem um pingo de alegria. Algo havia mudado. Algo no próprio ar.

– Elas estão *escondidas*, Thanos – inferiu o Contador de Histórias, como se estivesse atormentando uma criança –, porque são muito poderosas. E porque os Celestiais e os outros, aqueles a quem os Celestiais temem, vigiam atentamente as Joias de longe.

– Isso é uma loucura completa.

O Contador de Histórias sorriu com indulgência.

– É claro. Levante-se, Lorde Thanos.

Thanos se levantou.

– Você está tentando provar um alguma coisa?

– Por que não pular com um pé só?

Thanos grunhiu.

– Não estou aqui para sua diversão.

– E ainda assim você está me divertindo.

Olhando para baixo, Thanos percebeu com repentino horror que estava, de fato, pulando para cima e para baixo com um pé só.

Seus olhos dispararam para o Contador de Histórias. Enquanto Thanos observava, pulando no lugar, impotente, o Contador de Histórias desenrolou lentamente as tiras de pele do topo do cetro, revelando um quarto superior ornamentado que se dividia em duas pontas, uma mais longa que a outra, ambas curvadas.

Aninhada entre elas, havia uma espécie de pedra azul brilhante, vagamente em forma de ovo.

Uma joia...

Ele remexeu em sua memória.

– Pensei que a Joia do *Espaço* fosse azul. – Thanos percebeu que não tinha mais controle sobre seus próprios membros. Ele ainda estava pulando no lugar como uma marionete controlada por um titereiro com poucos dedos.

– O quê? – o Contador de Histórias perguntou distraidamente, depois olhou para o Cetro como se o visse pela primeira vez e... riu. Era um som horrendo e assustador, que gelou o sangue de Thanos. – Oh. Não, não. Isso é apenas uma concha protetora, para impedir que todo o volume de seu poder... – ele se interrompeu. – Pare de pular; está me irritando agora.

Thanos parou apoiado nos dois pés. Ele lutou poderosamente para mover os braços, mas não conseguiu. Estava congelado no lugar.

– É a Joia da Mente, Thanos – o Contador de Histórias entoou, inclinando-se, olhando de soslaio. – A *Joia da Mente.*

Os olhos de Thanos ainda estavam sob seu controle, e ele lançou um olhar para a joia, que brilhava à luz do domicílio do Contador de Histórias. Ele não conseguia imaginar como aquilo era possível, mas era uma prova viva. As Joias do Infinito eram reais.

– Como? – ele perguntou.

O Contador de Histórias bateu as mãos, exasperado, e começou a andar devagar em torno de Thanos, ocasionalmente tocando um braço ou suas costas.

Seu comportamento tinha mudado. Já não era gentil e curioso; até a diversão dele era perturbadora e intensa.

– Oh, os detalhes o aborreceriam. E não tenho certeza deles, de qualquer maneira. Eu... adquiri a Joia há milênios. Antes que eu pudesse realmente decifrar seus ritmos, meus primos me emboscaram e me prenderam neste grão de poeira espacial abandonado pelos deuses. Imagine, Thanos: preso nessa bola de barro com um dos artefatos mais poderosos da história do universo... e ninguém em quem usá-lo. – Ele gritou de repente, berrou para o teto e para o céu morto além, e de repente voltou a fixar o olhar em Thanos com um sorriso verdadeiramente feliz e satisfeito. – Até *você* chegar.

– Certo. Você tem a mim. – O coração de Thanos disparou, mas ele trabalhou para manter um tremor fora de sua voz. – E então?

O Contador de Histórias o ignorou, recuando e apontando para Thanos com a ponta do Cetro.

– Seus olhos... Eles sempre brilham azuis assim?

– Eu... Não.

– Ainda estou descobrindo exatamente como usá-lo – confessou o Contador de Histórias. – Você é meu primeiro objeto de teste desde o meu exílio, tantos anos atrás. Na verdade, nem posso dizer como isso funcionaria nas mãos de outro. Para mim, com meu cérebro já configurado do jeito que está, me permite controlar você. Lê-lo. Mas você sabe disso, não é?

Thanos se sentia compelido a responder a todas as perguntas, mesmo as retóricas.

– Sim.

– Qual é a sensação, Thanos? – sussurrou o Contador de Histórias, aproximando-se. – Parece que... aranhas estão comendo seu cérebro por dentro? Parece... uma grande roda em movimento no seu crânio, moendo seu livre-arbítrio e transformando-o em pó? Eu realmente quero saber.

Parecia as duas coisas e, no entanto, ao mesmo tempo, parecia um vasto oceano de paz no qual ele podia se afundar. Sua independência e individualidade estavam sendo suplantadas pelo Contador de Histórias e pela Joia da Mente; a dor psíquica era tremenda. E, no entanto, ele também se sentiu quente e confortado ao mesmo tempo. Parecia que ele – seu *núcleo essencial* – estava sendo retirado de seu próprio corpo e de si mesmo, para ser substituído por outra coisa. E, ao mesmo tempo, a sensação era bem-vinda.

O Contador de Histórias se inclinou para mais perto, ainda sussurrando.

– Como eu lhe disse, Thanos: às vezes eu perco a cabeça. É diferente toda vez. E é assim que parece *desta* vez.

Ele se afastou e retirou uma faca longa e perversa das dobras da túnica.

– E agora, o teste!

Com uma gargalhada de arrepiar o sangue, ele mergulhou a faca no peito de Thanos.

Tudo na mente e no corpo de Thanos gritava para se mover, se esquivar, se encolher, se contorcer, se acovardar, atacar, contra-atacar. Mil respostas diferentes rugiram através dele, cada qual anulada pelo controle da Joia da Mente. Ele só podia ficar ali parado quando a lâmina o atingiu, perfurando suas roupas, sua carne, seus músculos...

Bateu na sua caixa torácica. Ele realmente ouviu o som de aço colidindo com o osso – *shhhuuunnnggggkk*

– no mesmo momento que a vibração subiu pelo esterno, espalhou-se pela clavícula e sacudiu o crânio.

O Contador de Histórias soltou o cabo, deixando a faca enfiada ali. Ele fechou os olhos e respirou fundo, estremecendo.

– Oh. Oh. Sim, sim. Se você ainda tivesse um pouquinho de livre-arbítrio, pelo menos *tentaria* evitar isso. Eu acho… eu acho que se eu empurrasse a Joia um pouquinho mais, você perderia todo o senso de si mesmo em um instante. – Ele sorriu. – Mas devo confessar, Thanos: gosto da ideia de ir devagar. Gosto da ideia de você sofrer enquanto perde cada pedaço de si.

– Você é realmente louco.

– Foi o que meus primos disseram – respondeu o Contador de Histórias, como se sonhasse, com os olhos ainda fechados. Ele riu com a memória. – Primos. Primos. Estúpidos, primos estúpidos… Dois deles se uniram para me prender neste lugar abandonado. Queriam a Joia para eles, mas não ousavam chegar perto o suficiente para pegá-la. Então, nós entramos em um impasse… – Ele se afastou e suspirou em descontentamento. – Bem, chega disso. Eles pensaram que eu morreria aqui. E eu não morri. Não morri. – Ele abriu os olhos e sorriu, arreganhando os dentes, sua voz cantando de maneira assustadora. – Não vou morrer. Graças a você, Thanos. Meu salvador.

Os nervos onde a faca atingira Thanos entraram em choque no momento do impacto, mas agora estavam despertos e gritando. Ele só podia cerrar os dentes. Já tinha sofrido pior – a dor não era nada comparado ao que o visitara por meio de Yrsa, por exemplo, mas a incapacidade de se mover tornava a experiência quase insuportável. Ele estava completamente desamparado pela primeira vez na vida.

– Tive tempo para não fazer nada senão planejar – prosseguiu o Contador de Histórias –, e agora que você está aqui, vou… Oh, essa faca está incomodando você? Tire-a.

Desconectada da mente de Thanos, a mão ergueu e puxou a faca. Gotejava o sangue do titã. Um rio descia por seu peito e caía em gotas grossas no chão.

– Eu não posso matá-lo. Ainda não. Mas você é um tipo resistente, não é? Grande, forte, durão e não se desculpa por isso. Que bom. A verdadeira força não precisa de desculpas e não as dá. Você precisará ser forte. Será um processo longo e doloroso pelo qual vou descobrir como transferir minha consciência para o seu corpo.

Thanos conseguiu evitar que seus olhos se arregalassem com o choque. *O quê?*

O Contador de Histórias riu.

– A máscara com a qual você esconde suas reações é notável, mas ainda posso lê-lo. Agora temos uma conexão bidirecional. Sei o que você está pensando. Eu sei desde que você chegou aqui. Sabe toda essa bobagem sobre "consciência cósmica"? Era a Joia o tempo todo. Ela pode fazer tantas coisas! – Ele se virou e inclinou o Cetro para frente. Um feixe de energia disparou e explodiu contra uma parede.

– Viu? Ela me deixou mais inteligente. Ela me permite ver dentro da sua mente. Ela me permite controlá-lo… Suspeito que isso também possa gerar vida, Thanos.

– Ela o deixou louco – disse Thanos.

– Provavelmente, mas não tem problema. A loucura não é um inibidor para alguém com uma Joia do Infinito. Sempre vi o mundo de maneira diferente.

Um amontoado de histórias e mitos, infinitamente misturados... – Ele balançou a cabeça, uma expressão perturbada no rosto. – Quando você tem tantas narrativas aqui dentro – ele bateu na testa -, às vezes é difícil mantê-las em ordem. Percebo o mundo de maneira diferente do que você. Já que tenho todas as histórias na cabeça de uma só vez, posso revivê-las em qualquer ordem. Vivemos em um prisma, não em uma linha.

Thanos percebeu que ele tinha precisamente uma arma à sua disposição: sua própria voz. O Contador de Histórias, provavelmente em um desespero nascido de seu longo e solitário exílio, estava dando a Thanos um pouco de poder de pensamento. Não duraria. Thanos tinha que usá-lo enquanto podia. Ganhar tempo. Distrair. Até... até...

Alguma coisa. Talvez. Ele tinha sido reduzido à pura esperança. Cha teria ficado contente e satisfeito.

– Você não vai me superar – Thanos prometeu-lhe.

– Ah, mas já o superei! Porque, no meu tempo aqui, eu me dominei. Conquiste-se primeiro; o mundo virá em seguida, é o que eu sempre digo.

– O universo é grande e o tempo é longo – disse Thanos. – E você está mal equipado para isso, tendo sido preso aqui.

– O universo não me assusta. O universo não é infinito. Ele apenas finge ser. – Ele fez menção de pegar a faca na mão de Thanos, pensou melhor e disse: – Corte seu rosto. Não fundo demais. Apenas o suficiente para tirar sangue.

Sem nenhum comando de sua mente, a mão de Thanos se levantou. Ele a observou chegar cada vez mais e mais perto, a faca ensanguentada brilhando.

Então, a ponta da lâmina pegou a carne logo abaixo do olho direito e se arrastou para baixo, esculpindo um sulco raso e choroso ao longo de sua bochecha. Ele estremeceu involuntariamente. No entanto, tudo o que estava fazendo era involuntário.

– Agora abaixe o braço – ordenou o Contador de Histórias. – Novamente, não muito profundo. Quero você vivo.

Thanos puxou a lâmina pelo braço, partindo a carne ao longo da borda afiada. Um rastro de fogo corria pelo caminho. Então, por ordem do Contador de Histórias, ele arrastou a lâmina sobre o peito, cortando a ferida que já estava lá.

– Por que me torturar? – perguntou Thanos. – Você pode ler minha mente para qualquer coisa que queira saber.

– Só estou me certificando de que meu controle seja absoluto. Como disse antes, não pude testá-lo. Passei muitos séculos procurando uma maneira de deixar este lugar e fazer minhas travessuras no universo. Sempre acreditei que era possível, mas nunca fiz nenhum progresso até começar a *fazer as coisas*, Thanos. Somos a soma total de todas as nossas decisões, não de nossas crenças. Essa é a verdade. A verdade é uma senhora mais cruel do que a morte. Como o universo aprenderá quando eu andar nele como você.

Foi necessário esforço, mas Thanos soltou uma risada fraca. Qualquer outra coisa exigiria mais controle sobre sua garganta e entranhas do que ele possuía no momento.

– Acho que ficará surpreso com o tipo de boas-vindas que receberá de outras pessoas se usar a minha cara. Sou um pouco famoso.

– Não tente me convencer a mudar de ideia! – O Contador de Histórias levantou o punho e desferiu um soco no nariz de Thanos.

O nariz de Thanos não estava quebrado, mas parecia deslocado. O sangue corria em correntes gêmeas pela metade inferior de seu rosto.

– *Não tente* me convencer a mudar de ideia – rosnou o Contador de Histórias, segurando sua mão machucada. – Tenho planejado isso há... – Ele inclinou a cabeça para trás, os lábios se movendo enquanto contava. – Bem, há mais séculos do que posso contar. Quando eu me libertar daqui, usarei você para trazer cada vez mais pessoas para eu controlar... Logo, controlarei populações inteiras. Mundos inteiros! E então... – A respiração do Contador de Histórias vinha cada vez mais rápida à medida que ele falava cada vez mais exaltado, os olhos dançando. – E então eu *controlarei* o universo, Thanos! Estarei em todos os seres vivos e pensantes de toda a criação!

– Isso vai demorar uma eternidade – Thanos comentou calmamente. – Confie em mim, eu fiz as contas.

Ele lutou com essas palavras. O oceano quente ao seu redor estava por toda parte, e a roda em sua mente girava cada vez mais rápido. Ele estava perdendo cada último fragmento de sua identidade. Em instantes, deixaria de existir.

– Tenho uma vida excepcionalmente longa – disse o Contador de Histórias. – Não me importo que demore a eternidade. – Então, com uma gargalhada, ele girou o Cetro em um arco amplo, depois o levou aos lábios e o beijou. – Finalmente vou entender tudo. O universo inteiro. Vou combinar todos os seus capítulos e formas díspares em uma grande história, onde o único personagem sou *eu*.

Afogando-se em seu próprio cérebro, com o corpo iluminado pela dor, Thanos procurou algo – qualquer coisa – a que se agarrar.

O sorriso de Sintaa... Não. Apenas dor e perda aí.

Sua mãe... Ela também já não existia mais. Assim como Gwinth. E Cha.

E então...

Suas filhas...

– O caminho entre nós é muito poderoso agora... – O Contador de Histórias inspirou profundamente, como se estivesse cativado pelo perfume de um buquê perfumado. – Você está pensando naquelas garotas da sua nave. Oh, Thanos! Thanos! Oh, as coisas horríveis que você fez com elas. Você realmente acredita que isso é amor? Pobre Nebula, mais máquina do que pessoa agora. Você não merece essas garotas. Ou coisa nenhuma, diga-se de passagem. E agora está pensando na estrutura atômica dos genes, tentando me impedir de aprender mais sobre suas filhas. Preocupado com elas, hein? Não se preocupe. Quando você me levar até sua nave, "Papai", cuidarei bem delas. Eles serão minhas também.

Thanos apertou os lábios e soltou um gemido baixo e tenso que fez com que o Contador de Histórias inclinasse a cabeça para um lado.

– E agora... você está... Você está com *tanta* dor assim, Thanos? Estrelas acima, titã... pensei que um senhor da guerra poderoso como você estivesse acostumado a um pouco de sangue de vez em quando. Tenho que admitir que estou um pouco decepcionado.

— Você deveria se acostumar com a decepção pelo pouco tempo que lhe resta para viver — Thanos conseguiu retrucar, concentrando-se poderosamente.

O Contador de Histórias atirou a cabeça para trás e gargalhou. Era uma risada tonta e depravada, que não conhecia limites ou moralidade.

— Eu aplaudo você, Thanos! Corajoso até o fim! Conte-me: por que está tão confiante?

Thanos gostou do fato de poder sorrir; seu próprio sangue — agora seco — rachou quando seus lábios se afastaram dos dentes e se curvaram para cima.

— Porque consegui parar de pensar nas minhas filhas.

— O quê? — indagou o Contador de Histórias, logo antes de Nebula atirar nas costas dele com uma explosão de um cajado de batalha chitauri.

O Contador de Histórias cambaleou para frente, mal conseguindo manter o equilíbrio. Ele quase colidiu com Thanos, mas se conteve logo antes disso.

— Vai ser necessário mais do que isso — Thanos ordenou para as meninas por cima do ombro do Contador de Histórias.

Este abriu a boca. Para ordenar que Thanos matasse as meninas, sem dúvida. E Thanos poderia ter matado, e teria matado, se estivesse assim tão dominado. No entanto, havia pânico nos olhos do Contador de Histórias, dor em sua expressão, e ele tropeçou em suas palavras enquanto elas lutavam para se derramar de sua boca.

Antes que ele pudesse proferir uma frase, Gamora cortou sua cabeça com um único golpe eficiente de seu cajado.

Thanos teria observado a cabeça voar do pescoço e quicar no chão, mas a gota explosiva de sangue que irrompeu em seu rosto o cegou, então ele perdeu o espetáculo.

Porém, ouviu o estrondo úmido e quebradiço quando a cabeça bateu no chão. Era agradável.

Um momento depois, seus membros relaxaram e seu corpo voltou a funcionar. O caminho de controle entre seu corpo e o Contador de Histórias havia sido cortado tão perfeitamente quanto a cabeça de seu captor. Thanos limpou o sangue dos olhos e viu suas filhas diante de si, seu par de demônios, suas assassinas perfeitas.

– Muito bem, meninas – ele murmurou.

– Obrigada, pai – disse Nebula naquele tom de voz que indicava que ela era muito indiferente para se importar, mas que se importava mesmo assim.

– Especialmente você, Gamora.

O queixo de Nebula caiu.

– Por que especialmente ela?!

– Porque ela de fato o matou. – Thanos pressionou a mão no ferimento no peito, o pior dos infligidos. Já estava coagulando bem. – Vamos embora agora. Pegue aquilo e traga conosco. – Ele apontou para a cabeça, que havia rolado até a cozinha e se escorado no freezer.

Nebula e Gamora correram para pegá-la. Nebula ultrapassou a irmã por muito pouco, pulando na cabeça e segurando-a pelos cabelos.

– E esta coisa? – Gamora perguntou, apontando para o Cetro. Havia aterrissado perto do corpo do Contador de Histórias.

– Não toque nisso – ordenou Thanos. Gamora hesitou apenas por um instante, depois recuou.

Com os lábios franzidos em concentração, Thanos se agachou perto da Joia do Infinito. A pedra azul brilhava. Ele meio que esperava um choque ao tocar o Cetro, mas não sentiu nada além de uma liga lisa. Ele o pegou em uma das mãos.

Parecia tão pequeno. Parecia infinitamente grande.

– Hum – disse Nebula, ainda segurando a cabeça do Contador de Histórias. O sangue escorria do pescoço cortado. – Por que vamos levar isso?

– O cérebro dele era excepcional. Quero examiná-lo para ver se pode ser útil. Quanto ao restante deste lugar, vamos bombardeá-lo da órbita. – Ele caminhou até a porta, depois fez uma pausa, virando-se procurando encará-las. – Por que vieram me buscar?

As meninas trocaram um olhar sutil, mas inconfundivelmente confuso.

– Você não estava em contato – Gamora começou devagar. – Foi o tempo mais longo que ficamos sem… – Ela parou, impotente.

Sua lavagem cerebral, ao que parecia, estava completa. Nebula se intrometeu, zombando.

– Você sempre disse que, se estivéssemos preocupadas ou incomodadas, provavelmente havia uma razão. Então…

– Sim. Também a ensinei a sempre apontar para a cabeça. Quando voltarmos à *Santuário*, suas rações serão restritas por uma semana, Nebula.

CAPÍTULO XLIV

A bordo da *Santuário*, Thanos observou os dois mísseis órbita-superfície da classe *Infinito* gravarem um arco lento e brilhante até o enclave do Contador de Histórias. A rotação da lua fez com que os mísseis desaparecessem sobre a curvatura da esfera, sumindo de vista.

Um instante depois, nuvens gêmeas em forma de cogumelo surgiram do outro lado da lua, elevando-se com tanta força que eram visíveis até da órbita. A lua estremeceu e um alarme klaxon disparou na *Santuário*.

– Parece que tiramos aquela lua da órbita – disse Gamora.

De um ponto do outro lado da ponte, onde ela estava relaxada contra a antepara, os dois braços cruzados sobre o peito, Nebula comentou em tom entediado:

– Eu disse que dois mísseis eram um exagero.

– O que faremos agora? – Gamora perguntou a ele.

Thanos não tinha resposta pronta. Ele observou o fogo nuclear espirrando para o espaço enquanto a lua tremia e sacudia para fora de sua órbita. Provavelmente seria capturada no campo de gravidade do planeta mais próximo, possivelmente colidindo com ele e expulsando *aquele* corpo celeste de sua própria órbita também. Um efeito em cascata, sem dúvida. Ele fez as contas em sua cabeça, calculando velocidades orbitais, órbitas elípticas, apogeus e perigeus. Se seus cálculos estimados estivessem corretos, os mundos do Infortúnio de KelDim acabariam pulverizados ou girando nos restos do sol próximo.

Estava bom o bastante.

— O que faremos agora? — ele perguntou a Gamora, repetindo a pergunta com sua própria voz grave. — O que eu faço de melhor.

— Matar mais pessoas.

— Não. Eu vou pensar.

Ele as deixou na ponte, sozinhas, e se retirou para seus aposentos.

Thanos passou a maior parte da viagem ao espaço civilizado — fora do Infortúnio de KelDim e de volta através da Amplidão do Corvo — em seus aposentos, pensando. Tramando. Planejando. Colocou o Cetro que trazia a Joia da Mente em um suporte na parede e passou longas horas olhando para ela, absorvendo-a. Seu poder pulsava e parecia derreter o ar ao seu redor. Ele ansiava por ela e a temia em igual medida.

Era assim que deveria ser, ele sabia. A utilização de um item com tamanho poder não deveria ser leviana.

As Joias do Infinito pesavam em sua mente. Ele pensara que uma Joia resolveria seu problema, mas sua experiência sob o domínio da Joia da Mente havia lhe ensinado que, apesar de todo o poder das Joias e, apesar de seu nome, o poder delas ainda era limitado. Como o povo de Morag havia aprendido, o Poder por si só não era suficiente. Tinha que ser aplicado do jeito adequado.

A Joia da Mente poderia fazer as pessoas concordarem com ele, sim, mas ele ainda precisaria viajar de um mundo para outro. Talvez, se unida à Joia do Espaço, para diminuir a distância entre os mundos... Mas ainda seria necessário conquistar cada um deles.

A Joia do Tempo, então. Reverter os anos; salvar aqueles que já estavam perdidos... mas funcionaria apenas localmente. E assim por diante.

E, então, a solução lhe ocorreu. Era tão simples e tão complexa ao mesmo tempo que arrancou dele o primeiro riso genuíno que experimentara em anos.

Emergindo de seus aposentos assim que a *Santuário* saiu da Amplidão do Corvo, Thanos foi recebido por uma Nebula que parecia mais magra e mais irritada por sua restrição de rações. Ele se permitiu um leve sorriso de satisfação. Além de seu castigo alimentar, ele também a incumbiu de limpar todas as aberturas de pulsoglass ao longo do casco da nave. Quando ela reclamou, ele lhe disse que esse tinha sido seu *primeiro* dever no espaço e que esperava que ela o realizasse com excelência.

As vigias brilhavam.

– Nós saímos da Amplidão a um mês-luz de Mistifir – ela disse. – Oportunidade de primeira para nós. Estão à beira do colapso ambiental. Eles vão ouvir ou podemos levar...

– Talvez mais tarde – Thanos lhe disse quando entraram na ponte. Gamora, sentada na cadeira de comando, deu um salto. – Somos caçadores agora – ele continuou para as duas. – Procurando presas muito específicas.

– Quem? – perguntou sua favorita.

– Não *quem*, minha querida Gamora: *o quê*. As Joias do Infinito.

As meninas se entreolharam, depois se viraram para ele.

– Qual delas?

– Não qual delas. Nós vamos conseguir *todas* elas. Mas ninguém deve saber que sou eu quem as está colecionando. Vocês duas serão minha vanguarda. – Ele suspirou satisfeito e estendeu a mão para acariciar o rosto das meninas. – Em poucos anos, vocês terão a idade que eu tinha quando fui exilado de Titã. Ao contrário de mim, vocês não terão que sofrer e se debater em busca de um propósito, de uma causa. Vocês têm sorte, minhas queridas, de serem minhas filhas. Reuniremos nossas Joias, e ninguém perceberá que eu as tenho até que seja tarde demais.

Gamora não se pronunciou. Nebula deu uma cotovelada na irmã, mas, quando não conseguiu tirar nada dela, finalmente falou por si mesma:

– Você quer que nós duas perambulemos pelo universo à procura de um monte de *pedras* brilhantes? Tem alguma ideia de quanto tempo isso vai levar?

– Tenho. É por isso que vocês não farão isso sozinhas. Vocês vão trabalhar por meio de subordinados, de asseclas. – Ele acariciou a mandíbula, pensando. – Matamos um pelotão de xandarianos da Tropa Nova. Eles nunca nos olharão com nada além de ódio e morte, mas os kree, por exemplo, podem ser favoráveis. E haverá outros.

Ele caminhou até o extremo mais dianteiro da ponte de comando e fitou o pontilhado de estrelas. A Amplidão do Corvo estava ficando para trás. O passado estava ficando para trás. À frente, estavam as Joias, o futuro e todas as suas gloriosas possibilidades.

Tempo e Alma e Mente e Realidade e Espaço e *Poder*. Nenhuma Joia serviria para alcançar sua meta. Mas *todas* elas...

Com tanto poder, ele poderia arrancar planetas do céu.

E ele ouviu uma voz em sua cabeça. A de Cha. Ou talvez fosse a de Sintaa. Elas já estavam se mesclando, seu passado rapidamente se fundindo em um único bloco de memória que não podia inibi-lo.

Não fique muito à frente de si mesmo, disse a voz. *Antes de começar a puxar planetas para baixo, você precisa encontrar as outras Joias. E...*

Ele precisaria de proteção contra esse poder, para que não o destruísse. Se Odin possuía uma Joia, Odin era a resposta. Thanos retornaria ao mundo natal dos chitauri e depois saquearia os destroços da *Edda de Sangue* a fim de conseguir metal nórdico forte o suficiente para protegê-lo do poder das Joias.

O espaço rugia do lado de fora. As estrelas borraram.

Você não pode salvar todo mundo, ela havia lhe dito em seu sonho. E, com isso, ele a baniu de sua memória, expurgou-a. Ele não era mais Thanos de Titã ou Senhor da Guerra Thanos.

Ele era simplesmente Thanos. Salvador do Universo.

Ele apertou o punho, imaginando uma manopla ali, e sorriu.

Não, ele não poderia salvar a todos. Ele não podia nem salvar a *maioria*.

Mas esse nunca foi o plano. Ele salvaria a metade. Exatamente a metade.

Enquanto Nebula chafurdava em mau humor, Gamora se aproximou dele. Ela não teve coragem de tocá-lo, mas ficou por perto, seu reflexo pairando próximo ao dele no pulsoglass.

– Em que você está pensando? – ela perguntou.

Depois de dada hesitação, ele respondeu:

– Estou pensando nos asgardianos.

– O que tem eles?

– Eles se chamavam de deuses. – Ele bufou uma risada. Ele havia enfrentado os asgardianos quando tinha apenas um milésimo de seu poder atual e os derrotou. Com as Joias na mão...

Thanos curvou os lábios, afastando-se para revelar dentes vulpinos e um sorriso mortal, de quem compreendia.

– Vou mostrar-lhes o que é o verdadeiro poder. *Eu* vou me tornar um deus...

TEMPO

*Vivemos em um prisma,
não em uma linha.*

CAPÍTULO XLV

O TEMPO NÃO É ABSTRATO.

O tempo é uma Joia.

— *Você é um covarde, Thanos!* — Cha me diz. — *Um covarde! Você se esconde atrás desta nave, atrás do Outro e dos chitauri, e agora atrás dessas meninas!*

Anos se passaram. Cha está morto. Titã está morto. Logo, metade do universo estará morta. Estou a bordo da Santuário. *As portas protetoras da minha cripta se abrem, e a Manopla brilha lá à meia-luz, não muito dourada.*

Eu já vi esse momento antes. Já o vivi. Está acontecendo pela primeira vez, pela segunda vez, pela milionésima vez.

Estendo as mãos. Estendo a mão para a minha verdade, o meu destino, a minha inevitabilidade.

(Gamora, caindo do penhasco. Cha, pescoço estalando nas minhas mãos. Estou sozinho, sozinho no meu passado, no meu presente, no meu futuro. Como era para ser. Como deve ser.)

Certo, digo. *Eu mesmo faço isso.*

AGRADECIMENTOS

"DIVERSÃO" NÃO É ALGO QUE SE LEVA EM CONTA ao agradecer às pessoas que ajudaram, mas essa parte coloca um sorriso no meu rosto.

Em primeiro lugar: obrigado a Russ Busse, que me colocou nesse emprego insano, segurou minha mão e me impediu de incendiar as coisas. Agradeço também a Alvina Ling, que sempre me apoiou. Sou especialmente grato à minha agente, Kathleen Anderson, que conduziu minha carreira até esse ponto e que me disse:

— Então, eles querem falar com você sobre alguém chamado *Thanos*. Você sabe quem é?

— Ah, sim.

Tenho que agradecer a todos em Little, Brown, que tornaram este livro possível, incluindo Lindsay Walter-Greaney, Barbara Bakowski e todas as pessoas de Design e Produção que fizeram este livro ficar tão bonito. Grandes lembranças para o pessoal de Vendas e Marketing também — o livro não importa se vocês não ficarem sabendo, pessoal!

Na Disney Publishing, graças a Stephanie Everett, Elana Cohen, Julia Vargas e Chelsea Alon. E na Marvel Studios, obrigado a Will Corona Pilgrim, Nick Fratto, Eleena Khamedoost e Ariel Gonzalez.

Seria negligente se eu não mencionasse Jim Starlin, sem o qual não haveria Grandão Roxo, Dizimação ou Manopla.

Por fim, obrigado aos meus amigos e familiares que toleraram meu desaparecimento no MCU por muito tempo, especialmente minha paciente esposa, Morgan Baden. Eu prometo, querida – você sobreviveu à Dizimação.